MINUIT SUR LE
CANAL SAN BOLDO

DONNA LEON

MINUIT SUR LE CANAL SAN BOLDO

Roman traduit de l'anglais (États-Unis)
par Gabriella Zimmermann

CALMANN LÉVY NOIR

Titre original :
THE WATERS OF ETERNAL YOUTH
Première publication : Atlantic Monthly Press, New York, 2016

© Donna Leon, Diogenes Verlag AG, Zurich, 2016

Pour la traduction française :
© Calmann-Lévy, 2017

COUVERTURE
Maquette : Olo Éditions
Illustration : © Oliver Fluck

ISBN 978-2-7021-6057-2

Pour Megan et Martin Meyer

Ah, perché, oh Dio,
Perché non mi lasciasti
crudel, morir nell'acque, e mi salvasti?

Ah, pourquoi, ô Dieu,
Pourquoi ne m'as-tu pas,
cruel, laissée mourir dans les eaux, et m'as-tu
[sauvée?

HÄNDEL, *Radamisto*

1

Il avait toujours exécré les dîners formels et exécrait l'idée de devoir assister à l'un d'eux ce soir-là. Le fait de connaître quelques-unes des personnes assises autour de la grande table ne changeait pas grand-chose pour Brunetti, et même si le dîner en question avait lieu chez ses beaux-parents, et donc dans l'un des plus beaux *palazzi* de Venise, son irritation n'en était pas moins vive. Il y avait été contraint et forcé par sa femme et sa belle-mère, qui avaient allégué que sa position au sein de la ville donnerait du prestige à la soirée.

Brunetti avait rétorqué que sa « position » de commissaire de police n'était sûrement pas à même de donner du lustre à un dîner organisé pour des nantis des quatre coins du monde. Mais sa belle-mère, usant de la tactique des yeux doux qu'il avait pu observer chez elle pendant un quart de siècle, le harcela et fit tant et si bien qu'elle finit par obtenir gain de cause. Puis, jouant sur son talon d'Achille, elle avait ajouté : « En outre, Demetriana veut te voir et ce serait me faire une grande faveur que d'accepter de lui parler, Guido. »

Brunetti avait cédé et s'était ainsi retrouvé au dîner de la comtesse Demetriana Lando-Continui, tout à fait à son aise au bout de cette grande table qui n'était pas la sienne. À l'autre extrémité se trouvait sa meilleure amie, la comtesse Donatella Falier, à qui elle avait demandé de bien vouloir accueillir ce dîner chez elle. Comme le tuyau, qui avait éclaté au-dessus de sa salle à manger, avait détruit une bonne partie du plafond et rendu la pièce inutilisable pour les semaines à venir, elle l'avait priée de lui venir en aide. Même si la comtesse Falier n'était pas impliquée dans la fondation au profit de laquelle était organisé ce dîner, elle était heureuse de faire plaisir à son amie et nos deux comtesses se trouvaient donc assises, un peu à la manière de serre-livres, de chaque côté de la table où se tenaient huit autres convives.

La comtesse Lando-Continui était une petite femme qui parlait anglais avec un léger accent et devait forcer la voix pour se faire entendre de toute la tablée, mais ne semblait avoir aucune difficulté à s'exprimer en public. Elle avait pris soin de son apparence : fini ses ternes boucles blondes ; elle s'était fait faire une coupe moderne qui seyait parfaitement à sa fine silhouette. Elle portait une robe vert foncé à longues manches qui attiraient le regard sur ses mains fuselées et dénuées de la moindre tache de vieillesse. Ses yeux étaient pratiquement de la même couleur que sa robe et rehaussaient la teinte de ses cheveux. Brunetti était plus que jamais persuadé qu'elle avait dû avoir un charme fou, un demi-siècle plus tôt.

Replongeant dans la conversation, il l'entendit dire : « J'ai eu la chance de grandir dans une Venise différente, pas ce décor de théâtre créé pour les touristes, afin de leur évoquer une ville qu'au fond ils n'ont jamais connue. » Brunetti fit un signe d'assentiment et continua à manger ses spaghettis aux palourdes, en notant leur goût similaire à ceux de Paola, sans doute parce que la cuisinière qui les avait préparés était la personne qui lui avait appris la recette.

« Il est bien triste que l'administration municipale fasse tout pour en augmenter le flux, alors que (et la comtesse lança un regard furtif sur les visages devant elle) les Vénitiens, surtout les jeunes, sont chassés de la ville parce qu'ils n'ont pas les moyens d'y louer ou acheter un appartement. » Sa détresse était si perceptible que Brunetti chercha sa femme des yeux et croisa son regard. Paola hocha la tête.

À la gauche de la comtesse était assis un Anglais aux cheveux pâles, qui avait été présenté comme le Lord ceci, ou cela. De l'autre côté se trouvait une célèbre historienne britannique, le professeur Moore, dont Brunetti avait lu et apprécié le livre sur la famille de Savoie. Elle avait sans doute été invitée car elle avait évité de mentionner, dans son ouvrage, que la famille du défunt mari de l'hôtesse, les Lando-Continui, avait entretenu des relations compromettantes avec le régime de Mussolini. À sa gauche se trouvait un autre Anglais, présenté à Brunetti comme un banquier, et Paola avait pris place à la droite de sa mère.

Ainsi Brunetti était-il assis près de sa belle-mère et en face de sa femme. Il avait probablement brisé, par ce placement, les règles de l'étiquette, mais son soulagement d'être près d'elles l'emporta sur ses préoccupations quant à la *politesse**. À sa gauche se trouvaient la compagne du banquier, une femme professeur de droit à Oxford, puis un homme que Brunetti connaissait de vue sans pouvoir l'identifier, et enfin un journaliste allemand qui

---

* Les mots en italique suivis d'un astérisque sont en français dans le texte. *(Toutes les notes sont de la traductrice.)*

avait longtemps vécu à Venise et avait atteint un tel degré de cynisme qu'on aurait presque pu le prendre pour un Italien.

Brunetti laissa flotter son regard entre les deux comtesses et, comme chaque fois qu'il les voyait ensemble, il s'étonna des rencontres curieuses que la vie peut nouer pour les gens. La comtesse Falier s'était rapprochée de l'autre comtesse à la suite de son veuvage. Même si elles étaient amies depuis de longues années, leur lien s'était renforcé à la mort du comte Lando-Continui et elles étaient passées du rang de bonnes amies à celui de chères amies. Brunetti réfléchissait à cette évolution lors de chacune de ses rencontres avec cette comtesse, dont le sérieux différait tellement de celui de sa belle-mère. La comtesse Lando-Continui avait toujours été polie envers lui, parfois même chaleureuse, mais il l'avait toujours soupçonnée de le voir comme un prolongement de sa femme et de sa belle-mère. *La plupart des femmes se sentent-elles considérées ainsi ?* se demanda-t-il.

« Je répète », reprit la comtesse Lando-Continui et Brunetti lui prêta de nouveau toute son attention. Tandis qu'elle rassemblait son souffle pour tenir cette promesse, elle fut interrompue par la main que brandissait le deuxième homme à sa droite, celui que Brunetti avait vaguement reconnu. Les cheveux foncés, proche de la quarantaine, avec une barbe et une moustache à la façon d'un tsar de Russie, il intervint à haute voix, profitant de la pause que son geste avait instaurée.

« Ma chère comtesse, dit-il en se levant lentement, nous sommes tous coupables d'exhorter les touristes à venir, même vous. » La comtesse se tourna vers lui, perturbée par cette étonnante association de termes tels que

« coupable » et « vous », rarement parvenue à ses oreilles et en l'occurrence potentiellement légitime. Elle posa ses deux mains à plat de chaque côté de son assiette et les raidit, prête à jeter la nappe par terre si la conversation devait aller dans ce sens.

Un murmure confus flotta autour de la table. L'homme sourit en direction de la comtesse et s'enfonça dans la brèche créée par le silence de cette dernière. Il parlait en anglais par respect pour la majorité des convives. « Car, comme vous le savez tous, la *largesse** de notre hôtesse pour soutenir la restauration de nombreux monuments de la ville a sauvé une grande partie de la beauté de Venise et l'a rendue ainsi immensément désirable pour ceux qui l'aiment et apprécient ses merveilles. » Il jeta un coup d'œil circulaire et sourit à son public.

Comme il était debout près d'elle et qu'il parlait distinctement, le mot « *largesse** » ne pouvait pas avoir échappé à la comtesse, qui adoucit son expression et relâcha sa prise. Elle tendit la paume de sa main vers lui, dans l'espoir d'arrêter toute louange. *Mais*, songea Brunetti, *on ne peut pas nier la vérité* ; l'homme prit donc son verre et le leva. Son discours avait été si fluide que Brunetti se demanda s'il ne l'avait pas appris par cœur.

Puis, en se penchant, le commissaire s'aperçut que ce dernier avait une certaine corpulence et se souvint enfin qu'il lui avait été présenté lors d'une réunion du Cercle italo-britannique quelques années auparavant. D'où son aisance en anglais. Une petite photo de son visage barbu avait paru quelques semaines plus tôt dans un article du *Gazzettino*[1], déclarant qu'il avait été nommé par la

---

1. L'un des quotidiens de Venise.

commission des Beaux-Arts pour mener une enquête sur les plaques murales en marbre sculpté disséminées dans la ville. Brunetti avait lu cet article, car cinq plaques de ce type ornaient la porte du palais Falier.

« Mes amis, et amis de la Serenissima, poursuivit-il avec un sourire encore plus chaleureux, je voudrais porter un toast à notre hôtesse, la comtesse Demetriana Lando-Continui, et la remercier personnellement, en tant que Vénitien, et professionnellement, en tant que chargé de la préservation de la cité, pour ce qu'elle a accompli pour l'avenir de ma ville. » Il regarda en direction de la comtesse et ajouta : « Notre ville. » Puis, levant l'autre main pour inclure l'assemblée entière et éviter aux non-Vénitiens de se sentir exclus, il élargit son sourire. « Votre ville. Car vous avez mis Venise dans vos cœurs et dans vos rêves et ainsi êtes-vous devenus, au même titre que nous, *veneziani*. » Cette dernière phrase fut suivie d'une si longue salve d'applaudissements qu'il dut poser son verre de manière à lever les deux mains pour calmer leur ferveur.

Face à un tel étalage de flatterie, Brunetti aurait voulu être assis à côté de Paola, pour pouvoir lui demander s'ils risquaient d'être happés par cette onde de choc ; un regard rapide dans sa direction lui apprit qu'elle partageait son inquiétude.

Lorsque le silence revint, l'homme prit de nouveau la parole, s'adressant maintenant directement à la comtesse. « Sachez que nous autres, membres de Salva Serenissima, vous sommes profondément reconnaissants de nous guider dans nos efforts pour protéger les fondations de cette ville que nous aimons et qui peut ainsi rester partie intégrante de nos vies, et inspirer grandement notre existence, comme nos espérances. » Il porta de nouveau un toast, en incluant cette fois tout le monde dans son cercle de louanges.

Le banquier et sa compagne se levèrent, comme à la fin d'un spectacle émouvant, mais, remarquant que les autres n'avaient pas quitté leurs chaises, le banquier défroissa un pli au genou de son pantalon et se rassit, tandis que sa compagne prit soin de bien recaler sa jupe, comme si elle s'était dressée pour cette seule raison.

Salva Serenissima, se dit Brunetti, déduisant le lien entre cet homme et la comtesse. Mais, avant qu'il ne puisse deviner sa place dans cette organisation, une voix grave d'homme s'éleva en anglais, « Bien dit ! », comme s'ils étaient à la Chambre des Lords et que Son Excellence souhaitait exprimer son approbation. Brunetti afficha un sourire et leva son verre à l'unisson, mais il s'abstint de boire. Il regarda de nouveau Paola, maintenant tournée de trois quarts ; elle baissait les yeux, tout en les dirigeant vers l'amie de sa mère. Ayant sans doute perçu l'attention de son époux, elle tourna la tête vers lui et ferma les yeux avant de les ouvrir lentement, comme si l'on n'en était qu'au début de la crucifixion et qu'il restait encore un certain nombre de clous à planter.

L'homme, qui avait apparemment épuisé son lot de compliments, s'assit et retourna à son assiette qui avait refroidi. La comtesse Lando-Continui en fit de même. Les autres tentèrent de renouer le fil de leurs différentes conversations. En quelques minutes, on entendit de nouveau le timbre argenté des voix et le cliquetis des couverts en argent.

Brunetti se tourna vers sa belle-mère et vit que ses yeux doux avaient cédé la place à l'ennui. Comme Paola était occupée à discuter avec le banquier, la comtesse Falier posa sa fourchette et se recula sur sa chaise. Alors que Brunetti remarquait que sa voisine s'était mise à discuter avec l'homme qui avait proposé de porter un toast à la comtesse Lando-Continui, il observa de nouveau sa belle-mère, une femme dont les opinions le surprenaient souvent, tout comme les sources qu'elle consultait en amont pour les former.

Leur conversation dévia sur les rumeurs de la semaine, à propos du vaste projet technologique MOSE[1], censé protéger la ville des marées de plus en plus fortes. Comme beaucoup de résidents de la ville, ils avaient pensé, dès le début, que cette histoire sentait mauvais : tout ce qui s'était passé les trois dernières décennies n'avait fait qu'en accentuer la puanteur. Brunetti avait entendu et lu trop de choses pour pouvoir encore espérer que le système compliqué et démesurément onéreux des digues en métal, conçues pour empêcher la mer d'entrer dans la lagune, fonctionnerait véritablement. La seule certitude était que les frais de maintenance augmenteraient d'année en année. L'enquête en cours sur les millions manquants, voire les milliards, était essentiellement dans les mains de la Guardia di Finanza : la police locale en savait à peine plus que ce que l'on pouvait lire dans les journaux.

Aux premières révélations sur l'étendue du pillage de l'argent européen, les autorités de la ville étaient montées sur leurs grands chevaux, mais leur sentiment d'outrage avait rapidement viré à l'embarras : un officiel haut placé clama son innocence, puis finit par concéder qu'il était possible qu'une partie de l'argent alloué pour le projet du MOSE ait véritablement fini dans les caisses de sa campagne électorale.

---

1. *MOdulo Sperimentale Elettromeccanico*, module expérimental électromécanique.

Mais, insistait-il, il n'avait jamais touché au moindre euro pour son usage personnel, apparemment persuadé qu'acheter une élection était moins répréhensible que de s'acheter un costume Brioni.

Après une brève vague d'indignation, le bon sens naturel de Brunetti revint à la rescousse et son dégoût ne lui sembla pas la réponse appropriée. Il valait mieux raisonner en bon Napolitain et considérer tout cela comme du théâtre, comme une farce jouée par les politiciens, car, après tout, c'était sur scène qu'ils étaient le plus doués.

Il sentit venir le moment où sa belle-mère et lui se lasseraient du sujet. « Vous la connaissez depuis toujours, n'est-ce pas ? lui demanda Brunetti en regardant furtivement vers le bout de la table, où la comtesse Lando-Continui était en pleine conversation avec le journaliste allemand.

— Depuis mon arrivée à Venise, cela fait bien longtemps. » Brunetti ne savait trop si ces mots avaient une résonance positive pour elle. Pendant toutes ces années, elle n'avait jamais ouvertement révélé ses sentiments envers la ville pour laquelle elle avait quitté sa Florence natale et ne s'était clairement exprimée que sur son amour pour sa famille.

« La comtesse Lando-Continui peut être la plus affilée des haches de guerre, je le sais, mais elle peut aussi être généreuse et aimable. » La comtesse Falier confirma ses mots d'un hochement de tête. « Je crains que peu de gens s'en rendent compte. Mais, la pauvre, elle ne voit pas grand monde. »

La comtesse Falier jeta un coup d'œil circulaire avant d'ajouter, d'une voix calme : « Cette soirée fait exception. Elle a toujours tenu ces dîners avec des sponsors potentiels, mais elle n'aime pas vraiment cela.

— Alors pourquoi le fait-elle ? Ils doivent sûrement avoir un bureau qui s'occupe de lever des fonds.

— Car à chacun son seigneur, répondit-elle en passant à l'anglais.

— Qu'entendez-vous par là ?

— C'est une comtesse, donc les gens aiment à dire qu'ils ont mangé à sa table.

— Dans ce cas précis, dit-il en regardant la table familiale, ce n'est même pas sa table, n'est-ce pas ? »

La comtesse rit.

« Donc elle les invite ici et vous leur donnez à manger, et en retour ils apportent leur soutien à Salva Serenissima ? demanda Brunetti.

— C'est à peu près cela, admit la comtesse. Elle a consacré beaucoup de son temps à leur action pour la cité et, comme elle vieillit, elle veille de plus en plus à ce que les Vénitiens plus jeunes puissent continuer à vivre et à élever leurs enfants ici. Personne d'autre ne se préoccupe de cette question. » Elle regarda les convives, puis Brunetti, et finit par dire : « Je ne suis pas sûre que Salva Serenissima ait fait du bon travail sur les petites mosaïques de Torcello. On peut distinguer par endroits les nouvelles tesselles. Mais ils ont également fait un travail de fond, donc disons que c'est plus positif que négatif. »

Comme il n'était pas entré dans cette église depuis des années et qu'il n'avait plus qu'un vague souvenir des pécheurs expédiés en enfer et des débauches de chairs roses, Brunetti put seulement hausser les épaules et soupirer, ce qui lui arrivait souvent ces dernières années.

Baissant la voix et repoussant la pensée des pauvres pécheurs, Brunetti s'informa : « Qui est cet homme qui a pris la parole ? »

Avant de répondre, la comtesse Falier prit sa serviette et s'essuya les lèvres, la remit à sa place et but une gorgée d'eau. Tous deux regardèrent l'homme à l'extrémité de la table : il parlait désormais à l'historienne en face de lui, qui semblait prendre des notes sur un petit bout de papier en l'écoutant. La comtesse Lando-Continui et le lord anglais étaient engagés dans une aimable conversation ; ce dernier parlait en italien, avec un accent nettement marqué.

Se sentant à l'abri derrière sa grosse voix, la comtesse se tourna vers Brunetti et expliqua : « C'est Sandro Vittori-Ricciardi. Un *protégé** de Demetriana.

— Et que fait-il ?

— Il est architecte d'intérieur et restaurateur de pierre et marbre ; il travaille pour sa fondation.

— Donc il est impliqué dans les choses qu'elle fait pour la ville ? »

Le ton de Donatella Falier se fit plus perçant. « Ces *choses* font économiser à la ville environ trois millions d'euros par an, ne l'oublie pas, Guido, je te prie. Tout comme l'argent pour restaurer les appartements qui sont loués aux jeunes familles. » Et, soulignant l'importance de ce propos, elle ajouta : « Cela remplace l'argent que le gouvernement ne donnera plus. »

Brunetti sentit une présence derrière lui et se redressa pour permettre au domestique d'enlever son assiette. Il marqua une pause, le temps qu'il débarrasse celle de la comtesse et approuva, sur un ton de conciliation : « Bien sûr, vous avez raison. »

Il savait que le dîner de ce soir était censé réunir de potentiels donateurs étrangers et ainsi que des Vénitiens – il était l'un d'entre eux. Venez au zoo et vous rencontrerez les animaux que votre donation aide à survivre dans leur habitat naturel. Venez à l'heure où on leur donne à manger. Brunetti n'aimait pas se surprendre à formuler ce type de pensées, mais il en savait trop pour les étouffer.

La comtesse Lando-Continui avait essayé pendant des années, il le savait, d'accéder au porte-monnaie du comte Falier. Il avait déjoué chacune de ses tentatives avec autant de grâce que de fermeté. « Si autant d'argent n'avait pas été volé, Demetriana, la ville pourrait payer les restaurations, et si l'on n'attribuait pas des logements publics aux familles et aux amis des hommes politiques, vous n'auriez pas besoin de demander de l'aide pour rénover les appartements. » Tels étaient les propos que Brunetti avait entendus un jour dans la bouche de son beau-père.

Loin de s'en offusquer, la comtesse Lando-Continui continuait à l'inviter indéfectiblement à ses dîners – elle l'avait même invité à celui qui se tenait dans son propre palais – et, à chaque fois, le comte invoquait une réunion organisée à la dernière minute au Caire, ou un dîner à Milan ; une fois, il avait décommandé en mentionnant le Premier ministre ; ce soir, s'était-il laissé dire, le comte avait rendez-vous avec un marchand d'armes russe. Brunetti songea que son beau-père ne se souciait pas trop de la crédibilité de ses excuses et s'amusait à inventer des histoires qui perturbaient la comtesse.

En son absence, Paola, sa belle-mère et lui étaient livrés tout crus aux volontés de la comtesse et, peut-être, livrés même en offrande aux visiteurs qui non seulement se régalaient de la comtesse Lando-Continui, mais aussi de la comtesse Falier, deux véritables aristocrates pour le prix d'une. Et leur descendance en prime.

Le dessert arriva, une *ciambella con zucca e uvetta*[1] qui ravit Brunetti, tout comme le vin doux qui l'accompagnait. Lorsque la domestique revint en servir une deuxième fournée, Paola capta le regard de son mari. Il lui sourit et secoua la tête à l'attention de la domestique, comme s'il en avait décidé seul, sans persuader Paola pour autant de refuser une seconde part.

Il se sentit donc parfaitement en droit d'accepter un petit verre de grappa. Il recula un peu sa chaise, étendit les jambes et souleva son verre.

La comtesse Falier retourna le plus naturellement du monde à leur discussion et demanda : « Ta curiosité vient-elle du fait qu'il travaille pour elle ?

— Je suis curieux de savoir pourquoi il juge nécessaire de la flatter ainsi », fut la meilleure réponse que Brunetti pût lui fournir.

La comtesse sourit. « Est-ce le fait d'être un policier qui te rend suspicieux sur les motivations humaines ? » Elle parlait normalement, maintenant que la conversation était plus générale et que leurs voix étaient couvertes par les autres.

Avant que Brunetti ait pu répondre, la comtesse Lando-Continui posa sa cuillère et, regardant son amie à l'autre bout de la table comme pour lui demander la permission, annonça : « Je pense que le café sera servi au salon. » Sandro Vittori-Ricciardi se leva immédiatement et se glissa derrière elle pour lui tirer la chaise. La comtesse se leva à son tour et hocha la tête en signe de remerciement, l'autorisa à la prendre par le bras et se dirigea vers le salon. Elle passa la porte qui menait de la salle à manger à la

---

1. Beignet au potiron et raisins secs.

partie antérieure du palais, suivie du cortège désordonné des invités.

Le palazzo Falier donnait sur des palais, de l'autre côté du Grand Canal, qui n'étaient pas considérés comme particulièrement notables à Venise. Certains des hôtes, ne se rendant pas compte de leur médiocrité, s'exclamèrent devant leur beauté.

Brunetti donna le bras à sa belle-mère pour se rendre dans l'autre pièce, où ils se tinrent debout près de Paola. Brunetti aperçut le café, posé sur une table marquetée d'onyx. Du sucre, remarqua-t-il, et pas de lait, ce qui expliquait pourquoi seuls les Italiens en buvaient.

Voyant Vittori-Ricciardi engagé dans une conversation animée avec le banquier et sa compagne, Brunetti se dirigea lentement vers l'une des fenêtres et s'arrêta à la bonne distance pour entendre.

« C'est un autre fragment de notre patrimoine que le temps est en train de détruire, déclarait le Vénitien.

— Pourquoi une si petite île est-elle aussi importante? s'enquit le banquier.

— Parce que c'est l'un des premiers endroits où les gens ont vécu et bâti : les plus anciennes ruines datent du VIIe siècle. L'église – celle avec les mosaïques – est plus vieille que la plupart des églises de Venise.» Vu l'énergie que Vittori-Ricciardi mettait dans ses propos, il aurait pu s'agir d'événements qui avaient eu lieu l'année, voire la semaine précédente.

« Et c'est ce que vous nous demandez de restaurer? » Le ton du banquier laissait entendre qu'il était tout sauf convaincu du bien-fondé de ses arguments.

« D'aider à restaurer, effectivement.» Le Vénitien posa sa tasse, se retourna vers ses interlocuteurs et expliqua : « Il y a là une mosaïque du Jugement dernier et nous craignons qu'il n'y ait des infiltrations. Il nous faut trouver d'où vient cette eau et l'empêcher de couler.

— Qu'y a-t-il de si particulier dans cette affaire ? » s'informa l'Anglais.

La réponse tarda à venir et Brunetti vit cette pause comme le signe de l'exaspération de Vittori-Ricciardi. Mais il n'en laissa rien percevoir : « Si nous n'intervenons pas, elle risque d'être détruite.

— Vous n'en êtes pas sûr ? »

Brunetti s'écarta d'un pas et posa sa tasse et sa soucoupe sur une table, puis gagna la fenêtre pour consacrer toute son attention aux *façades** sur la rive opposée.

« Nous en sommes sûrs. Mais, pour le prouver, il nous faut accéder à l'intérieur de la structure du mur, derrière les mosaïques, et les autorisations pour une opération de ce genre sont très longues à obtenir. Elles doivent venir de Rome. » Une note de résignation douloureuse se glissa dans la voix de Vittori-Ricciardi. « Nous avons attendu cinq ans pour une réponse de la capitale.

— Pourquoi cela prend-il autant de temps ? s'étonna le banquier, ce qui incita Brunetti à se demander si c'était sa première visite en Italie.

— Il y a une commission – les Beaux-Arts – qui doit approuver les restaurations. Il faut leur autorisation pour pouvoir toucher à quelque chose d'aussi précieux. » L'explication de Vittori-Ricciardi conférait un fonctionnement sain au système, Brunetti dut l'admettre.

« Vous n'allez pas l'abîmer : ils devraient le savoir », insista le banquier. Son ton démontrait qu'il avait du mal à saisir.

« Leur rôle est d'empêcher des gens non habilités d'abîmer des œuvres d'art, répliqua Vittori-Ricciardi.

— Ou de les voler ? » spécifia la femme, et Brunetti la soupçonna d'avoir passé plus de temps en Italie que son compagnon.

En lui jetant un regard en coin, Brunetti vit alors la fine moustache de Vittori-Ricciardi se relever des deux côtés, au moment où il esquissait un sourire figé. « Ce n'est pas évident de voler une mosaïque.

— Donc, quand pourrons-nous y jeter un coup d'œil ? demanda le banquier.

— Si vous me dites quand vous êtes disponible, nous pouvons y aller cette semaine.

— Quand les travaux peuvent-ils commencer ? » s'enquit l'Anglais, ignorant les échanges précédents. Brunetti aurait aimé voir l'expression de la professeure de droit face à la question de son partenaire, mais il garda son attention rivée sur l'autre côté du canal, comme si ces gens parlaient une langue qu'il ne comprenait pas.

« Dès que nous aurons l'autorisation. Nous espérons l'obtenir dans quelques mois », répondit Vittori-Ricciardi. L'Anglais, se dit Brunetti, n'entendrait que les mots « quelques mois » et non pas « nous espérons » et ne se rendrait pas compte combien cette seconde expression était plus proche de la vérité que la première.

Le silence se fit. Vittori-Ricciardi prit son interlocuteur par le bras, geste qu'il voulait spontané, mais il ne parvint qu'à faire sursauter l'Anglais, qui se dégagea de l'emprise. Ils disparurent par la porte du salon aux poutres peintes, l'un des détails décoratifs caractéristiques du *palazzo*.

Brunetti fut surpris de voir sa femme et sa belle-mère apparaître presque immédiatement à la même porte, Paola ayant élaboré une tentative de fuite. Elle s'approcha de lui et lui tendit son bras droit, en un véritable geste de supplication. « Sors-nous de là, s'il te plaît, Guido. Dis à Demetriana que tu dois aller arrêter quelqu'un.

— Pour vous servir », répliqua-t-il en toute modestie. Il les conduisit dans l'autre pièce pour prendre congé de la comtessa Lando-Continui, qui était toute seule au milieu du salon de son amie, aussi à l'aise que chez elle. Elles s'embrassèrent ; Paola et sa mère sortirent, laissant Brunetti avec la comtesse Lando-Continui.

Avant même de pouvoir la remercier pour son invitation, il sentit sa main se poser sur son bras. « Donatella vous a-t-elle parlé ?

— Oui.

— Je voudrais m'entretenir avec vous en tant que policier et membre de sa famille, dit-elle en parlant lentement, comme pour lui faire passer un message particulier.

— Je ferai de mon mieux », lui assura Brunetti. Il s'attendait à ce qu'elle lui demande lequel de ces deux aspects de sa personne était le plus influent, mais elle lui pressa le bras et dit : « Pouvez-vous venir me voir demain ? » Une comtesse ne prenait pas le vaporetto pour se rendre à la questure.

« Demain après-midi ? suggéra-t-il.

— Je serai chez moi.

— Vers 17 heures ? »

Elle fit un signe d'assentiment, lui serra la main et retourna vers le lord, qui était venu la saluer.

Quelques minutes plus tard, Brunetti et Paola gravissaient le pont devant l'université. « Cela fait du bien, cette petite promenade digestive », déclara Brunetti, espérant éviter toute discussion liée à la soirée. Il ne dit mot au sujet de sa dernière conversation. Ils s'arrêtèrent brièvement au sommet du pont pour observer des pompiers en action. Qui ne faisaient rien de particulier, en vérité.

Quelques jours plus tôt, l'été avait cédé le pas à l'automne et les flots de touristes avaient commencé leur migration saisonnière. Le campo San Polo était désert. Tous les bars étaient déjà fermés, même la pizzeria à l'autre extrémité de la place.

« Qu'est-ce qu'il avait à dire, le banquier ? demanda Brunetti.

— Beaucoup de choses, répondit Paola. Au bout d'un moment, j'ai cessé d'écouter et je hochais la tête au besoin.

— S'en est-il rendu compte ?

— Oh non. Ils ne s'en rendent jamais compte.

— Ils ?

— Les hommes qui savent tout. Ils sont nombreux. Tout ce que doit faire une femme obligée de les écouter, c'est de sembler intéressée et d'opiner du chef de temps à autre. Je profite de ces instants pour me remémorer des poèmes.

— Est-ce que j'en fais partie ? »

Paola observa son visage. « Tu me connais depuis toutes ces années et tu me poses la question ? » Comme Brunetti ne répondit pas, elle précisa : « Non, tu n'en fais pas partie. Tu es très cultivé, mais tu ne te comportes jamais comme un monsieur je-sais-tout.

— Et si je le faisais ?

— Oh, fit-elle en reprenant son chemin. C'est trop compliqué de divorcer ici ; je me montrerais probablement intéressée et je répondrais toujours "oui" à tout.

— En te remémorant des poèmes ?

— Exactement. »

Ils gagnèrent la *calle* qui menait chez eux. Sans savoir pourquoi, il songea à la Venise de leur enfance, où presque personne ne fermait sa porte à clef : sa famille ne l'avait certainement jamais fait. Il prit conscience toutefois que sa famille n'avait jamais rien possédé de précieux. Il sortit son trousseau devant la porte. Mais, avant d'ouvrir, il prit Paola par les épaules et se pencha pour embrasser ses cheveux.

2

Le lendemain matin, Brunetti et Vianello allèrent prendre un café au bar sur le pont des Greci. Brunetti parla à l'inspecteur de certains des convives présents au dîner, et surtout de Demetriana Lando-Continui. Il lui rapporta les commentaires de la comtesse sur les tristes changements dans la ville, puis lui fit part de son silence après les flagorneries d'un de ses hôtes.

« Les gens ne font jamais d'objections à ceux qui leur disent combien ils sont merveilleux », nota Vianello, observation que le barman Mamadou approuva nettement d'un signe de tête. Après un instant de réflexion, Vianello demanda : « Quel est le lien entre eux ? Est-ce un parent ? Un employé ? » Ayant fini son croissant, l'inspecteur sirota son café et poursuivit : « Seul quelqu'un qui convoite quelque chose oserait flatter à ce point. Mais il devait bien la connaître. »

Brunetti avait déjà réfléchi à cette question. Il faut bien connaître une personne pour la flatter au mieux, savoir quelles vertus elle souhaite se voir attribuer ou pas. Paola était sourde à tout compliment sur son apparence, mais était fort réceptive à tout éloge de sa vivacité d'esprit. Et il savait que lui-même était imperméable à tout commentaire sur la qualité de son travail, alors que tout compliment relatif à sa bonne perception de l'histoire, ou à son goût en matière de livres, lui faisait assurément plaisir.

« Il a loué sa générosité. Sa *largesse** », expliqua Brunetti en insistant lourdement sur le dernier mot. Il ignorait combien cette louange était justifiée, car il connaissait mal les activités de la comtesse, à part ce qu'il avait appris la veille. En réalité, il savait très peu de choses sur elle. Mais la largesse était une qualité rarement attribuée aux Vénitiens, fussent-ils nobles ou plébéiens.

« Tu la connais personnellement ? Ou sa famille ? demanda Vianello en s'appuyant au comptoir pour observer les gens qui se dirigeaient vers le pont menant à l'église des Greci. Lando-Continui…. Un notaire à Mestre porte ce nom-là ; un de mes cousins l'a consulté quand il a vendu son appartement. » Des passants traversaient le pont et certains s'enfonçaient dans Castello, ou empruntaient le chemin opposé, en direction du bassin de Saint-Marc.

« Il se dit des choses sur cette famille, mais je ne me rappelle plus quoi, ajouta Vianello, contrarié de ne pas se souvenir de cette tranche de passé. Si c'est important, tu peux te renseigner auprès de la signorina Elettra. » Son talent suppléerait sans aucun doute les défaillances de sa mémoire. « Un fait désagréable, qui s'est produit il y a des années, mais cela m'échappe.

— Je la connais depuis longtemps, dit Brunetti, mais je n'ai jamais eu que des conversations superficielles avec elle. Hier soir, j'ai eu pour la première fois la sensation de vraiment la découvrir. Elle n'est pas aussi guindée que je le croyais. » Puis il ajouta : « Ceci dit, elle ne fait que se plaindre.

— À quel sujet ?

— Sur le fait que la ville soit devenue une casbah, spécifia Brunetti d'une voix chantante. "Ce n'est plus la ville où je jouais enfant." » Puis, reprenant une voix normale : « Des choses de ce genre.

— Ce n'est pas bien différent de ce que nous disons nous-mêmes, non ? » répliqua Vianello. Mamadou se tourna, mais Brunetti eut le temps de remarquer son sourire.

Après avoir réprimé son ressentiment face à ce commentaire, Brunetti concéda : « Peut-être. » Était-ce parce que les lamentations de la comtesse faisaient inconsciemment écho aux siennes qu'il les désapprouvait ?

Il sortit 2 euros de sa poche et les posa sur le comptoir. Sergio, le propriétaire du bar, avait augmenté le prix du café qui était passé à 1,10 euro, mais pas pour les employés de la questure. Ils continueraient à payer 1 euro, jusqu'à ce que, comme il avait coutume de le dire, « on abandonne l'euro et on revienne aux bonnes vieilles lires, et que tout coûte moins cher ». Personne à la questure n'avait le courage d'affronter Sergio sur ce sujet et tout le monde était bien content de bénéficier de ce tarif préférentiel.

De retour à son bureau, Brunetti trouva une enveloppe kraft cachetée, avec la signature de sa collègue, Claudia Griffoni, en travers du rabat.

Il l'ouvrit et en sortit six chemises en plastique contenant les derniers rapports des policiers autorisés à engager et à payer des informateurs. Brunetti savait que certains policiers avaient des relations informelles, parfois à la limite de la légalité, avec des criminels et qu'ils échangeaient ces informations contre des faveurs ou des cigarettes ou, craignait-il, des drogues qui avaient été confisquées, mais restaient en partie dans les mains de la police. Les six policiers, cinq hommes et une femme, dont il lisait les comptes rendus tous les deux mois, donnaient même à leurs indicateurs de l'argent du ministère de l'Intérieur, dont ils agrafaient les reçus dans leurs dossiers, où le moindre euro était soigneusement enregistré, même s'il n'y avait aucun moyen de vérifier les sommes en question.

Il examina le premier ; c'était une note de restaurant de 63,40 euros, au bas de laquelle était minutieusement écrit à la main : *6,60 euros, pourboire.* Ces 70 euros étaient le prix à payer pour savoir, d'après le contenu de ce rapport, que les réfugiés afghans étaient amenés dans le pays dans des camions provenant de Grèce, information que l'on pouvait obtenir gratuitement à tous les coins de rue à Mestre, ou lire au moins une fois par semaine dans les pages du *Gazzettino.* Le même policier indiquait qu'un de ses amis, propriétaire d'un débit de tabac à Mogliano, lui avait dit qu'un client, dont il avait spécifié le nom, lui avait proposé de lui vendre des bijoux, à la seule condition de ne pas en livrer la source. Ceci avait coûté 20 euros.

Les autres policiers n'avaient pas grand-chose à révéler ; peu d'entre eux, d'ailleurs, avaient dépensé plus de 50 euros. L'idée que la trahison pouvait s'acheter à si bas prix lui laissa un mauvais goût dans la bouche.

Il descendit dans le petit bureau de la signorina Elettra. Elle était immobile au-dessus du clavier de son ordinateur, les deux mains levées, tel un pianiste prêt à commencer le mouvement final d'une sonate. Brunetti l'observa, tandis qu'elle prolongeait la pause qu'elle avait décidé de faire avant cette attaque précise. Elle leva les yeux, mais ne sembla pas le reconnaître. Elle finit par baisser les bras, puis les croisa sur sa poitrine.

Il s'approcha de son bureau. Comme elle continuait à l'ignorer, il demanda : « Des problèmes ? »

Elle le regarda de nouveau, mais sans sourire. Elle plaça son index sur ses lèvres, puis retourna à son clavier et actionna quelques touches. Elle attendit, tapa d'autres mots et se recula sur son siège pour mieux observer l'écran.

Elle resta immobile si longtemps que Brunetti fut forcé de passer la vitesse supérieure : « Est-ce grave ? » s'enquit-il.

Elle fixait l'écran avec une circonspection inhabituelle, comme si l'ordinateur venait de pousser un grognement menaçant. Puis elle posa ses coudes sur le bureau et enfouit son menton dans ses mains. Elle finit par lui répondre : « Peut-être.

— Qu'est-ce que cela signifie ?

— J'ai lu les e-mails du questeur ce matin et j'en ai trouvé un avec une pièce jointe. Le nom de l'expéditeur m'était familier, mais l'adresse était inconnue. Donc j'ai préféré ne pas ouvrir la pièce en question. »

Elle se tut. Comme Brunetti ignorait ce que tout cela pouvait signifier, il se contenta d'affirmer : « Bizarre.

— Effectivement.

— Qu'avez-vous fait alors ?

— Ce qu'aurait fait n'importe qui », répondit-elle en le laissant avec ses questions. Après une pause, elle ajouta : « Je l'ai signalé, ainsi que la pièce jointe, comme ayant été lus, en espérant que cela en finirait là. »

Elle regarda Brunetti, comme pour tester son degré de compréhension, et son expression devait avoir révélé au moins une parcelle de vérité, car elle spécifia : « C'est comme cela qu'on risque de se faire infiltrer le système : en ouvrant une pièce jointe.

35

« — D'où venait l'e-mail ?

— D'après mes investigations, d'une adresse du ministère de l'Intérieur. »

Sa réponse laissa Brunetti interdit. Pour l'amour du ciel, ils *travaillaient* pour le ministère de l'Intérieur. Pourquoi l'expéditeur avait-il besoin de s'immiscer dans leur système, qui était le système même du ministère, où étaient enregistrés tous les e-mails et les SMS envoyés ou reçus ?

La signorina Elettra se mit de nouveau à contempler l'écran de son ordinateur, et Brunetti à envisager les différentes possibilités. Qu'il y ait une surveillance officielle de leur correspondance et de leurs conversations téléphoniques ne le surprenait pas, au fond : il en était venu à croire que tout individu était écouté par au moins une personne indésirable. Le fait que tant de gens soient occupés à espionner plutôt qu'à travailler expliquait sans doute pourquoi il était si difficile, aujourd'hui, de régler n'importe quelle situation. Brunetti était conscient de la présence d'une Oreille invisible quand il parlait au téléphone et d'Yeux invisibles quand il envoyait un e-mail. Sans aucun doute les démarches étaient-elles ralenties par le besoin de toujours prendre en considération la lecture importune de leurs messages, ou l'écoute importune de leurs conversations.

Un espionnage à ce niveau était confié à des mains d'experts, n'est-ce pas ? Une secrétaire, assise dans le bureau du vice-questeur d'une petite ville comme Venise, serait incapable de détecter toute tentative de dépistage, n'est-ce pas ? Il fallait des espions professionnels, plus habiles.

« Savez-vous de quel service cela vient ? »

Elle regarda par la fenêtre où il s'était appuyé. Elle finit par secouer la tête et assena : « C'était une fausse adresse.

— Et la vraie ?

— Aucune idée, avoua-t-elle. J'ai tout envoyé à un de mes amis et lui ai demandé d'y jeter un coup d'œil. »

Ne voulant pas connaître l'identité de cet ami qui, sans autorisation, était missionné pour enquêter sur cette tentative de la part d'un faux ministère de l'Intérieur et par le biais d'une fausse adresse électronique de pénétrer dans les dossiers du ministère de l'Intérieur, Brunetti ne posa aucune question.

Il devait soigneusement réfléchir à la manière de formuler ses questions, afin de ne pas trahir son ignorance. « Et leur prochaine étape ?

— Je suppose que l'intrus espère que nous utilisons les ordinateurs de notre bureau pour nos e-mails privés. Une fois qu'ils sont entrés, ils peuvent tout voir. » Frémit-elle à ces mots ?

« Je n'ai pas d'adresse privée, nota Brunetti.

— Vous n'avez pas d'adresse privée, répéta-t-elle comme s'il lui avait dit qu'il ne savait pas se servir d'un couteau, ou d'une fourchette.

— Non, précisa-t-il, usant de la même candeur que lorsqu'il avouait aux gens qu'il n'avait pas de portable. Je me sers de celle de Paola mais, pour tout ce qui est officiel, j'utilise celle qu'on m'a donnée ici, expliqua-t-il en désignant de la main la questure tout entière. J'ai promis à Paola que je ne me servirais jamais de ces ordinateurs pour lire sa correspondance.

— Je vois.

— Je préfère appeler les gens, quoi qu'il en soit.

— Bien sûr, approuva-t-elle en levant involontairement les yeux au ciel à l'idée qu'il existait des gens croyant encore que les téléphones étaient sûrs.

— Que ferez-vous ensuite ? »

La question sembla la galvaniser, comme si le fait de devoir y donner une réponse l'exhortait à réfléchir et à agir. « Si mon ami parvient à me dire d'où provient cet e-mail, je saurai alors comment traiter la question. Il est possible que ce soit juste un jeu innocent ; un jeune hacker qui s'amuse à faire le policier. J'espère que ce n'est rien de plus. »

Brunetti préféra ne pas s'informer sur les alternatives possibles et changea de sujet. « J'ai une faveur à vous demander. » Il prit son regard pour un signe d'assentiment et poursuivit : « Pourriez-vous jeter un coup d'œil sur la comtesse Lando-Continui ? Demetriana. » Pour éclaircir sa requête, il fit un signe en direction de l'ordinateur.

Son visage s'emplit de curiosité. « Si je pense à la même comtesse que vous, elle doit avoir au bas mot quatre-vingts ans.

— Oui, confirma Brunetti. C'est une amie proche de la mère de Paola, donc je dois faire très attention avec elle. Elle veut me parler. »

Le visage de la signorina Elettra s'anima de nouveau de curiosité. « J'ai un vague souvenir d'un malheur qui est arrivé à cette famille. À sa petite-fille. Il y a longtemps. Elle s'est noyée, ou quelque chose comme ça.

— Je ne suis au courant de rien. Vianello se rappelle aussi quelque chose de déplaisant.

— Se noyer l'est forcément.

— Oui, déclara Brunetti qui, songeant à sa famille, fit de son mieux pour chasser ces pensées. Pouvez-vous essayer de trouver des éléments ?

— Bien sûr. Est-ce urgent ?

— Cela peut attendre jusqu'à ce que votre chasse dans les bureaux du ministère de l'Intérieur vous laisse un peu de répit », répondit-il.

Elle hocha la tête et enfouit de nouveau son menton dans les mains. Brunetti, la voyant entrer en transe, décida de retourner à son bureau.

3

Brunetti ne dit à personne où il allait et prit le numéro 1 pour San Stae, puis il se rendit au palais Bonaiuti, où habitait la comtesse Lando-Continui. Une domestique l'accueillit et le guida à travers la cour pavée de motifs à chevrons. Le mur oriental était orné de chrysanthèmes en fleur et l'escalier extérieur menant au premier étage datait probablement de l'origine du *palazzo*, vu l'usure des têtes de lion sous l'effet du temps, de la pluie et de siècles de caresses. La domestique entra dans l'immense vestibule et lui tint la porte ouverte.

« La comtesse vous rejoindra dans le petit cabinet de lecture », lui dit-elle en regagnant le couloir. Elle s'arrêta au troisième étage à gauche et entra, sans prendre soin de frapper. Brunetti la suivit.

Il s'était retrouvé dans ce genre de pièces un nombre incalculable de fois, au cours de ces dernières décennies. Il vit les tables aux lourds pieds d'acajou, couvertes de fleurs et de livres, des portraits obscurcis par les années, de hautes étagères couvertes d'ouvrages que plus personne sans doute n'avait consultés depuis l'époque des ancêtres, et les fauteuils profonds, terriblement inconfortables.

La lumière pénétrait par les trois fenêtres percées dans le mur du fond, mais Brunetti ignorait sur quel paysage elles donnaient. Il aperçut cependant, à une certaine distance, le mur d'un grand *palazzo*, dont la surface en brique luisait dans la lumière flamboyante du soleil couchant. En un clin d'œil, il détermina, à l'instar des pigeons doués de véritables radars, que les fenêtres s'ouvraient sur le Fondaco del Megio[1]. Il alla s'en assurer et remarqua que les arbres avaient commencé à perdre leurs feuilles. Il rapprocha son visage le plus possible de la vitre et regarda sur la gauche, où se trouvait un terrain de sport clôturé, comme dans son souvenir.

Derrière lui, une voix de femme l'appela : « Commissaire ? »

Il se tourna rapidement et vit la comtesse Lando-Continui dans l'embrasure de la porte. Elle en imposait moins que la veille, dépourvue à présent de cette aura de siècles de bon goût qui l'avait enveloppée lors de la soirée, telle une sentinelle, dans son salon d'emprunt. Il la regarda de nouveau et vit une petite femme fort âgée, vêtue d'une simple robe bleue.

« Bonjour, madame la comtesse, dit-il, puis il précisa, en indiquant l'extérieur : Je crois que je jouais au football dans ce parc, en bas. » Elle regarda la fenêtre, mais ne bougea pas. « Il y a longtemps », ajouta-t-il en souriant. Il s'approcha et elle lui tendit la main. Même si la sienne l'entourait aisément, sa poigne était ferme.

Sur un visage moins tendu, son expression aurait été amicale et accueillante, mais Brunetti n'y vit qu'un sourire pour la forme. « Merci d'être venu me voir.

---

1. Ou entrepôt du Mil, l'un des nombreux entrepôts où les Vénitiens conservaient les céréales nécessaires à la sustentation de la population.

— Tout le plaisir est pour moi, répondit-il de manière automatique, avant de se souvenir des flatteries dont il avait été témoin le soir précédent et de spécifier : J'aimerais pouvoir vous aider, si je le puis.

— Donatella a été vraiment très aimable de me permettre d'inviter mes hôtes chez elle ; peu de gens l'auraient fait dans cette ville. Elle a été encore plus aimable de vous convier, Paola et vous. » Comme Brunetti s'apprêtait à protester, elle leva une main pour le faire taire. « Nous vous étions toutes les deux reconnaissantes d'être venus, dit-elle, comprenant leur réticence. Je souhaitais que mes invités étrangers puissent rencontrer certains Vénitiens dont ils peuvent améliorer la vie par leur générosité. »

Sans lui laisser le temps de parler, elle lui indiqua d'un signe de la main l'un des deux fauteuils face aux fenêtres. Une fois assis, il s'informa : « Améliorer de quelle manière, madame la comtesse ?

— D'autres enfants et d'autres petits-enfants vénitiens iront à l'école avec les vôtres et peut-être que cet endroit ne s'écroulera pas de sitôt.

— Ce n'est pas un discours très optimiste, si je puis me permettre. »

On frappa discrètement à la porte. La même domestique entra et demanda : «Votre invité voudrait-il une tasse de thé, madame la comtesse ? »

La comtesse regarda Brunetti. « Je préférerais un café. »

La domestique fit un signe d'assentiment et disparut.

«Vous pouvez vous le permettre, commissaire, affirmat-elle, reprenant immédiatement le fil de leur conversation. Ma vision n'est pas une vision optimiste. Mais c'est la seule vision possible.

— Et pourtant, vous avez pris soin d'organiser un dîner pour des étrangers aisés, dans l'espoir qu'ils soutiendront votre fondation, observa Brunetti.

— Donatella m'avait prévenue que vous êtes direct. Ça me plaît. Je n'ai pas de temps à perdre.

— Avez-vous perdu votre temps hier soir ? s'enquit-il, même si cela ne le regardait pas.

— Non, pas du tout. Le banquier est impatient de se joindre à nous et a proposé de souscrire à un projet de restauration.

— Des mosaïques ?

— Comment savez-vous cela ?

— Il suffit de prêter attention aux propos des gens.

— Effectivement, murmura-t-elle et elle ferma les yeux un instant. Après le dîner, pendant le café, vous les avez entendus parler, n'est-ce pas ?

— Cela aurait été difficile de ne pas les entendre », répliqua Brunetti, qui ne voulait pas passer pour un fouineur aux yeux de la comtesse.

Elle rit de bon cœur. « Elle m'a dit aussi que vous êtes loin d'être idiot.

— Impossible de l'être, si je veux survivre à la maison.

— Paola ? »

Brunetti opina du chef.

« C'était une enfant très intelligente. Et elle est devenue une femme brillante. »

La domestique entra et ils cessèrent de parler. Elle installa une table basse entre eux, puis y déposa un plateau bien garni et s'en alla. Il y avait une seule tasse de café, un sucrier en argent, une cuillère, deux petits verres en cristal épais et une bouteille de whisky dont la marque stupéfia Brunetti.

La comtesse se pencha et rapprocha la tasse, puis le sucrier, de son invité. Elle prit ensuite la bouteille, déchira la vignette fiscale[1] et l'ouvrit. Elle s'en servit environ deux centimètres dans l'un des verres et pencha silencieusement la bouteille vers lui.

Brunetti hocha la tête et elle servit la même quantité dans le second verre.

Le commissaire poussa le café sur le côté et prit son verre. Le breuvage était trop précieux à ses yeux pour un banal « tchin tchin » et il préféra dire : « À votre santé », en levant son verre vers elle.

— Et à la vôtre », répondit-elle en buvant une gorgée.

Brunetti en fit autant et songea qu'il était prêt à tout vendre et à partir s'installer en Écosse. Paola pourrait trouver un emploi de professeur et les enfants, quelque chose à faire. Comme mendier, par exemple.

« De quoi vouliez-vous me parler, madame la comtesse ? demanda-t-il.

— Êtes-vous au courant pour ma petite-fille ? commença-t-elle.

— Je sais seulement qu'elle a eu un accident, il y a quelques années. J'en ai entendu parler à la questure, mais pas dans ma famille. »

Il s'abstint de lui apprendre qu'il avait désigné quelqu'un pour rechercher de nouvelles informations à ce sujet.

Elle fit rouler le verre entre ses mains. « Vous n'avez pas besoin de défendre votre famille, mais j'apprécie que vous le fassiez. » Elle reprit une petite gorgée et ajouta : « Je

---

1. Obligatoire en Italie, ce papier collé autour du goulot des bouteilles atteste le paiement des taxes sur l'alcool.

connais Donatella depuis plus de quarante ans et je lui ai quasiment toujours fait confiance.

— Quasiment ?

— À mon avis, il est inconsidéré d'offrir sa confiance à des personnes que l'on ne connaît pas encore très bien. »

Brunetti leva son verre de whisky et le plaça dans la lumière, pour en admirer la couleur. « Mon côté policier me fait dire que vous avez probablement raison, madame la comtesse, affirma-t-il en prenant aussi une petite gorgée. Absolument exquis ! » Il reposa son verre sur la table. « Mais je suppose que vous allez me faire confiance, puisque vous vouliez me parler.

— Vous buvez de manière très parcimonieuse, remarqua-t-elle en plaçant son verre près du sien pour montrer combien ses gorgées avaient été plus conséquentes.

— Ce que vous avez à me dire mérite sans aucun doute plus d'attention que ce whisky, malgré son goût délicieux. »

Elle recula et s'accrocha aux bras de son fauteuil, en fermant les yeux. « Ma petite-fille a été endommagée... il y a quinze ans. » Brunetti l'entendit respirer de plus en plus difficilement et se demanda si elle n'allait pas s'évanouir. Quel choix étrange que ce mot, « endommagée ».

Il s'écoula quelques minutes. Sa respiration se calma et elle lâcha le fauteuil. Il se rendit compte alors qu'ils avaient parlé en vénitien, et non pas en italien. Il avait automatiquement utilisé le « *Lei* » formel, mais il s'était adressé à elle en vénitien dès le début, et spontanément. C'était d'une plus grande intimité que d'utiliser le « tu ».

Elle ouvrit les yeux et précisa : « Elle avait quinze ans, presque seize.

— Comment cela s'est-il produit ?

— Elle a été poussée dans un canal pas loin de chez elle et elle est restée sous l'eau un certain temps. Personne ne sait combien, mais assez longtemps pour l'endommager. » À la seule force de sa volonté, elle garda une voix posée et un ton dépassionné. Ses yeux uniquement trahissaient sa souffrance, mais ils ne pouvaient croiser ceux de Brunetti.

Les jeunes Vénitiens étaient des poissons, ou du moins en partie, de l'avis du commissaire. Ils étaient dans l'eau dès leur enfance, passaient leurs étés sur la plage et dans la mer, à plonger des rochers des Alberoni et à faire des compétitions dans la lagune avec les bateaux de leurs amis.

« Était-ce un accident ? demanda Brunetti.

— C'est ce qu'a dit la police, mais je n'en suis plus sûre.

— Pourquoi ?

— Manuela avait une peur bleue de l'eau. »

Brunetti leva les sourcils et s'étonna, en bon Vénitien : « Une peur bleue de l'eau ?

— Elle a failli se noyer quand elle était petite, raconta la comtesse. Ma belle-fille l'avait amenée à la plage du Lido ; elle s'est éloignée, puis est entrée dans la mer. Elle devait avoir quatre ans, pas plus. Un homme sur la plage a vu sa tête plonger sous une vague ; il s'est précipité et l'a sortie de l'eau. Il a pratiqué la respiration artificielle et lui a sauvé la vie. Après cet épisode, elle a toujours gardé une peur terrible de l'eau.

— Ce n'est pas facile quand on vit ici, nota Brunetti d'une voix pleine de sollicitude et dénuée de la moindre trace d'ironie.

— Je sais. Elle ne pouvait pas prendre un vaporetto toute seule : il fallait que quelqu'un lui donne la main et reste avec elle, près de la porte. S'il n'y avait personne pour l'accompagner, elle préférait marcher.

— Elle pouvait vivre ainsi ! s'exclama Brunetti, se rendant compte combien sa vie serait compliquée s'il ne pouvait pas circuler en bateau.

— Oui. Elle pouvait aller à pied à l'école et chez ses amis. Mais elle évitait toujours de longer les canaux. Tant qu'elle restait à quelques mètres du bord, ça allait.

— Et les ponts ?

— Apparemment, cela ne la dérangeait pas, répondit la comtesse avant d'ajouter, devant la surprise de Brunetti : C'est bizarre, je sais, mais elle disait qu'elle pouvait les traverser si elle se concentrait sur les marches sous elle et si elle ne voyait pas l'eau de chaque côté. C'est cela qui lui faisait peur : la vue de l'eau.

— Était-elle obligée de vivre ici ?

— Non, pas obligée, mais elle *voulait*. Ses parents ont divorcé et mon fils s'est remarié. » Elle lui lança un regard neutre et poursuivit : « C'est ce que font généralement les hommes. » Comme Brunetti ne mordait pas à l'hameçon, elle continua : « Lorsque Manuela est tombée dans le canal, mon fils avait déjà eu deux autres enfants entre-temps, il aurait été difficile pour elle de vivre avec eux.

— Elle vivait donc avec sa mère ?

— Oui. Sur le campo Santa Maria Mater Domini. Où elles habitent toujours.

— Est-ce là qu'elle habitait… lorsque c'est arrivé ?

— Oui. Ça a toujours été mieux pour elle d'être avec sa mère », affirma-t-elle sans grande conviction.

Brunetti ne savait plus quelles questions lui poser. Il lui était difficile de croire que la fille avait bien réussi à vivre malgré sa peur. Qu'est-ce que ce devait être de voir chaque jour la source de sa terreur, de l'avoir autour de soi chaque fois que l'on sort de la maison ! « La peur doit affecter sa vie en permanence, constata-t-il.

— Elle adore cette ville, dit la comtesse comme si cette raison expliquait tout. Elle a grandi ici, tous ses amis sont ici et… je vis ici.

— Est-elle allée à l'école à Venise ?

— Oui, à une école de Santa Croce.

— Est-ce qu'elle s'entend bien avec sa mère ? »

La réponse se fit attendre. « Je l'ai toujours supposé. » En l'absence d'éclaircissements, il laissa la question en suspens.

« Je ne comprends pas bien ce que vous attendez de moi, madame la comtesse.

— Je voudrais que vous vérifiiez s'il a pu se produire quelque chose… », énonça-t-elle en se couvrant les yeux.

Brunetti attendit un long moment avant de demander : « Savez-vous si elle a pu avoir des problèmes ? S'il y avait quelqu'un qu'elle voulait éviter ?

— Non », rétorqua-t-elle immédiatement et férocement.

Brunetti décida de laisser tomber cet argument pour l'instant. « Madame la comtesse, enchaîna-t-il du même ton que celui qu'il utilisait avec ses enfants lorsqu'ils étaient évasifs avec lui, quinze ans ont passé depuis. Je ne peux pas revenir en arrière et m'occuper de cette affaire, à moins que je n'aie une bonne raison de le faire. » Il aurait eu aussi besoin d'une justification légale, mais il omit ce point.

Il prit son verre, trop longtemps négligé, et le fit rouler entre ses mains. « Je crains que vos soupçons ne suffisent pas pour justifier une enquête. »

Il dut se forcer à parler de « soupçons » et non pas de « vagues soupçons ».

« Elle n'est pas juste tombée à l'eau », insista la comtesse avec la truculence de son âge et l'assurance que donne l'aisance matérielle.

Brunetti but une gorgée, puis une autre et garda son verre à la main, imaginant qu'il pourrait en avoir besoin. « Madame la comtesse, il y a des éventualités que vous n'avez pas envisagées », commença-t-il d'une voix hésitante, comme s'il préparait cette femme à l'idée que ni son amour ni sa richesse n'avaient été suffisants pour empêcher sa petite-fille de tomber à l'eau, sous l'effet de l'alcool ou de la drogue. Mais comment le lui dire ? Quels mots utiliser ?

« Manuela n'a pas voulu se suicider, et elle ne buvait pas, et ne se droguait pas. » Avait-elle lu dans ses pensées ?

« Vous semblez vraiment sûre de vous. » Ses deux enfants avaient eu récemment cet âge délicat. C'étaient des enfants heureux, pour qui l'idée du suicide relevait d'une autre planète et les drogues, espérait-il, étaient tout autant éloignées de leurs préoccupations, mais la plupart des parents partageaient ces croyances. Jusqu'à quel point la grand-mère de Manuela comprenait-elle vraiment une fille séparée d'elle par deux générations ? La jeunesse et la vieillesse, avec leurs problèmes respectifs, vivaient dans des mondes distincts.

« Rien n'aurait pu la faire sauter à l'eau. À moins de deux mètres du bord, Manuela se serait couchée par terre, aurait vomi de peur. Je l'ai vue deux fois de mes propres yeux. Un jour où nous étions en vaporetto, les gens se sont soudain agglutinés sur un côté, ce qui a fait rouler légèrement le bateau. Elle a commencé à crier et s'est accrochée à la femme à côté d'elle avant de lui vomir dans le dos. »

Brunetti essaya de parler, mais elle couvrit sa voix, en se levant à moitié de son fauteuil. « Une autre fois, elle devait avoir près de onze ans, un des garçons de sa classe l'attendait à la sortie de l'école. Il savait qu'elle avait peur de l'eau – misérable petit sadique – et, lorsqu'ils ont traversé le campo Santa Marina, lui et un copain l'ont attrapée et l'ont traînée le long du canal, en lui disant qu'ils allaient la jeter à l'eau. »

Brunetti attendit.

« Elle a fait comme une crise d'épilepsie. Heureusement, ils se trouvaient près d'un hôpital, et deux hommes l'y ont amenée. Elle est restée hospitalisée deux jours. »

Brunetti était incapable de parler face à l'horreur de la scène et à la colère de Demetriana, même vingt ans plus tard.

« Et vous savez le pire dans tout cela, monsieur Brunetti ? »

Il secoua la tête et reposa son verre sur la table, indifférent désormais à son contenu.

« Comment faire pour la ramener à la maison ? » À la vue de son expression, elle continua : « En taxi ? » Elle rit de mépris à cette idée. « Pensez aux vaporetti et à leurs trajets : comment aller de l'hôpital au campo Santa Maria Mater Domini ? En prenant le bateau qui fait le tour de l'île en direction de la gare, puis en marchant le long du quai pour changer de bateau ? Avec toute cette eau sous ses yeux ? » Elle s'arrêta et il crut qu'elle était en train de lui demander de suggérer une solution à cette question piège.

« Qu'avez-vous fait ?

— Ils l'ont mise dans une de ces chaises que la Sanitrans[1] utilise pour monter ou descendre un escalier et deux d'entre eux, en fait quatre d'entre eux, car ils ont dû se relayer, l'ont transportée de l'hôpital à la maison. »

---

1. Service d'ambulances.

Brunetti poussa son verre d'un doigt et le fit glisser sur le côté du plateau. Il ne trouvait rien à dire.

« Imaginez ce que c'est, pour une fille de onze ans, que d'être transportée, en serrant les paupières, sur une chaise à travers la ville, exposée aux regards des gens, comme une vieille handicapée, ou un fou emmené au palazzo Boldù[1], et tout le monde qui se demande ce qui se passe. » Elle lui accorda quelques instants de réflexion. « C'est pourquoi je sais que Manuela ne peut pas avoir plongé d'elle-même dans l'eau, commissaire. »

Brunetti s'abstint d'évoquer, en dernier recours, l'hypothèse d'une chute due à un état d'ivresse, ou sous l'emprise de la drogue.

Elle le regarda en face. Son visage était dénué de toute expression, ce qui permit à Brunetti de le voir comme une simple structure dotée d'yeux, d'un nez, d'une bouche, d'une mâchoire et d'un menton. L'écart temporel entre ses années de beauté et le moment présent le surprit : il n'était qu'un petit garçon alors qu'elle était déjà une femme avec des enfants de son âge, ou encore plus grands.

« Ce n'est pas seulement la peur – une phobie, si vous voulez – qui rend impossible qu'elle ait plongé dans le canal, poursuivit-elle.

— Que voulez-vous dire ?

— L'homme qui l'a tirée de l'eau... » La cloche des souvenirs tinta faiblement dans l'esprit de Brunetti. Un homme plongeant dans l'eau pour aller au secours d'une fille. Oui... quelque chose dans ce genre, mais quoi précisément ?

---

1. Ancien palais aménagé en hôpital de jour pour les malades mentaux.

« L'homme qui l'a sauvée a dit qu'il avait vu quelqu'un la pousser, ou la lancer dans l'eau.

— Qui a dit cela, et à qui ?

— À vous, répliqua-t-elle avec un ton d'accusation à peine dissimulé.

— Je pense que vous faites une erreur, madame la comtesse. Avec tout le respect que je vous dois.

— Non, pas à vous personnellement. Mais à la police qui est venue. Cet homme l'a extraite de l'eau, mais il était trop ivre pour faire autre chose que crier à l'aide. Un jeune garçon a pratiqué la respiration artificielle, mais le mal était fait. » Elle était tellement emportée par son récit que ses mains étaient devenues des poings, qu'elle heurtait l'un contre l'autre. « C'est l'autre homme, le jeune, qui a appelé la police. Lorsqu'ils sont arrivés, le premier homme était couché par terre, en train de dormir. La police le connaissait. C'était l'ivrogne du quartier et, lorsqu'ils l'ont réveillé, il était tellement ivre qu'il ne se rappelait même pas comment il s'appelait et il ne retrouvait pas son porte-feuille. Il a dit à la police qu'il avait vu un homme avec la fille et qu'il avait eu l'impression qu'il l'avait poussée, ou jetée dans l'eau.

— Qu'a fait la police ? »

Elle desserra les poings et posa ses mains sur les genoux. « Ils les ont amenés tous les deux — lui et Manuela — à l'hôpital. Lorsqu'il s'est réveillé, le matin, il se rappelait de nouveau son nom. » Brunetti crut que la comtesse avait fini, mais elle ajouta, avec une grande tristesse : « Mais elle, elle ne se souvenait pas du sien. »

Elle lâcha un profond soupir, si profond que Brunetti put voir sa poitrine monter et descendre. « C'est tout ce dont il se souvenait. Lorsqu'ils ont interrogé l'ivrogne sur cet homme, il a dit qu'il y avait effectivement quelqu'un d'autre, mais tout ce qu'il savait, c'est que c'était un homme. La police supposa qu'il voulait dire le jeune homme qui était venu en aide à Manuela.

— Qu'a-t-il dit d'autre ?

— Qu'il avait vu quelque chose dans l'eau qui ressemblait à une personne, c'est pourquoi il avait plongé pour la sauver.

— Cela a été très courageux de sa part, nota Brunetti, qui songea aussitôt que le courage d'un ivrogne était équivoque.

— Oui, approuva la comtesse, mais sans conviction et avec encore moins de certitude que lui. Manuela et lui étaient là tous les deux lorsque je suis arrivée à l'hôpital. Je suis allée le remercier et lui dire que j'étais sa grand-mère. » Il la vit en train de se remémorer la scène. « Il m'a demandé de l'argent, dit-elle.

— Lui en avez-vous donné ?

— Bien sûr.

— Combien ?

— Les quelques centaines d'euros que j'avais dans mon sac à main. Lorsque j'ai posé des questions à la police à son sujet – cela a dû se passer quelques semaines plus tard –, c'était après que les docteurs nous eurent dit que Manuela avait des séquelles très graves… » Sa voix n'était plus qu'un filet. Elle s'essuya le front de la main droite, regarda Brunetti et lui demanda : « Excusez-moi. Qu'étais-je en train de dire ?

— Vous me parliez de l'argent que vous lui avez donné.

— La police m'a dit qu'il n'avait pas dessaoulé pendant un mois. Ils ont dit que c'était un ivrogne et qu'il ne fallait pas croire un seul mot de ce qu'il m'avait dit, parce que tout ce qu'il voulait, c'était me soutirer de l'argent. » Il fut surpris de la voir hausser les épaules, un geste qui n'avait aucun lien avec ses propos. « Mais ce n'est que plus tard que j'ai appris ce qu'il avait raconté au sujet de cet homme.

— La police vous l'a-t-elle révélé ? »

Sa réponse fut longue à venir. « En un sens.

— Que voulez-vous dire ?

— Le questeur était un bon ami de mon mari ; il m'a appris ce qu'il y avait dans le rapport originel de la police, et que l'homme ne se souvenait absolument plus de rien à son réveil. Que la police était convaincue qu'il s'agissait de l'invention d'un homme saoul, que ce n'était pas vrai.

— L'avez-vous cru ?

— Je n'avais aucune raison de ne pas le croire.

— Et maintenant ? »

Elle caressa le velours recouvrant les bras de son fauteuil. « Et maintenant, je voudrais en être sûre. »

Ces derniers temps, il y avait eu tellement de révélations sur la brutalité de la police et sur des affaires étouffées qu'il renonça à lui demander pourquoi elle avait changé d'avis, afin de leur épargner à tous deux une situation embarrassante.

« Est-ce que le questeur vous a dit autre chose sur lui ?

— Seulement qu'il avait sauvé la vie de ma petite-fille et que c'était un ivrogne. C'est ce que la police m'avait déjà rapporté. »

Brunetti se pencha vers elle et leva une main. « Laissez-moi vous demander, madame la comtesse, ce que vous attendez précisément de moi. »

Elle avait toujours les mains sur les genoux. Elle croisa les doigts et les fixa.

Brunetti prit son verre. Il observa la surface du liquide, se disant qu'il resterait ainsi jusqu'à ce qu'elle parle. Peu importait combien de temps durerait le silence ; il la forcerait à lui dire ce qu'elle voulait.

Quelqu'un passa derrière la porte fermée ; pendant un instant, Brunetti crut entendre le tic-tac de sa montre, mais il le mit sur le compte de son imagination.

Il l'entendait bouger nerveusement dans son fauteuil, mais il se refusait à la regarder.

« Je veux retrouver ma petite-fille », assena-t-elle d'une voix qui avait basculé de la souffrance aux affres de l'agonie.

4

Brunetti l'observait et s'étonnait de la voir si chétive : enfoncée dans son fauteuil, elle avait les pieds ballants et le dossier dépassait amplement de chaque côté de ses épaules. « Je crains qu'il n'y ait aucun moyen de remédier à cette situation, madame la comtesse. Savoir ce qui s'est passé n'y changera rien.

— Ces quinze ans ont été totalement vains », déclara-t-elle d'une voix rauque. Telle une enfant têtue, elle s'entêtait à fuir son regard, comme si l'ignorer, lui, revenait à ignorer l'absurdité de sa requête.

« Je suis désolé », affirma Brunetti, ne trouvant rien de mieux à dire ; les yeux de la vieille dame avaient perdu de leur vivacité, sa bouche avait rétréci, puis elle s'affaissa en avant, comme si elle n'avait plus la force de se tenir droite. Elle avait parlé avec cette insistance aveugle, typique des personnes très âgées aspirant à la concrétisation de certains projets avant de mourir et persuadées que les accomplir leur permettrait de quitter ce monde plus facilement. Peut-être était-ce le cas, admit Brunetti, mais peut-être pas.

Il n'avait pas l'impression que la comtesse fomentait une vengeance. Peut-être croyait-elle simplement que comprendre ce qui était arrivé à sa petite-fille adoucirait son chagrin. Brunetti savait combien cette croyance était illusoire : dès qu'une personne apprenait ce qui était arrivé, elle voulait ensuite savoir pourquoi, et puis par qui.

Brunetti était passé, quasiment à son insu, d'une simple curiosité envers cette victime et son étrange destinée, au désir d'en connaître les circonstances et, si possible, les causes. La rapidité avec laquelle il avait pris cette décision était disproportionnée par rapport à son importance, mais il n'en tint pas compte. Il lui accorda peu de considération et ne s'appesantit pas non plus sur les conséquences pour lui-même. Il était face à une vieille dame dans le besoin et sa réaction fut aussi spontanée que de lui tendre la main pour l'empêcher de tomber dans l'escalier. Son amour pour sa mère avait été irréfléchi, féroce et protecteur, tout comme son amour pour sa femme et ses enfants : il n'avait pas le choix.

Il la vit s'avancer pour se saisir de la bouteille et sentit un net fléchissement dans sa détermination. Il ne s'était toujours pas prononcé et il était encore temps de changer d'avis. Elle prit le bouchon et le vissa sur la bouteille, qu'elle remit sur le plateau.

Elle semblait avoir recouvré un peu de force et redevenait l'hôtesse confiante qu'il avait vue au dîner de la veille, comme si l'aveu de son souhait l'avait soulagée d'une dérisoire illusion. « J'ai quatre-vingt-six ans. Je ne sais pas combien d'années il me reste à vivre, dit-elle, propos qu'elle accompagna d'un haussement d'épaules méprisant. Avant de mourir, je veux savoir ce qui s'est passé. Je sais que cela n'aidera pas Manuela et ne la fera pas devenir la personne qu'elle aurait pu être. Mais je veux mourir en paix. »

Brunetti ne bougea, ni ne souffla mot, et resta neutre dans l'attention qu'il lui témoignait. Il avait à la fois envie et besoin de la comprendre.

« Je vous ai dit que le suicide était une hypothèse impossible. » Elle inspira deux fois profondément. « Mais je n'en suis pas sûre. Je ne l'ai jamais vraiment été. Manuela était devenue une jeune fille perturbée. Elle avait perdu la joie de vivre. Je ne veux pas mourir en pensant que je suis responsable de ce qu'elle est aujourd'hui. » Puis elle ajouta, sans la moindre once de mélodrame mais avec une conviction sereine : « Je dois savoir. »

Lorsque Brunetti eut l'assurance qu'elle avait terminé, il demanda : « Savez-vous ce qui la perturbait ? »

Elle fixa ses mains et il pensa à la manière dont ses propres enfants avaient l'habitude de baisser la tête lorsqu'il s'apprêtait à les réprimander. « Il s'est passé quelque chose dans sa vie, mais je ne sais pas quoi. » Elle sortit un mouchoir blanc de la poche de sa robe et s'essuya le nez, sans le regarder. « Sa mère avait remarqué qu'elle était triste et d'humeur morose, mais elle pensait que c'était normal pour une fille de son âge. Je suppose que je voulais la croire.

— Est-ce tout ce que sa mère vous a dit ?

— Elle m'a demandé de l'argent pour payer des séances chez un psychologue. » La comtesse s'éclaircit la gorge, puis dit d'une voix stridente, au souvenir de sa colère : « Je lui ai répondu qu'elle pouvait utiliser l'argent des leçons d'équitation de Manuela pour le psychologue. Ou vendre le cheval. »

Comme effrayée par ces derniers mots, la comtesse prit une profonde inspiration et ferma les yeux, en attendant que ses émotions s'apaisent.

Brunetti était assis ; il attendait aussi ce retour au calme, et se réglait sur son rythme.

« Je leur ai donné l'appartement sur le campo Santa Maria Mater Domini, il y a des années, lorsqu'ils étaient encore mariés. Elle l'a gardé après le divorce. Je lui versais de l'argent chaque mois. Je payais ses factures, et celles de Manuela. Je payais pour le cheval, les leçons, l'écurie, et même pour la nourriture de l'animal. Quand sa mère m'a demandé encore plus d'argent, quelque chose en moi s'est cassé net, et j'ai refusé. » Elle regarda Brunetti, dans l'attente de sa réaction.

« Je vois.

— Après cet épisode, sa mère m'a dit que l'état de Manuela avait empiré, parce qu'elle ne voyait plus personne. Plus tard, j'ai appris que mon fils lui avait donné l'argent, mais elle n'a jamais envoyé Manuela chez un psychologue. »

Quand Brunetti se rendit compte qu'elle n'en dirait pas davantage, il lui demanda : « L'avez-vous vue juste avant l'accident ?

— Non. Chaque fois que j'appelais, sa mère me disait que Manuela n'était pas là.

— Combien de temps ce manège a-t-il duré ?

— Jusqu'à la semaine avant l'accident, où elle a fini par me laisser parler à Manuela au téléphone. » La comtesse croisa les bras sur sa poitrine comme s'il s'était mis soudain à faire très froid dans la pièce. « Je lui ai demandé comment elle allait et elle m'a dit très bien ; puis elle m'a demandé comment j'allais et je lui ai répondu la même chose. Mais je n'avais pas l'impression que c'était vrai. Je sentais qu'elle n'allait pas bien du tout.

— Et ensuite ?

— Une semaine plus tard, mon fils m'a appelée au milieu de la nuit pour me dire ce qui s'était passé. » Elle leva les yeux au plafond et commença à hocher la tête de manière répétée, en confirmant quelque chose qui échappait à Brunetti.

« Donc vous ne l'aviez pas revue avant les faits ?

— Non. »

Brunetti sortit son carnet et l'ouvrit. « Je voudrais que vous me donniez le numéro de téléphone de votre belle-fille et le vôtre. » Elle avait les deux numéros en tête et les lui dicta.

« Savez-vous comment s'appellent certains des amis de Manuela, les gens qu'elle connaissait ici, ou qui allaient à l'école avec elle ? Ses petits amis, si elle en a eu. »

Tout en réfléchissant à ce qu'elle pourrait lui apprendre de plus, la comtesse suggéra : « C'est à sa mère qu'il faut le demander. Je pense que Manuela a perdu tout contact avec ses amis. » À ces mots, elle nuança : « Ou qu'ils ont perdu tout contact avec elle. »

Il espérait autrefois que les gens, notamment les parents, remarquent un comportement inhabituel chez leurs enfants, mais il avait noté que c'était rarement le cas. Le sens de l'observation, chez la plupart des individus, ne s'aiguisait qu'avec le recul.

« En quels termes êtes-vous avec elle ?

— Avec ma belle-fille ? précisa la comtesse, qui rectifia immédiatement : Mon ex-belle-fille ? » Elle y réfléchit un instant, puis répondit : « Cela dépend des jours. »

Brunetti faillit rire, tellement la remarque détonnait au milieu de cette conversation si tendue, mais la comtesse était des plus sérieuses, douloureusement sérieuse.

« Pourquoi ?

— Cela aussi dépend des jours, spécifia-t-elle d'un ton où perçait un fond d'inquiétude. C'est peut-être la dépression ou les pilules qu'elle prend contre ça, ou peut-être l'alcool. Peu importe. Je l'appelle quand je veux voir Manuela et sortir me promener avec elle, ou l'avoir ici l'après-midi. » Elle marqua une pause et Brunetti la soupçonna d'évaluer jusqu'où pousser ses aveux. « Il y a une femme qui vit avec elle, Alina, une Ukrainienne qui travaillait pour moi. Elle s'occupe de Manuela. C'est mieux pour Manuela d'être là-bas. Elle vivait avec sa mère après le divorce et j'ai l'impression que ça la calme d'être de nouveau avec elle. Et dans une maison qui lui est familière.

— S'en souvient-elle ?

— Il semblerait que oui. Mais, parfois, elle ne se souvient plus de qui nous sommes. Puis ensuite elle doit s'en souvenir de nouveau, car elle redevient très affectueuse envers nous. » Une émotion que Brunetti ne put définir sillonna son visage. « C'est comme si elle se souvenait des sentiments, même si elle ne se souvient pas de la personne.

— Je suis désolé », fut à nouveau la seule chose que Brunetti trouva à dire.

Il fut surpris de l'entendre répondre, de la façon la plus normale : « Merci. »

Il se dit que cela n'avait aucun sens, vu les circonstances, d'essayer de parler à la jeune fille. Pas tant qu'il n'en saurait pas davantage sur elle, ou comment elle était avant… avant d'avoir été endommagée. Mais il se rendit compte soudain qu'il ignorait le degré de compréhension de la fille.

Il tourna une page dans son carnet. « Comment s'appelle l'homme qui l'a sortie de l'eau ?

— Pietro Cavanis. Je suis sûre que vos collègues pourront vous parler de lui. »

Brunetti la remercia par un sourire. « Je leur parlerai demain. Est-ce qu'il habite toujours à Santa Croce ?

— Je ne sais pas. Je ne lui ai plus jamais reparlé. »

Il trouva cela étrange, mais s'abstint de le dire. Il n'avait plus de questions, en tout cas aucune qu'il voulait poser maintenant. « Si j'ai besoin de vous parler à nouveau...?

— Je suis toujours là. Sauf si je vais voir Manuela. Même si, en fait, c'est plutôt Manuela qui vient me voir. » Elle était assise calmement ; son visage fut métamorphosé par un sourire d'une chaleur si surprenante que Brunetti dut détourner les yeux.

« Peut-elle venir ici toute seule ? s'enquit-il, même s'il était gêné de poser cette question.

— Ma domestique, Gala, va la chercher. Elle travaille pour moi depuis des années et elle connaît Manuela depuis qu'elle est bébé. »

Brunetti ferma son carnet et le glissa dans sa poche. « J'ai assez d'éléments pour commencer, je pense », conclut-il en se levant. D'habitude, après un entretien, il remerciait la personne qui lui avait donné les informations, mais cela lui sembla inapproprié en l'occurrence.

Il s'inclina et embrassa la main qu'elle lui tendait, quitta la pièce et trouva la domestique assise sur une chaise au bout du couloir. Elle le raccompagna jusqu'à la porte du *palazzo*.

5

Alors que Paola posait sur la table un saladier rempli de *paccheri con tonno*[1], Chiara choisit ce soir-là pour demander à son père : « Est-ce que je peux te poser une question ? » Dans l'attente de sa réponse, elle saisit la grande cuillère, se servit une modeste portion, puis regarda Brunetti.

« Tu ne peux pas me poser une réponse, n'est-ce pas ? » répliqua-t-il, phrase qui était entrée, avec les années, dans les rituels discursifs de la famille, un piège où les enfants, apparemment, ne pouvaient s'empêcher de tomber. C'était la revanche de Brunetti sur la persécution que lui faisaient subir Raffi et Chiara qui, sensibilisés aux questions de l'écologie, tambourinaient violemment à la porte de la salle de bains dès qu'il restait plus d'une minute sous sa douche. Qu'ils continuent à se préoccuper de l'environnement ; lui, il leur rendait la monnaie de leur pièce.

Chiara leva les yeux en signe d'exaspération et Brunetti s'informa : « À quel propos ?

— De la loi.

— Vaste sujet, je dirais », commenta Raffi à l'autre bout de la table.

---

1. Très gros macaronis au thon.

Ignorant son frère, Chiara pencha la tête et se concentra sur ses pâtes. Paola lança un regard glacial à Raffi.

« Et quoi donc au sujet de la loi ? poursuivit Raffi mais, comme sa sœur ne lui accorda pas la moindre attention, il ajouta : En particulier. » Il sourit à Paola pour lui montrer la pureté de ses intentions.

Chiara regarda sa mère, qui était en train de se servir, puis son frère, comme pour tester la sincérité de sa question. « Je me demandais si c'est contre la loi de demander de l'argent aux gens dans la rue. »

Brunetti posa sa fourchette. « Ça dépend.

— De quoi ? s'informa Chiara.

— De qui t'a envoyé en demander, expliqua-t-il après un moment de réflexion.

— Pourrais-tu me donner un exemple ?

— Si tu es en train de travailler pour Médecins sans frontières et que tu as l'autorisation d'être dans la rue, alors tu peux en demander. Ou si tu fais partie de l'AVAPO[1], que tu vends des oranges et que les bénéfices servent à aider des malades du cancer à domicile, et si on t'a autorisée à avoir un stand sur le campo San Bortolo[2], alors tu peux le faire.

— Et si tu n'entres dans aucun de ces cas de figure ? » demanda Chiara, oubliant son dîner.

Brunetti dut y réfléchir un instant. « Alors tu peux être considéré, à mon avis, comme un mendiant.

— Et donc ? intervint Paola, soudain intéressée par le sujet.

— Donc tu fais quelque chose que la loi – en termes simples – désapprouve. Mais tu ne la violes pas. » Ce n'est

---

1. Associazione Volontari per l'Assistenza di Pazienti Oncologici.
2. Nom vénitien du campo San Bartolomeo.

qu'après avoir parlé que Brunetti prit conscience de l'absurdité de ces propos.

« C'est une loi réelle, ou juste une fausse loi ? » s'enquit Chiara.

Même s'il savait bien ce qu'elle voulait dire, Brunetti se sentit dans l'obligation de demander : « Qu'est-ce que tu veux dire par "fausse loi" ?

— Oh, papa, ne joue pas les avocats avec moi. Tu sais exactement ce que je veux dire : une loi qui est une loi, mais dont personne ne tient compte. » Chiara secoua la tête à la proposition de Paola de lui resservir des pâtes.

Combien de fois les enfants profèrent-ils des vérités, songea Brunetti, *que les parents sont censés nier ?* Ses collègues et lui s'étaient adaptés depuis longtemps au fait que certaines lois servaient davantage à décorer l'appareil judiciaire qu'à être appliquées. Les gens arrêtés pour des vols ou des actes de violence étaient amenés à la questure, accusés et sommés, s'ils étaient étrangers, de quitter le pays dans un certain délai ; puis relâchés. Ré-arrêtés une semaine plus tard pour le même délit, et on faisait tourner le même manège indéfiniment, avec les mêmes chevaux qui caracolaient à chaque tour.

Il vit le moment où Paola céderait à son impulsion habituelle de semer le trouble : « C'est comme la loi sur…

— Comme je le disais à Chiara, la coupa-t-il, ça se situe quelque part entre la légalité et l'illégalité. Si tu arrêtes quelqu'un dans la rue pour lui demander de l'argent, ce n'est pas un crime, même si ça reste une infraction. Mais si tu envoies des mineurs mendier de l'argent, alors c'est un crime. »

Brunetti avait fait ces déclarations sur un ton professionnel, espérant que cela suffirait.

Mais Chiara demeurait préoccupée. « Que se passe-t-il si tu demandes de l'argent?

— Tu commets une infraction, répondit-il en essayant de mettre ce mot en relief. Pas un crime, mais une violation. » *Saisira-t-elle la différence?* pensa-t-il. *L'avait-il bien saisie lui-même?*

« Est-ce que cela signifie qu'il ne t'arrive rien? »

Il prit le temps de finir ses pâtes et regarda Paola. « Qu'est-ce qu'il y a après? s'informa-t-il dans l'espoir que Chiara se laisserait distraire à l'idée d'un autre mets.

— C'est bien cela, papa? insista-t-elle.

— Eh bien, énonça-t-il d'un ton digne de Salomon, la personne qui le fait doit être punie par une sanction administrative.

— C'est juste un mot, répliqua Chiara rapidement. Cela ne veut rien dire.

— La police ouvre un dossier sur elle.

— Mais il ne lui arrive rien », réitéra-t-elle.

Pendant tous ces échanges, Raffi avait bougé la tête de sa sœur à son père, comme lors d'un match de tennis. Paola recula sa chaise, rassembla les assiettes et les apporta dans l'évier à l'autre bout de la pièce. Brunetti but une gorgée de vin et finit par demander : « Pourquoi toutes ces questions, Chiara?

— Peut-être qu'elle cherche un moyen pour se faire un peu d'argent de poche l'après-midi après l'école, suggéra Raffi. Et qu'elle veut savoir si elle risque une arrestation. » Sa sœur saisit sa serviette et s'apprêta à la lancer dans sa direction. Paola l'entendit mais, le temps de se tourner, Chiara avait remis sa serviette sur ses genoux et buvait une gorgée d'eau.

Chiara regarda son père, puis sa mère, et baissa les yeux sur son assiette. Brunetti attendit et Paola, debout à son plan de travail, versa les légumes dans deux récipients de faïence.

« Il y a un de ces nouveaux Africains, commença Chiara, qui nous arrête toutes et nous demande de l'argent. Tous les jours : il est là à chaque fois qu'on sort de cours.

— Qu'est-ce que tu veux dire par nouveaux ? » Paola haussa la voix en posant cette question.

« Il n'est pas comme les *vu cumprà*[1] », intervint Raffi. Brunetti s'attendait à ce que Chiara fasse une objection, mais elle opina simplement du chef. Avec les années, Brunetti, comme la plupart des Vénitiens, s'était habitué à la présence des immigrants sénégalais, appelés *vu cumprà* par tout le monde en ville, même s'il aurait été plus politiquement correct de les désigner par l'expression de « vendeurs ambulants ». Brunetti avait essayé d'utiliser le terme poli, mais il ne parvenait pas à se le mettre en tête et il finit par les appeler, lui aussi, par leur nom courant.

« Je ne comprends toujours pas », constata Paola.

Chiara et Raffi échangèrent un long regard, comme s'ils se demandaient si leurs parents vivaient dans la même ville qu'eux, et Chiara spécifia : « Ils sont là depuis l'année dernière plus ou moins, ceux dont je parle. Et ils sont différents.

— En quoi ?

— Ils sont agressifs, expliqua Raffi, qui regarda sa sœur du coin de l'œil pour en avoir la confirmation. Du moins, ceux que j'ai vus. »

Chiara fit un signe d'assentiment. « Les *vu cumprà* sont là depuis longtemps. Ils parlent tous italien. Et ils nous

---

1. Déformation de l'italien « *Vuoi comprare ?* » signifiant : « Tu veux acheter ? »

connaissent, en plus. Donc on plaisante avec eux et peu importe si on n'achète rien, dit-elle en confortant Brunetti dans son opinion sur les vendeurs de rue sénégalais.

— Et les nouveaux ? » s'enquit Paola en se penchant pour sortir un plat du four.

Chiara enfouit son menton dans une main, ce qu'elle n'avait pas le droit de faire à table. Brunetti laissa passer et Paola ne s'en aperçut pas. « Il me fiche les jetons, finit-elle par lâcher comme si elle avouait un crime. Je sais que je ne suis pas censée tenir ce genre de propos au sujet des immigrants, mais ce type est différent. Il est menaçant, quelque part, et parfois il met sa main sur notre bras. » Sa voix se fit plus forte, comme si elle se défendait. « Les *vu cumprà* ne feraient jamais cela. Jamais. »

Brunetti, assis en face du four, regarda furtivement Paola, qui s'immobilisa soudain et devint attentive à la conversation. Brunetti n'aimait pas l'idée qu'un homme, quel qu'il soit, mette sa main sur le bras de sa fille sans y avoir été invité. Il se rendit compte à quel point sa réaction était ancestrale, mais n'y attacha aucune importance.

« Pendant qu'il demande de l'argent ? s'informa-t-il le plus calmement du monde.

— Oui. »

Brunetti leva sa fourchette pour se donner une contenance, en réfléchissant à la question. Il fut surpris de voir que son assiette avait disparu, mais la place vide fut rapidement remplie par une autre assiette avec des poivrons jaunes, farcis de viande et de ricotta.

Lorsque chacun fut servi et que Paola se fut rassise, il en prit une bouchée à titre d'exploration. Il en mangea encore un peu et s'apprêtait à parler lorsque Raffi ajouta, sur un ton où l'exaspération le disputait à l'amusement :

70

« Sans compter les drogués, mais ils nous ignorent. Ils ne s'adressent qu'aux touristes.

— Quels drogués ? » demanda Paola d'une voix rauque trahissant une peur mal contrôlée.

Raffi se tourna vers elle et leva une main. « Calme-toi, *mamma*. Je me suis mal exprimé : les gens contre la drogue. »

Brunetti lança un regard à sa femme ; elle afficha un air d'aimable curiosité sur son visage, qui se refléta dans sa voix. « Mais alors, Raffi, ils sont pour ou contre ? » Cette voix calme ne pouvait pas être assurément celle d'une mère d'adolescents qui venait juste d'entendre parler, incidemment, de drogue.

« Oh, ils disent qu'ils sont contre, répliqua Chiara. Mais il suffit de les regarder.

— De regarder leurs dents », spécifia Raffi, rappelant à Brunetti les grimaces de certains toxicos qui étaient passés par la questure avant d'aller en prison, ou les dentitions qu'on pouvait voir sur les photos prises au moment de leur arrestation.

Chiara semblait soulagée d'avoir pu parler ouvertement de l'homme. Elle faisait partie, après tout, d'une génération qui avait intériorisé l'évangile de la tolérance et qui considérait comme un péché toute critique ayant trait à un individu plus défavorisé que soi.

Brunetti pensait connaître les gens dont parlaient ses enfants ; il avait vu maints de leurs rassemblements, toujours situés aux endroits les plus touristiques. Des deux sexes et d'un âge indéterminé, portant une sorte de carte officielle attachée à une ficelle autour du cou, qui leur octroyait, supposait-il, le droit d'occuper l'espace public et de demander de l'argent – comme les gens de l'AVAPO ou de Médecins sans frontières. Brunetti se sentit légèrement mal à l'aise de les avoir mis sur le même plan que ces deux groupes. Même s'ils avaient éveillé sa curiosité, ils n'avaient jamais attiré son attention : il avait toujours continué son chemin, en les livrant aux touristes ou, plus précisément, en leur livrant ces derniers.

Paola proposa d'autres poivrons. Comme tous déclinèrent son offre, elle demanda : « Puis-je savoir de quoi il retourne ? » d'un ton neutre, curieux, qui ne pouvait laisser transparaître la moindre once de suspicion.

Chiara et Raffi se consultèrent d'un regard pour voir qui parlerait en premier. Chiara secoua la tête, donc Raffi prit la parole : « Je les vois de temps en temps en face des Frari[1]. Ils arrêtent les gens et leur demandent s'ils veulent faire quelque chose pour stopper la drogue et s'ils disent qu'ils sont d'accord − ce sont seulement les touristes qui s'arrêtent − ils leur demandent de signer un papier, une sorte de pétition, sans cesser de leur parler.

— C'est tout ? demanda Brunetti, toujours en quête d'exactitude.

— Mes amis disent qu'ils demandent de l'argent.

— Mais le font-ils vraiment ? »

Raffi fut manifestement surpris. « Pour quelle autre raison devraient-ils s'embêter à leur demander de signer une pétition ? Cela ne sert à rien de signer quoi que ce soit : personne ne tient compte des pétitions que signent les gens, donc à quoi ça sert de demander aux gens de le faire ? »

Quelle incroyable différence par rapport à notre génération, se dit Brunetti et il n'en était pas à son premier constat. Eux avaient si peu de raisons de croire, ou d'espérer. Il se

---

1. Basilique de Santa Maria Gloriosa dei Frari, que les Vénitiens appellent simplement Frari.

souvint de l'enthousiasme politique de sa jeunesse et fut forcé d'admettre que sa génération n'avait abouti à rien. Mais, au moins, elle avait essayé.

« Donc c'est juste un prétexte pour se faire du fric ? demanda Paola en utilisant l'expression vénitienne *ciappar schei*, probablement pour s'autoriser à cracher avec mépris sur le dernier mot.

— S'ils ont ces cartes avec leur identité, c'est qu'on les y a autorisés », insista Raffi, rappelant à ses parents que l'époque où ils pouvaient le faire taire par le simple ton de leur voix était révolue, et ne reviendrait jamais plus.

Brunetti se tourna vers Paola : c'était son combat, pas le sien.

« Peut-être est-ce la seule manière dont ces gens peuvent gagner de l'argent. On sait bien que l'État les a abandonnés.

— L'État nous a tous abandonnés, rétorqua Raffi d'un ton animé. Il m'a abandonné aussi. » Il martela cette vérité, effrayant Brunetti par la colère sensible dans sa voix. « Peu importe combien d'années nous avons passées à l'université, ou le diplôme que nous avons obtenu ; mes amis et moi, nous n'aurons jamais de travail. » Lorsqu'il vit sa mère prête à intervenir, il nuança : « Moi j'en aurai, grâce à *Nonno*[1], à toutes les affaires qu'il gère et aux gens qu'il connaît. Mais pas mes amis, à moins qu'ils aient aussi des connexions, sinon il leur faudra partir en Angleterre, ou en France, pour avoir un emploi décent. » Puis il rectifia sèchement, après un moment de réflexion : « Ou un emploi quelconque. »

Assise en face de lui, sa sœur leva les mains en forme de « T », à la manière des arbitres signalant un temps-mort.

---

1. « Grand-père. »

Raffi se tut, Paola s'abstint de lui répondre et Brunetti prêta attention à sa fille.

« Est-ce que je peux te rappeler que c'est moi qui ai commencé cette discussion et que je n'ai toujours pas de réponse, signala Chiara impatiemment, d'un ton étonnamment adulte. Je t'ai parlé de ce mendiant parce que je veux savoir ce que je peux faire en général. Et avec lui en particulier. » Brunetti attendit pour voir si elle allait préciser ne pas vouloir blesser cet homme, ni lui faire peur, comme il s'y attendait. « Je veux qu'il me laisse tranquille », affirma-t-elle d'une voix neutre. Paola se leva et commença à débarrasser la table. Raffi aida sa mère, laissant Brunetti s'entretenir avec Chiara.

Vianello serait la personne indiquée, se dit Brunetti, même s'il ne savait trop que lui demander. Qu'est-ce que disait toujours cet inspecteur en chef britannique qu'il avait rencontré à la conférence de Birmingham ? « Mettez-leur les chocottes. » À l'époque, Brunetti avait été amusé par cette expression, même si la réalité des faits l'avait mis mal à l'aise. Mais c'était exactement ce qu'il attendait de Vianello, son ami au cou épais et aux gestes gauches : faire peur à cet individu, qui était en train de faire peur à sa fille. « Je vais voir ce que je peux faire », conclut-il. Paola et Raffi revinrent, avec deux assiettes de gâteau aux marrons.

6

Le lendemain matin, Brunetti s'arrêta dans le foyer des policiers avant d'aller à son bureau. Vianello l'accueillit avec un sourire amical. Brunetti voulait lui parler du mendiant avant de lui rapporter sa conversation avec la comtesse Lando-Continui. Il demanda donc à l'inspecteur s'il avait eu vent de plaintes de gens auxquels on demandait de l'argent dans la rue.

« Qui perdrait son temps à nous consulter ? » s'enquit Vianello. Il n'y avait pas une once de sarcasme ou de perplexité dans sa question : aller se plaindre des mendiants à la *police* ? L'inspecteur poussa une pile de papiers sur le côté de son bureau, regarda fièrement l'espace vide sur sa gauche. « Pourquoi me poses-tu cette question ? »

Ce n'est que face à cette demande d'explicitation que Brunetti se rendit compte à quel point la situation était vague. « Il y a un homme qui demande tout le temps de l'argent à Chiara et à ses amies. Près de son école. Elle dit qu'il est très insistant.

— Insistant de quelle façon ?

— Elle dit qu'il pose sa main sur leurs bras et elle m'avait l'air… perturbée.

— Est-ce l'un de ces nouveaux arrivants ?

— Suis-je le dernier à en entendre parler ? »

Comme la discussion risquait d'être longue, Vianello se leva, de manière à ne pas rester assis alors que son supérieur lui parlait debout. « Difficile de ne pas les remarquer, affirma Vianello en s'appuyant à moitié contre son bureau.

— En quoi sont-ils nouveaux ?

— Ils ne viennent pas du Sénégal et les *vu cumprà* ne veulent pas avoir affaire à eux. Apparemment ils ne travaillent pas, parlent mal italien et ils demandent toujours de l'argent. La mafia a formé les *vu cumprà* parce qu'ils travaillent pour elle, donc ils ont appris à ne pas insister et ils se gardent bien de toucher les gens. Les nouveaux ont un air plus dur, aussi. »

Brunetti fut contrarié de ne pas avoir remarqué ces nouveaux solliciteurs, ou peut-être les avait-il notés, mais sans leur prêter attention. En costume-cravate, il n'était pas leur cible. C'étaient les femmes et les touristes leurs cibles privilégiées, supposa-t-il, les premières, généreuses par empathie, et les seconds, par un sentiment peut-être de honte. Ou par peur ?

« Est-ce qu'on peut intervenir à propos de ce type ? » s'informa Brunetti, conscient que, en l'absence d'une option légale, leur seul choix était l'arme de la persuasion. Tous deux gardèrent le silence un long moment, envisageant les différentes possibilités.

« Mon Dieu ! explosa Brunetti. C'est comme cela que se sentent les gens ordinaires.

— Pardon ?

— Si tu n'as pas de pouvoir officiel, tu ne peux rien faire quand quelqu'un t'importune. Chiara peut me demander d'agir mais, en tant que père, je ne peux rien faire pour qu'il arrête, si lui n'a pas envie de cesser. »

Vianello saisit la balle au bond. « Nous pouvons lui dire qu'il doit payer une amende. Ou lui dire qu'il devra quitter le pays s'il recommence. » Il transféra la liasse de papiers sur un autre bureau.

Quand il revint, Brunetti avait les mains dans les poches et regardait le bout de ses chaussures. Vianello s'assit dans son fauteuil.

« On ne peut rien faire, poursuivit Brunetti. Alors que nous sommes la police, pour l'amour du ciel. »

Vianello haussa les épaules, comme pour signaler à son collègue qu'ils étaient en plein cliché. « Tu te demandes pourquoi les gens votent pour la Lega[1] ? » Il tira une petite pile de documents vers lui et leva les yeux vers Brunetti : « J'irai à l'école cet après-midi et je lui parlerai. » L'inspecteur ouvrit le dossier suivant.

Brunetti le remercia et regagna son bureau à pas lents. Il avait oublié la comtesse. Grâce à son autorité, il pouvait envoyer un policier discuter avec cet homme et lui conseiller d'arrêter d'importuner les filles à l'école. Si cela fonctionnait, le gêneur irait simplement déranger ailleurs un autre groupe de filles, ou des femmes faisant du shopping, ou encore des gens en train d'acheter du poisson au Rialto.

Peu importait depuis combien de temps il était sur le territoire : il y avait belle lurette que la presse ne mentionnait plus la distinction entre les immigrés légaux et illégaux, tout comme le terme de *clandestino*. Brunetti imagina que la plupart de ces hommes cherchaient du travail, mais imagina tout autant qu'ils n'en trouveraient pas. L'État leur avait

---

1. Parti populiste fondé en 1989, dit aussi Lega Nord ou Lega Nord Padania, ayant son siège à Milan et aspirant, entre autres, au régionalisme, et notamment à l'indépendance de la région Padanie, ou Plaine du Pô.

fourni un endroit où vivre et leur octroyait chaque jour une somme minimale, suffisante pour survivre, mais il ne pouvait pas leur procurer un emploi.

Il passa en revue tous ses principes de *bien-pensant** sur la justice sociale, l'égalité et les droits de l'homme, mais sa colère persistait à l'idée que n'importe qui pouvait toucher sa fille contre sa volonté.

Pour se débarrasser de ces pensées, il alluma son ordinateur et, en l'absence de tout message de la part de la signorina Elettra, entra le nom de la comtesse Demetriana Lando-Continui, puis il lança la recherche avec assurance, en formulant une prière aux dieux de l'informatique.

Sa requête déboucha sur une longue liste d'informations relatives à son nom, même s'il s'aperçut rapidement que la majeure partie d'entre elles se limitaient à donner l'adresse et le numéro de téléphone de la comtesse. Des photos apparurent, liées à un certain nombre d'articles sur les dîners et les soirées organisés par Salva Serenissima. En les étudiant, il crut repérer la comtesse sur deux d'entre elles au moins, nichée au milieu de petits groupes de femmes de son âge et, supposait-il, de même niveau social et financier.

Après trois articles identiques, et maintes références à la comtesse sur Facebook, il passa à la lecture des journaux du jour, une lecture bien plus instructive.

« Qu'en est-il de Salva Serenissima ? » se demanda-t-il à haute voix et il tourna son attention vers cette institution.

Il trouva une longue liste d'articles. Il n'y avait pas d'entrée sur Wikipédia, mais on proposait une page Facebook et un compte Twitter comme sources possibles d'informations. Brunetti n'avait pas envie d'en consulter une seule. Il trouva une liste du conseil d'administration et passa un certain temps à l'examiner. Il y avait le feu d'artifice habituel des noms des aristocrates dont les titres faisaient resplendir l'écran : il s'amusa tout particulièrement à lire les noms de famille à rallonge, tombant en cascade les uns après les autres, comme des loutres plongeant dans une mare aux canards. À l'ombre des titres de noblesse se blottissaient des noms plus ordinaires, dont il en reconnut quelques-uns. Un nom au bout de la liste attira l'attention de Brunetti, car cette personne avait mis les pieds plus d'une fois à la questure, suite aux différentes accusations de vols à l'étalage proférées à l'encontre de son épouse.

« Tiens tiens ! » s'exclama-t-il à la vue d'un autre nom encore, expression empruntée à Paola qui exprimait ainsi sa surprise et son ravissement. Il y avait son vieil ami Leonardo, marquis de Gamma Fede, qui était allé à l'université avec lui, puis avait disparu de la circulation en entrant dans l'entreprise familiale de textile délocalisée en Asie. Ils étaient restés en contact par intermittence, au fil des années. Brunetti se souvint des lettres et des cartes que Lolo lui envoyait à l'époque, dont ses enfants collectionnaient les timbres et qu'il glissait dans d'énormes enveloppes en papier kraft, à moitié couvertes de rangées de timbres aux couleurs vives et à très bas tarifs, mais plus que suffisants pour acheminer, sans se presser, ces différents courriers jusqu'en Italie : ce pouvaient être un troupeau d'éléphants d'Inde, des oiseaux quasiment fluorescents d'Indonésie, ou encore une foule de kangourous d'Australie. Il s'en souvenait parfaitement, comme ses enfants.

Brunetti n'avait plus de nouvelles de Lolo depuis plus d'un an, même s'ils communiquaient maintenant par e-mail. Fini les timbres, hélas. Il fut ravi de voir son nom sur la liste, car cela signifiait qu'il devait parfois résider à Venise. Ce n'est que dans un second temps qu'il songea à s'en réjouir pour des raisons professionnelles. Lolo était loin d'être bête et Brunetti l'avait toujours considéré comme quelqu'un d'honnête. Il nota dans un coin de sa tête qu'il devait le contacter.

Il retourna à sa liste. Des années auparavant, l'un des aristocrates avait loué un appartement à des amis d'amis de Brunetti, qui n'avaient découvert qu'au moment du déménagement que la cage d'ascenseur servait aussi de conduit aux odeurs provenant du restaurant chinois situé au rez-de-chaussée. Et non seulement ces odeurs stagnaient sur le palier, mais, pire encore, le tube d'évacuation qui passait par leur chambre provoquait la même pestilence. Ils finirent par céder, face aux menaces du propriétaire d'entamer une procédure en cas de rupture du bail, et furent obligés de dépenser 3 000 euros pour pouvoir se débarrasser de l'appartement, et de l'aristocrate en question. La présence de ce nom noble sur la liste du « conseil honoraire » fit sourire Brunetti et lui donna une idée de la droiture de l'humanité.

Alessandro Vittori-Ricciardi figurait parmi les membres d'un certain « conseil d'administration ». Il était flanqué d'un comte et d'un vicomte, ainsi que de trois simples mortels.

Ce n'est qu'après une seconde lecture de cette liste que Brunetti remarqua que moins de la moitié des noms étaient italiens. Puis il s'aperçut que certains apparaissaient deux fois. Il s'étonna de leurs différentes catégories, chaque groupe ayant son étiquette. Il se souvint d'avoir assisté une fois à une ennuyeuse représentation de Verdi au Metropolitan Opera de New York, si lointaine qu'il en avait oublié le titre. Pendant l'un des entractes, il avait ouvert le programme et trouvé la liste tout autant interminable des mécènes où les Américains, qui avaient le mérite d'assumer leur vulgarité, les avaient inscrits selon l'importance de leurs dons.

Son beau-père lui avait dit un jour qu'il n'entrait que dans les conseils d'administration des entreprises dégageant des bénéfices. « Ils ne traînaillent pas, ne vous font pas perdre de temps en vous invitant à des dîners et ne vous soupçonnent pas de donner de l'argent pour voir votre nom sur la liste. »

La comtesse Lando-Continui figurait dans le « conseil international », au troisième rang d'une liste qui n'était pas établie par ordre alphabétique ; ce système de classement intrigua Brunetti, tout comme les prises de bec et les fâcheries qui avaient dû en découler.

Il se remémora une remarque que lui avait faite un jour la fille du comte Falier, sa chère et tendre, non pas à propos des conseils d'administration, mais de sa réaction face aux gens qui y siégeaient : « J'espère que tu as appris à laisser ton passé derrière toi, Guido, et que tu as mis de côté tes préjugés de caste, l'avait-elle admonesté après l'avoir entendu critiquer la nomination du recteur de l'université, qui portait le nom de deux doges. S'il s'était appelé Scarpa, tu te serais abstenu de tout commentaire sur sa nomination. »

Brunetti en avait conçu un vif embarras pendant une semaine entière, sentiment qui l'envahissait à chaque fois qu'il se surprenait à lancer une pique contre les riches et les nobles de naissance. Ce n'était guère le ressentiment d'un fils de travailleurs dont on n'avait pas reconnu les efforts : son père, au retour de la guerre, avait été un fainéant de première, qui ne voyait aucune raison de travailler tant qu'il pouvait l'éviter.

Comme si l'on avait roulé un journal et qu'il en avait reçu mentalement un grand coup sur la tête, Brunetti regarda de nouveau la liste et se dit que lui, comme tous les Vénitiens, devait être reconnaissant envers la comtesse de dédier une partie de sa fortune à la jeunesse et à la sauvegarde des monuments de la ville.

Il songea à Pucetti, le plus prometteur des jeunes policiers, qui lui avait dit, quelques semaines plus tôt, qu'il risquait de partir à Marghera si sa petite amie y était mutée pour enseigner les mathématiques. Né à Castello, Pucetti semblait connaître tout le monde dans le *sestiere*[1]. Il avait raconté un jour à Brunetti que son grand-père était le premier de la famille à avoir appris l'italien et que son père le parlait encore comme une seconde langue. Son arrière-grand-mère n'avait jamais quitté son quartier, pas même une seule fois dans sa vie.

Pourquoi les autres fondations ne prenaient-elles pas exemple sur la comtesse et ne cherchaient-elles pas à faire quelque chose pour les Vénitiens, plutôt que pour Venise ? Il y avait peu de chances que la municipalité s'en charge, malgré toutes ses promesses. La dernière fois qu'un vaste édifice avait été partagé en appartements privés et mis en vente à un prix abordable, un nombre suspect d'entre eux avaient été vendus à des hommes politiques et à leurs épouses. Brunetti chassa ces idées de son esprit : elles ne pouvaient lui attirer que des ennuis.

En descendant l'escalier, il pensa à la parabole de Mahomet et la montagne, puis il se rendit au bureau de la signorina Elettra et fut instantanément alerté du danger à la

---

1. Terme désignant chacun des six quartiers composant la ville de Venise.

vue de son expression. Ses lèvres étaient si serrées qu'elles formaient un sourire létal et que ses dents en devenaient invisibles, peut-être pour minimiser leur rôle d'armes contondantes.

Brunetti suivit la trajectoire de ses yeux, qui aboutit au lieutenant Scarpa, debout devant la fenêtre la plus proche de la porte ouverte, ce qui le cachait à toute personne passant dans le couloir. Le lieutenant, dont l'uniforme était un modèle de haute couture, était appuyé contre le rebord de la fenêtre d'où Brunetti conversait habituellement avec la signorina Elettra et qu'il considérait, de façon tout à fait compréhensible, comme sa place.

« C'est bien la dernière chose que je ferais, lieutenant, que de mettre en doute votre intégrité, l'entendit-il dire alors qu'il entrait dans son bureau. Je ne pourrais plus me regarder dans une glace si je vous soupçonnais de manquer de loyauté vis-à-vis du service dont vous êtes la fine fleur. » Le ton mortifère – plus le jeu d'une mauvaise actrice, lisant un mauvais scénario, en outre dans une mauvaise traduction – contrastait tellement avec le contenu du message que la scène en devenait hallucinante.

Ses lèvres frémirent à l'horizontale, suggérant ce qui était censé être un sourire, mais Brunetti n'en était pas certain.

« C'est un grand réconfort pour moi que de l'apprendre, signorina », répliqua le lieutenant d'un ton de piété sirupeuse. Il dirigea son regard vers Brunetti, mais ne notifia sa présence d'une aucune autre manière. Il revint à la signorina Elettra et poursuivit : « Donc, je dois chercher ailleurs la personne qui a essayé de pirater mon ordinateur. » Après toutes ces plaisanteries mielleuses, cette expression cingla l'air comme un coup de fouet.

Ha ha, songea Brunetti, *voilà ce qu'elle est en train de faire.* Il savait qu'elle avait accès à l'ordinateur du vice-questeur ; elle était sans doute plus familière de ses données que Patta lui-même. Elle connaissait son mot de passe depuis une éternité, mais peut-être l'avait-il changé, ce qui l'avait forcée à commettre une nouvelle infraction. Avait-elle laissé comme un sillage de parfum, ou laissé tomber un mouchoir, pendant cette opération ?

Brunetti bomba le torse et, à son entrée dans le petit bureau, il agita sa main vers son oreille, geste que le lieutenant pouvait interpréter comme un salut, ce qui l'obligerait, dans ce cas, à lui répondre en se levant. Habitué à obéir, le lieutenant se pencha, puis se redressa. Il porta sa main droite à son front, tout en faisant un sourire entendu : il n'était pas dupe de la tentative désuète, pour ne pas dire inutile, de son supérieur de lui imposer son pouvoir. « Commissaire, fit-il comme s'il venait juste de remarquer Brunetti.

— Est-ce tout, lieutenant ? s'enquit la signorina Elettra, sans gâcher cette fois une once d'énergie à sourire.

— Pour le moment, oui, signorina », déclara le lieutenant, et il partit.

Lorsqu'il fut sûr que Scarpa avait commencé à gravir les marches, Brunetti lui demanda : « Vous a-t-il surprise en train de lire ses e-mails ?

— Dieu merci, non ! s'exclama-t-elle, fort étonnée à cette idée. Mais quelqu'un d'autre a piraté son ordinateur et a fouillé dedans.

— Qui ? » s'informa Brunetti.

Elle éluda sa question en secouant la tête et expliqua : « Il pourrait s'agir de la même personne que pour celui du vice-questeur.

— Quelqu'un du ministère ? » Brunetti se demanda ce qui arriverait si le ministère espionnait sa propre correspondance interne. « Est-il assez doué, demanda Brunetti en désignant de la tête la porte que Scarpa venait juste de passer, pour le détecter ?

— Peut-être. » Brunetti s'aperçut combien cet aveu coûtait à la signorina Elettra.

« Avez-vous une idée de la suite ? »

Elle leva le menton, comme pour se procurer une meilleure vision du plafond. Ou des étoiles. Le seul signe qu'elle n'avait pas sombré dans un profond coma était sa bouche : elle pinça les lèvres, puis esquissa une grimace d'exaspération, et enfin se détendit complètement, comme si elle restait en communion avec une réalité que Brunetti ne saisirait jamais.

Sans crier gare, les forces suprêmes finirent par la libérer et elle proféra : « Giorgio trouvera. »

Giorgio, pensa Brunetti, *le* deus ex machina *version cybernétique*. « Avez-vous besoin de son aide pour cela ? »

Elle enfouit son menton dans sa main gauche et effleura nonchalamment son clavier, tels un pianiste à la recherche d'une meilleure mélodie, ou un petit oiseau picorant des graines.

« Oui, commissaire, admit-elle en levant les yeux vers lui. C'est important de l'impliquer dans l'affaire. Cette histoire d'e-mails n'est pas une farce entre copains : c'est une tentative de vol. Donc, si nous pouvons trouver qui l'a faite, nous pouvons peut-être avoir une idée de ce qui les intéressait. Il est toujours bon de savoir ce que recherchent même les ennemis de vos ennemis.

— Croyez-vous que le vice-questeur et le lieutenant aient des ennemis ? » demanda-t-il, provoquant chez elle une expression effarouchée.

Comme elle se refusait à répondre, il insista : « Ont-ils une seule raison d'avoir des ennemis ? »

Elle assena en souriant : « Laissez-moi vous en compter les façons[1]. »

1. Allusion au titre de l'avant-dernier sonnet d'amour (XLIII) d'Elizabeth Barrett Browning (1806-1861), « Comment t'aimé-je ? Laisse-moi t'en compter les façons », dans *Sonnets portugais*, traduction de Lauraine Jungleson, Gallimard, 1994.

7

« Où en sommes-nous avec la comtesse Lando-Continui ? » lui demanda-t-il.

Sans répondre, la signorina Elettra s'écarta de lui et actionna quelques touches de son ordinateur, les yeux rivés sur son écran. « Venez jeter un coup d'œil », lui dit-elle vivement, en lui faisant signe de rester derrière elle.

Il vit la une du *Gazzettino*. La mise en page était encore celle de l'époque et l'article remontait à quinze ans auparavant. « Une jeune aristocrate blessée dans un accident, lut-il. Hier soir, vers minuit, Manuela Lando-Continui, fille de Teodoro Lando-Continui et de Barbara Magello-Ronchi, et petite-fille de feu le comte Marcello Lando-Continui et de la comtesse Demetriana Lando-Continui, a été sauvée des eaux du canal San Boldo. Un passant qui l'a vue s'agiter dans le canal a plongé et l'a sauvée en la tirant des sombres eaux du canal, puis a lui-même perdu connaissance. Une autre personne est venue à leur secours ; cet homme a réanimé la jeune fille, qui a ensuite été transportée à l'Hôpital civil, où l'on a diagnostiqué un état "critique". La police, dépêchée sur place, considère cet incident comme un accident. »

À la fin de sa lecture, la signorina Elettra, qui avait pris sa place sur le rebord de la fenêtre, lui expliqua : « Les deux autres articles racontent la suite de l'histoire. »

Il parcourut ces pages de bas en haut et vit la photo d'une jeune fille vêtue d'un chemisier blanc, peut-être une chemise d'homme, vu qu'elle lui arrivait quasiment aux genoux, et d'un jean délavé. Elle laissait pendre sa main gauche et avait enroulé le bout des rênes autour de ses doigts ; elle entourait de son bras droit un cheval au pelage sombre, qui baissait la tête et la pressait contre elle, et dont on percevait juste un œil et une oreille. Le cheval avait la bouche ouverte et semblait mordiller un bouton de son chemisier.

La fille avait de longs cheveux foncés tirés en arrière, qui dégageaient son large front. Elle souriait, heureuse, face à l'appareil photo qui avait capté la fraîcheur de son visage juste au moment où elle passait de jolie jeune fille à belle femme. On aurait dit qu'elle demandait au photographe s'ils n'étaient pas en train de vivre les plus beaux jours de leurs vies. Elle portait des bottes d'équitation et se tenait sur la pointe des pieds, pour pouvoir mieux enlacer son cheval.

« Charmante jeune fille, commenta Brunetti, qui se rendit alors compte que c'était la première fois qu'il la voyait en photo.

— Oui, elle l'était, n'est-ce pas ? approuva la signorina Elettra.

— L'était ? s'étonna Brunetti.

— C'était il y a longtemps ; peut-être a-t-elle changé. Lisez les articles », lui suggéra-t-elle.

Le premier, qui était daté de deux jours plus tard, mentionnait Pietro Cavanis, le Vénitien qui lui avait sauvé la vie, et nommait les parents de Manuela, qui étaient à son chevet, attendant qu'elle sorte du coma dans lequel elle était tombée depuis qu'elle avait été repêchée dans le canal.

Le second était sorti le même jour dans l'autre journal local et la décrivait comme une cavalière prometteuse – ce qui expliquait la photo avec le cheval. Manuela était bien connue à son club d'équitation près de Trévise, même si elle ne participait plus aux compétitions depuis un certain temps.

« Est-ce tout ? demanda Brunetti en détournant les yeux de l'écran.

— Oui, répondit la signorina Elettra. Qu'en pensez-vous ? »

Il ne pouvait plus attendre. « J'ai parlé à sa grand-mère.

— Comment ?

— Je me suis retrouvé à un dîner avec elle – c'est une amie de ma belle-mère – et elle m'a dit qu'elle voulait me parler. À son sujet, précisa-t-il en indiquant l'ordinateur.

— Quand l'avez-vous vue ?

— Hier. J'étais monté vous le dire.

— Que vous a-t-elle dit ?

— Elle m'a parlé de l'accident. Sa petite-fille n'a plus jamais été la même, car elle est restée très longtemps sous l'eau et son cerveau a cessé d'être alimenté en oxygène. » Brunetti la laissa intégrer ce point, puis ajouta : « Elle a utilisé le terme "endommagée".

— Pauvre fille, soupira la signorina Elettra.

— Ils sont tous à plaindre. L'homme qui a plongé dans le canal et l'a sortie de l'eau était en état d'ébriété. Il n'y a pas réfléchi à deux fois et a plongé juste après elle. » Il se souvint des mots de la comtesse et précisa : « C'est l'ivrogne du quartier.

— L'article ne mentionnait pas qu'il était ivre. Mais je suppose qu'ils ne voulaient pas que ça se sache.

— Elle m'a raconté ce que la police avait dit de lui. Elle a dit aussi que quand la police est arrivée, il a raconté qu'il avait vu un homme jeter Manuela à l'eau, mais il était tellement ivre qu'ils n'y ont pas prêté attention. Et ils ont eu probablement raison parce que le lendemain, lorsqu'il s'est réveillé, il ne s'en souvenait plus. »

La signorina Elettra sauta du rebord de la fenêtre et vint à son bureau. Elle prit un carnet et un stylo, puis regagna aussitôt son emplacement. « Comment s'appelle-t-il ? Je l'ai vu dans l'article, mais j'ai oublié.

— Pietro Cavanis. »

Elle hocha la tête et le nota. « Est-ce qu'elle vous a dit autre chose sur lui ?

— Seulement qu'il avait demandé de l'argent et qu'il n'a pas dessaoulé de tout un mois.

— Je vois, fit-elle en écrivant dans son bloc-notes. Qu'avons-nous fait, à votre avis ?

— Nous ?

— La police. »

Tout et rien, imagina Brunetti, *mais plus probablement rien.* Une histoire non étayée de preuves, relatée par un homme connu pour être l'alcoolique du coin, et en plus dans un moment de grand stress, qu'il a rétractée le lendemain : personne n'y accorderait la moindre attention. Brunetti haussa les épaules.

Elle pointa l'ordinateur avec le bout gommeux de son crayon. « Voilà la date. Je vais voir si je peux trouver un rapport sur l'accident. » Elle écrivit autre chose et s'arrêta pour le regarder.

« Qu'en pensez-vous ? » demanda-t-elle.

Brunetti y avait réfléchi depuis son entretien avec la comtesse. Un témoin ivre qui ne se souvenait pas de sa propre histoire ? « Je ne sais pas. S'il ne se rappelait plus rien le lendemain matin, ils ne pouvaient pas faire grand-chose. » Elle attendit, le forçant à reconnaître qu'il n'avait pas répondu à sa question. « Le plus probable est que la fille soit tombée à l'eau, enchaîna-t-il. Du moins ce pourrait être le cas, s'il n'y avait sa phobie. » La signorina Elettra lui lança un regard interrogateur. Il explicita : « La grand-mère m'a dit que sa petite-fille avait failli se noyer enfant et que, depuis, elle était terrifiée par l'eau et ne s'en approchait jamais, ce qui signifie qu'elle n'aurait jamais marché le long d'un quai, surtout pas toute seule et, qui plus est, dans le noir. » Sans lui laisser le temps de poser la moindre question, il poursuivit : « Sa grand-mère m'a dit aussi qu'elle arrivait à vivre dans cette ville car elle savait quelles étaient les *calli* qui ne longeaient pas de canal. Et qu'elle regardait par terre quand elle passait les ponts. » À l'expression de sa collègue, il comprit que cette situation lui paraissait, comme à tout Vénitien, improbable, pour ne pas dire invivable.

« Et, chose encore plus importante, elle m'a dit que, les quelques mois avant l'accident, Manuela s'était renfermée sur elle-même et était malheureuse. Il est donc possible qu'elle ait commencé à se droguer ou qu'elle se soit mise à boire. Dans ce cas, elle aurait pu marcher au bord de l'eau.

— Hum, fit la signorina Elettra tout en continuant à écrire. Comment se fait-il qu'elle ait passé toute une période sans prendre part aux compétitions équestres ? dit-elle d'un ton inquisiteur.

— Elle a gardé son cheval, répondit-il. Sa grand-mère pourvoyait à tous les frais. » Il s'aperçut de l'incongruité de ses paroles au moment même où il les prononça.

La signorina Elettra leva une main en un geste qui pouvait tout dire. « Je ne sais qu'en penser, avoua-t-elle, les yeux sur le bout de ses pieds qu'elle balançait l'un après l'autre, puis elle regarda Brunetti : Cette histoire vous touche beaucoup, n'est-ce pas ? »

Brunetti l'admit, mais ignorait ce qui avait pu capturer l'attention de la signorina Elettra dans cette si triste situation : la jeunesse perdue, le potentiel gâché, la malchance ? Ou était-ce tout simplement de l'intérêt pour la malheureuse destinée des aristocrates de sa ville, ou encore sa profonde sensibilité au sort des femmes ? Il revint à la photo de la jeune fille et l'examina un instant sur l'écran. « Elle aurait pu cesser de faire de l'équitation à cause d'une chute, suggéra-t-il. Ou – vu que nous ne savons pas quel âge elle avait au moment de la photo – peut-être que, comme beaucoup de filles, elle a oublié les chevaux quand elle a découvert les garçons. » Il leva les yeux pour détecter sa réaction, mais elle semblait occupée à vérifier jusqu'à quelle hauteur elle pouvait balancer ses jambes.

« Son cheval aurait pu être blessé », ajouta Brunetti. Paola ayant déclaré leur famille « zone sans animaux » depuis longtemps, il n'avait pas d'informations de première main sur les relations entre les jeunes filles et leurs chevaux. Il avait lu, cependant, qu'elles pouvaient être très fortes.

La signorina Elettra se laissa glisser du rebord de la fenêtre et atterrit en silence. Brunetti se leva et lui laissa son fauteuil et son bureau. Il pensait la connaître assez pour pouvoir lui demander : « Elle vous touche aussi ?

— Bien sûr. » Elle coinça une mèche de cheveux derrière l'oreille, s'assit et tapa d'un doigt sur le clavier. « Il y a quelque chose qui cloche dans toute cette affaire. Je vais essayer de trouver les rapports originaux et les déclarations des témoins.

— Quel âge doit-elle avoir, aujourd'hui – plus de trente ans ?

— Oui, à peine plus. Mais, si ce que sa grand-mère dit est vrai, ces quinze dernières années n'ont pas dû avoir beaucoup de sens pour elle.

— La grand-mère n'était pas très précise, mais elle parlait de Manuela comme si c'était une enfant. »

Il vit sa collègue actionner d'autres touches, mais sans regarder l'écran : ce devait être une sorte de tic, tel un fumeur faisant tourner un crayon dans la main, juste pour maintenir l'agilité des doigts.

Il resta debout un long moment. Elle gardait le silence, mais il finit par demander : « Qu'allez-vous faire ? » comme si elle était commissaire aussi et qu'ils étaient en train d'élaborer une stratégie commune.

« Je commencerai par les écuries, pour voir si des gens se souviennent d'elle. Même chose avec l'école.

— Et puis ? s'enquit-il.

— Je vous tiendrai au courant de ce que j'aurai appris.

— Et puis ?

— Et puis, nous verrons. »

Cet après-midi-là, Brunetti passa plusieurs heures à rédiger des « évaluations de résultats » pour six membres de la branche en uniforme. Une fois cette tâche accomplie, il s'autorisa à sortir de la questure, prit le numéro 1 pour le Lido et alla faire une longue promenade sur la plage. Il flottait un air d'automne, visible aussi dans l'écume des vagues. Sur le chemin du retour, il se sentit fatigué, affamé et il avait froid.

Après le dîner, il alla au salon avec Paola et lui rapporta sa conversation avec la comtesse Lando-Continui ainsi que sa requête – ou plutôt sa prière – de trouver ce qui était arrivé à sa petite-fille.

« Même si cela s'est passé il y a quinze ans ? s'étonna Paola.

— La comtesse dit qu'elle doit savoir. Avant de mourir. »

Paola prit cette remarque en considération. « Oui, je suppose que oui. On en a besoin, n'est-ce pas ?

— Besoin de quoi ?

— De savoir qu'on n'est pas responsable. »

Elle s'était assise dans l'un des fauteuils en face du canapé, pour le laisser s'étendre dessus. Il était tard et ils buvaient une infusion de verveine ; Brunetti avait renoncé à sa grappa et Paola se battait contre son mal de gorge.

« Mais pourquoi devrait-elle en être responsable ? demanda-t-il en se tortillant jusqu'à ce que sa tête et ses épaules aient trouvé l'angle parfait sur le bras du canapé. La fille vivait avec sa mère et la comtesse ne l'avait pas beaucoup vue les derniers mois avant l'accident.

— Elle pense probablement qu'elle aurait dû la voir davantage.

— C'est sa grand-mère, pas son ange gardien.

— Guido, dit-elle en insistant sur la dernière syllabe, à la façon dont elle ramenait les enfants sur le droit chemin.

— Quoi ?

— Tu n'as pas de cœur. Manuela était sa petite-fille », déclara Paola en buvant une gorgée de sa tisane.

Brunetti s'aperçut que sa voix était plus rauque que pendant le dîner. Apparemment, la verveine n'avait pas fait de miracle, ce qui signifiait que les germes l'avaient emporté sur le remède des Falier, vieux de plusieurs siècles.

Il prit la tasse vide des mains de sa femme, l'apporta à la cuisine et la mit dans l'évier. Quand il revint, Paola avait les yeux fermés et la tête posée contre le dossier de son fauteuil, sans le moindre livre en main.

« Je crois qu'il est temps d'aller au lit », suggéra-t-il.

Paola ne réagit pas. Brunetti examina son visage et remarqua qu'elle avait le bout du nez tout rouge ; aussi rouge que les deux cercles sur ses joues, gros comme une pièce de deux euros, qui lui donnaient un air de clown, mais d'un clown éreinté. Il se pencha et lui toucha l'épaule. « Cela suffit pour ce soir », dit-il et il l'aida à se lever.

8

Brunetti passa une nuit agitée. Paola – même malade – dormit à ses côtés comme à l'accoutumée, tel un patient sous l'emprise de fortes doses de calmants. À 3 heures du matin, une crainte soudaine le réveilla et le fit se lever. Ayant complètement recouvré ses esprits, mais encore tout tremblant, il essaya de se souvenir du rêve qui l'avait perturbé, mais il se rappelait seulement sa sensation de peur et son inquiétude pour Chiara.

Il alla à la cuisine et but un verre d'eau, puis un autre, en essayant de se remémorer le moindre détail, même infime, qui avait pu tourmenter son âme à ce point. Il laissa la lumière allumée dans le couloir et, tout en se disant qu'il n'était pas un pauvre crétin superstitieux, il se rendit dans la chambre de Chiara et ouvrit la porte. L'ayant fait un nombre incalculable de fois quand elle était enfant, Brunetti savait exactement jusqu'où il pouvait pousser le battant sans que la lumière atteigne son oreiller. Il colla sa tête sur le chambranle de la porte. Une fois ses yeux adaptés à l'obscurité, il aperçut ses cheveux ébouriffés, au bon endroit, et son jean, au mauvais endroit, et le reste des vêtements entassés en un joyeux pêle-mêle sur la chaise au pied du lit.

Il recula la tête et ferma la porte sans faire de bruit, se réjouissant de ce coup d'œil furtif sur sa fille et son bureau, où les papiers de gâteaux se mêlaient aux livres abandonnés. *Oh, merci mon Dieu pour le désordre que mes enfants ont créé. Loués soient-ils de ne pas nettoyer derrière eux, et d'exhiber leur jeunesse et leur énergie, en laissant traîner leurs objets, habits, livres, chaussures et vidéos, tout et n'importe quoi, autant de preuves criantes qu'ils sont en vie.*

Brunetti retourna à la cuisine et s'agrippa au bord de l'évier. Il demeura penché un certain temps, jusqu'à ce que son état d'euphorie fût passé, mais il resta dans cette position même après, en songeant à ses enfants et au prix terrifiant que coûtait la paternité. Une fois calmé, il s'écarta du plan de travail, éteignit la lumière et retourna dans sa chambre. Il se glissa sans bruit sous les couvertures, même s'il savait qu'il aurait pu arriver avec tambours et trompettes sans arracher Paola des bras de Morphée. Il se tourna vers elle et l'enlaça de son bras gauche, et revit la photo de Manuela entourant de son bras le cou de son cheval. Mais le sommeil le gagna et la fille et le cheval disparurent dans la nuit.

Lorsqu'il se rendit à la questure le lendemain matin, l'effet du rêve et sa réaction s'étaient évaporés et il arriva de bonne humeur, d'autant plus qu'il avait cédé à son point faible et s'était arrêté prendre un café-croissant à la fois chez Ballarin et chez Rosa Salva. Il s'arrêta devant le bureau de Vianello, avec l'intention de lui demander s'il avait réussi à aller à l'école de Chiara pour voir ce qu'il s'y passait.

L'inspecteur était en train de lire le *Gazzettino* du jour. « Tu sais, on devrait y mettre une banderole d'avertissement, affirma Brunetti en indiquant du menton le journal.

— Disant quoi ? demanda Vianello.

— Que ce pourrait être mauvais pour la santé, répondit Brunetti, se touchant la tête puis agitant ses doigts devant son visage en signe de folie.

— Ça fait trente ans que je le lis, répliqua Vianello. Donc ou je suis givré, ou je suis immunisé. »

Brunetti se refusait à acheter un seul exemplaire de ce quotidien et trouvait rarement le temps de le lire en ligne, donc il menait une vie relativement exempte de *Gazzettino*. Si on lui avait posé la question, il aurait dit qu'il le regrettait. Ce quotidien, tout comme l'autre journal local, *La Nuova di Venezia*, était fondamental pour se garantir une bonne information, même si le contenu portait essentiellement sur les pharmacies de garde, le bulletin météorologique, la prévision du niveau de l'*acqua alta* et les décès des résidents locaux, avec, accessoirement, des allusions au reste du monde.

« Mon ami Bobo Ferruzzi me prévenait toujours : "Pour devenir crétin, lis le *Gazzetin*" », déclara Brunetti en guise de commentaire.

Il marqua une pause, au souvenir de son ami défunt. « Mais ça ne doit pas marcher, parce que Bobo le lisait tous les jours et il n'est jamais devenu crétin. »

Vianello, s'étant apparemment désintéressé du journal, lança incidemment : « Je suis allé au lycée de Chiara, hier. Je me suis arrêté dans un bar pour prendre un café et j'ai attendu la sortie des élèves. » Il sourit en précisant : « C'était comme un retour au bon vieux temps de l'école : traîner en attendant que les filles sortent pour aller faire un tour avec elles. »

Brunetti sourit, mais ne dit mot.

« Cela faisait à peu près dix minutes que j'étais dans ce bar quand un homme a surgi de la *calle* sur la gauche

99

et environ cinq minutes plus tard il était là ; les jeunes ont commencé à sortir et il s'est mis à leur demander — mais seulement aux filles — de l'argent. Du moins, c'est ce qu'il m'a semblé.

— Comment ont-elles réagi ?

— La plupart l'ont ignoré et ont continué à marcher comme s'il n'était pas là. Mais certaines d'entre elles n'ont pas pu l'éviter.

— Qu'est-ce qu'il a fait ?

— Il s'est approché très près et leur a barré le chemin. Il a touché le bras d'une fille, mais elle l'a enlevé. J'avais l'impression qu'il voulait juste attirer leur attention.

— Est-ce que certaines lui ont donné de l'argent ?

— Non, aucune.

— Combien de temps cela a-t-il duré ?

— Dix minutes à peu près. Je suis resté dans le bar à observer la scène. Je voulais voir ce qu'il ferait. Deux garçons lui ont dit quelque chose et il leur a répondu, mais il n'y avait aucune forme d'agressivité, ni aucun problème. Une fois que tout le monde était sorti de l'école, il est retourné dans la *calle* et il est parti, en direction de l'Académie.

— Qu'est-ce que tu as fait ?

— Je l'ai suivi.

— Et puis ?

— Quand nous sommes arrivés sur le *campo*, je l'ai rattrapé ; j'ai sorti ma carte officielle et lui ai demandé de me montrer ses papiers d'identité. J'ai vu qu'il envisageait de partir en courant, mais il m'a dit qu'il les avait laissés dans sa chambre et qu'il était en règle. Il ne possédait que quelques mots d'italien, mais il s'est exprimé distinctement sur ce point.

— Et ensuite ?

— Je lui ai demandé d'où il venait, il m'a répondu de la République centrafricaine. Puis il a essayé de m'amadouer avec un grand sourire et en m'appelant son "ami". »

Vianello n'avait pas l'air du tout amadoué et Brunetti se taisait.

« Je lui ai répondu que je n'étais pas son ami, mais que j'étais de la police, puis je lui ai intimé de ne plus s'approcher de l'école.

— Est-ce qu'il a compris ?

— Je pense avoir été suffisamment clair, rétorqua Vianello.

— Tu ne m'as pas l'air d'avoir beaucoup de sympathie pour lui, observa Brunetti.

— Pourquoi devrais-je en avoir ? Il est ici, il n'a pas de travail, donc je paye pour lui avec mes impôts. L'État lui a donné un endroit pour vivre et 50 euros par jour… »

Brunetti le coupa : « Comment sais-tu que c'est 50 euros ?

— Tout le monde le sait.

— Tout le monde peut le dire, admit Brunetti, mais je ne suis pas sûr que tout le monde le sache. Tu as déjà multiplié 50 euros par 30 ? s'enquit-il.

— Quoi ? demanda Vianello sur un ton défensif.

— Tu as déjà multiplié 50 par 30 ? »

Avant que Vianello puisse ajouter un mot, Brunetti spécifia : « C'est le nombre de jours dans un mois. Multiplié par 50. »

Il vit Vianello faire le calcul. « Cela fait 1 500 euros, constata-t-il sans chercher à déguiser sa surprise.

— Tu crois que le gouvernement a autant d'argent à donner à chacun d'entre eux ? Plus un endroit où habiter ? »

L'inspecteur se passa la main dans les cheveux. « Mais…, commença-t-il. Mais c'est ce que tout le monde dit. »

Au bout d'un moment, il ajouta : « Les gens disent aussi qu'ils ne payent pas d'impôts dessus. » Il regarda Brunetti. « Si c'est le cas, c'est ce qui reste à une personne qui gagne environ 3 000 euros par mois. » Il plia le journal en deux et le fit glisser lentement sur le côté de son bureau.

Regardant Brunetti, il demanda : « Ce n'est pas possible, n'est-ce pas, qu'on leur donne autant d'argent ?

— J'en doute, répondit Brunetti. J'ai entendu de nombreuses variantes de cette même histoire : qu'ils ont des appartements entiers, pas juste des chambres dans des appartements. Que leurs noms sont toujours les premiers sur les listes de logements et que donc les Italiens n'ont plus d'endroits où vivre. » D'après l'une des circulaires du ministère de l'Intérieur, chaque émigré coûtait 50 euros par jour au gouvernement, mais eux personnellement ne touchaient qu'une petite part de cette somme. « Il se peut que le gouvernement dépense 50 euros par jour pour eux, mais eux ne les perçoivent pas, conclut-il.

— *Mamma mia !* explosa Vianello. À la prochaine info que tu me donnes, je vote pour la Lega Nord. »

Comme pour justifier son laïus, Brunetti ajouta : « La logique, c'était ma matière préférée à l'école. J'aimais ça parce que c'est *une façon* de déceler l'absurdité des propos que peut tenir un individu.

— Par exemple ?

— L'idée que les immigrés nous appauvrissent en tant que pays, et prennent tout l'argent qui devrait nous revenir. Sans compter nos emplois et nos femmes. »

Il marqua une pause mais, comme Vianello ne posa pas de question, il continua : « C'est, logiquement, un appel à la peur. Fais peur aux gens et tu leur feras faire tout ce que tu veux. »

Vianello, qui venait de plaisanter sur son adhésion à la Lega, renchérit : « Si tu multiplies les 50 euros par jour par quelques mois, tu vois bien que c'est impossible. »

Brunetti haussa les épaules. « Exactement. C'est l'appel à la peur.

— Et c'est largement pratiqué, n'est-ce pas ? »

Cette fois, Brunetti hocha la tête en silence. Il s'apprêtait à demander à Vianello si la signorina Elettra lui avait parlé de la tentative de piratage des e-mails du vice-questeur, lorsque l'inspecteur reprit : « Mais quand même, indépendamment du fait que cet argent aille directement ou non dans les poches des immigrés, on dépense toujours 50 euros par jour, n'est-ce pas ? » Il regarda furtivement Brunetti et vérifia : « 18 000 euros par an ? »

Cette fois, ce fut à Vianello d'attendre. À la fin de son calcul, Brunetti fit un signe d'assentiment.

« C'est plus que ce que je gagne en un an. » Vianello compta à son tour et fut forcé de spécifier : « Après avoir payé mes impôts, bien sûr. » Était-ce bien un large sourire qu'il vit se dessiner sur le visage de Vianello ?

Brunetti se dit qu'il était temps de monter à son bureau.

9

Brunetti ne croisa personne dans l'escalier. Il entra dans son bureau et, sans céder à la tentation de refermer la porte derrière lui, il alla regarder la façade de San Lorenzo par la fenêtre. L'équipe de restauration s'était volatilisée depuis longtemps, sans laisser de traces de son passage. Bien pire, la vieille communauté de chats avait disparu.

Avec les années, la plupart des chats errants avaient déserté le quartier et leur dernier abri, une construction fantasque à plusieurs étages, n'existait plus. Brunetti prit conscience toutefois qu'il s'inquiétait davantage pour les humains que pour les félins, suffisamment rusés, eux, pour trouver de nouveaux endroits où se cacher en toute sécurité et continuer leur vie ; qu'allait-il advenir, en revanche, des patients de l'hospice, qui aimaient tellement la compagnie de ces animaux et étaient désormais voués à un terrible sort ? Et qu'en était-il de Vianello, envers qui il s'était montré si condescendant avec son histoire de logique et toutes ses merveilles ?

Il entendit un bruit à la porte, dit « *Avanti* » et se tourna pour saluer son hôte.

C'était la signorina Elettra, qui semblait fin prête pour partir au combat. Elle portait une veste au tissu tacheté de vert et de gris, dont elle avait fermé les deux boutons sur la poche de devant. Le pantalon, en revanche, détonnait avec l'ensemble : d'un gris anthracite, et très étroit, il n'était guère adapté à un champ de bataille. Ses bottes, cependant, jouaient bien leur rôle, avec leurs grosses semelles, leur cuir noir épais luisant comme un miroir, et leurs lacets blancs, montant jusqu'à mi-mollet selon une chorégraphie sophistiquée. Mais elle tenait à la main un classeur, et non pas une arme.

« Envisagez-vous de repousser une invasion ? s'informa le commissaire.

— J'ai obtenu quelques informations sur la petite-fille de la comtesse Lando-Continui », affirma-t-elle en guise de réponse. Peut-être n'avait-il pas posé sa question à haute voix ?

« Je vous en prie », dit-il en désignant de la main les fauteuils face à lui.

Elle s'assit et croisa les jambes, puis ouvrit son classeur.

« Manuela a été déclarée handicapée mentale à quatre-vingts pour cent et sa mère perçoit 612 euros par mois pour s'occuper d'elle. »

La signorina Elettra regarda Brunetti, qui hocha la tête, la pressant de continuer. « D'après le rapport officiel, son handicap, qui consiste en un comportement enfantin irréversible, s'explique par le fait que son cerveau n'ait pas été alimenté en oxygène pendant un certain temps, d'où la décision de cette aide mensuelle. Les experts estiment qu'elle a un âge mental de sept ans, même si elle fait preuve de plus hautes capacités dans certains domaines. » Elle regarda Brunetti, qui secoua la tête : il en savait plus qu'assez.

« J'ai trouvé le lycée où elle allait et j'ai parlé au proviseur, qui n'est en poste que depuis quatre ans. Le dossier de Manuela est en ligne et a révélé qu'elle a souvent été absente de l'école les trois derniers mois de sa scolarité. Seul un de ses professeurs y est encore en activité : il enseigne l'italien, mais ne se souvient pas bien d'elle, hormis qu'elle était belle. »

Brunetti se rendit compte que, même si les faits autour de lui faisaient boule de neige, il n'avait encore aucun élément induisant un crime. S'il voulait véritablement progresser dans cette enquête, il lui fallait désormais procéder à une demande officielle.

« Qu'y a-t-il ? lui demanda la signorina Elettra, le voyant détourner son attention.

— Le vice-questeur ignore tout de cette affaire. Je n'ai pas eu le temps de lui en toucher un mot. » Il savait que c'était là une bien piètre excuse.

« Ah, fit-elle en le quittant des yeux, comme si la solution était écrite sur le mur d'en face et qu'elle avait juste à la lire. Il vaudrait mieux qu'il pense que cette enquête est bonne pour sa carrière. »

Brunetti regarda à son tour le mur qu'elle avait examiné avec autant d'application. Ils concentrèrent leurs visions sur deux lignes parallèles et adoptèrent la même posture, fixant le mur dans l'espoir d'une révélation.

Brunetti brisa le silence en demandant : « Avez-vous déjà rencontré la femme de Patta ?

— Une fois. À une réception en l'honneur du juge de paix. Elle recherchait son attention à lui, pas la mienne. »

Brunetti fut frappé par cette dernière phrase et à l'idée qu'une personne puisse rechercher l'attention de quelqu'un. Il finit par déclarer : « C'est comme cela que nous allons procéder.

— C'est-à-dire ?

— En utilisant la comtesse pour appâter sa femme. »

Il vit la signorina Elettra réfléchir à cette méthode, puis lui sourire : il avait gagné.

Brunetti avait toujours conservé, dans le tiroir de son bureau, un Nokia vieux de dix ans, qu'il avait acheté en solde 19 euros pour Raffi. Son fils s'en était servi pendant quatre ans, puis il l'avait passé à Chiara qui l'avait gardé jusqu'à ce qu'elle fût trop gênée d'avoir un portable aussi démodé – mais qui s'acharnait à ne pas tomber en panne – et s'en achète un plus moderne avec son argent de poche. Le téléphone, tout cabossé, avait fini dans la serviette de Brunetti, puis dans son bureau. Il y avait mis une puce qu'une de ses connaissances avait achetée pour lui, en espèces, avec une fausse carte d'identité, ce qui le rendait intraçable. Brunetti le laissait dans son tiroir, sûr et certain que personne n'irait s'embêter à le voler.

Il l'utilisait uniquement quand il voulait téléphoner incognito.

La comtesse lui avait donné son numéro, lui avait dit de l'appeler en cas de besoin et lui avait assuré qu'elle ferait tout son possible pour l'aider. Elle répondit à son appel par un simple « oui », sans aucun doute parce qu'elle n'avait pas reconnu le numéro.

« C'est moi, madame la comtesse. Vous m'avez dit que je pouvais vous contacter.

— Ah, soupira-t-elle.

— Accepteriez-vous d'inviter un couple à dîner et, si nécessaire, de proposer à l'épouse d'entrer dans le conseil d'administration de Salva Serenissima ?

— Si vous me le demandez, je le ferai, répliqua-t-elle immédiatement.

— Merci », dit-il et il raccrocha.

Il regarda la signorina Elettra et, en écho à sa tenue, il leva les doigts en un V triomphant, en signe de victoire.

Vingt minutes plus tard, Brunetti était assis face à son supérieur, faisant de son mieux pour sembler gauche, presque confus d'avoir été choisi, lui simple mortel, pour former la plus propice des constellations.

« Non, monsieur le vice-questeur, je dois avouer que je n'ai rien fait d'exceptionnel. Tout le mérite revient à la comtesse. » Il évita soigneusement de croiser le regard de Patta et gardait ses yeux rivés sur le bureau. « Comme je vous l'ai dit, elle nous a invités à dîner chez elle il y a quelques jours de cela ; elle parlait de sa fondation, Salva Serenissima, et elle a dit qu'une place allait s'ouvrir pour un membre du conseil d'administration, mais qu'elle voulait nommer une femme – assurément une femme – qui se démarquerait des autres membres. Elle disait qu'elle en avait assez des arrivistes et qu'elle voulait quelqu'un de sérieux, qui soit vraiment dévoué à la cause de la ville. »

Brunetti leva les yeux et fixa Patta. « C'est à ce moment-là que Paola a pensé à mentionner votre épouse. »

Patta se penchait au fur et à mesure que Brunetti parlait et il insista pour que le commissaire lui répète exactement ce qui s'était passé, comme pour être sûr de pouvoir en fournir un rapport minutieux, au cas où il devrait le raconter à quelqu'un. « Continuez, l'incita-t-il d'une voix aimable. Je vous en prie.

— Bien sûr, dottore. Comme je vous disais, Paola a tellement entendu de bien au sujet de votre épouse que, d'après elle, la comtesse pourrait lui suggérer la possibilité d'entrer dans le comité de direction.

— Est-ce que la comtesse vous a demandé votre avis ? s'informa Patta d'un ton qu'il voulait affable, mais qui s'avéra seulement menaçant.

— Oui. Et je lui ai dit que Paola avait raison.

— Bien, affirma Patta d'une voix plus agréable encore. Et puis ?

— J'ai pris la liberté de lui donner votre numéro de téléphone, monsieur. J'espère que cela ne vous ennuie pas, mais je n'avais pas celui de votre épouse.

— Et ensuite ?

— Elle a dit qu'elle vous appellerait cette semaine pour voir si... »

Il s'apprêtait à dire : « Si votre épouse serait disposée à lui parler », mais il se rendit compte à temps que la formule était trop obséquieuse, même pour Patta. « Si cela pouvait intéresser votre épouse de revêtir cette fonction. » Brunetti croisa les jambes et attendit la réaction de son supérieur.

« Je vais lui en parler ce soir, conclut Patta en prenant un air désinvolte, comme si sa femme et lui devaient traiter ce genre de proposition chaque jour. Pouvez-vous m'en dire un peu plus sur la famille Lando-Continui ?

— C'est l'une des plus vieilles familles de la ville, mentit Brunetti. Et la fondation de la comtesse est renommée. » Il lui accorda quelques instants de réflexion, puis enchaîna : « Ils ont un somptueux *palazzo*. » Son beau-père avait décrété que c'était un palais de seconde zone, mais Brunetti était censé garder cette remarque pour lui.

« Il y a une chose, cependant...

— Quoi donc ?

— Leur petite-fille.

— Je ne sais pas de quoi vous parlez.

— Eh bien, monsieur, peu de gens s'en souviennent, mais la comtesse – je le sais seulement parce que ma belle-mère m'en a parlé – est très perturbée par une situation dont elle nous impute la responsabilité.

— À vous et à votre femme ?

— Non, monsieur, spécifia Brunetti avec un sourire qu'il voulait résolument nerveux. La police.

— Comment une femme d'un si haut milieu peut-elle avoir affaire à la police ? » demanda Patta instamment.

Maintenant que Patta avait mordu à l'hameçon, Brunetti décida de lui donner le coup de grâce, en évoquant le titre de la mère de Paola.

« La comtesse Falier nous a parlé à un dîner, qui a eu lieu chez elle l'autre soir. La comtesse Lando-Continui, qui est sa meilleure amie, lui a dit il y a quelques années de cela qu'elle n'était pas satisfaite de la manière dont la police avait mené l'enquête sur l'agression présumée de sa petite-fille.

— J'ignore tout de cette histoire », déclara Patta, comme Brunetti le savait bien. Il fut surpris que le vice-questeur n'actionne pas une clochette pour que le lieutenant Scarpa lui apporte une bassine d'eau chaude, où il puisse se laver les mains de ses responsabilités.

« C'était avant votre arrivée, dottore. Bien sûr que vous ne pouvez pas être au courant, mais, apparemment, elle est convaincue qu'il y a eu une erreur. » Brunetti leva les mains et haussa les épaules, comme pour suggérer que l'épouse de son supérieur aurait d'autres occasions de faire son entrée dans la société vénitienne.

« Vous êtes-vous penché sur ce cas ? s'informa Patta.

— Je n'en ai qu'un lointain souvenir, monsieur », mentit Brunetti, plus aisément cette fois. Il secoua la tête, imitant

111

un acteur indien qu'il avait vu dans un film de Bollywood quelques semaines plus tôt, en un geste d'incertitude.

« Mais encore ? demanda Patta, la gorge nouée.

— Il se peut que certains détails aient pu être négligés à l'époque, au cours de l'enquête, répondit Brunetti vaguement.

— Serait-il possible de revenir sur le dossier ?

— Si vous demandez à un magistrat d'en ordonner la réouverture, je suis certain que c'est possible, dottore. » Brunetti n'aurait pu être plus serviable, ni plus accommodant.

« Bien, affirma Patta de son ton de commandement. Envoyez-moi un e-mail avec toutes les informations : le numéro du dossier, les dates, les gens impliqués, et je m'arrangerai pour trouver quelqu'un qui en donnera l'autorisation. » Il marqua une pause et ajouta : « Gottardi me semble être la personne indiquée. Il est nouveau et il ne causera aucun problème. »

Brunetti savait quand s'esquiver. Il se leva. « C'est très aimable de votre part, monsieur. Je suis sûr que la comtesse Lando-Continui en sera ravie. »

La simple idée qu'un membre de l'aristocratie soit ravi de ses prestations fit naître un sourire sur les lèvres de Patta. Brunetti prit congé.

Il se demandait si Patta appellerait sa femme immédiatement, ou s'il attendrait le dîner pour lui annoncer cette nouvelle stupéfiante ; il hésita à s'attarder et à aller parler à la signorina Elettra. Ce fut elle qui lui fit signe de s'approcher de son bureau et lui apprit : « J'ai parlé à Giorgio. Il vient d'être promu et il est très occupé, mais il a dit qu'il s'en occupera dès que possible. »

Brunetti était tellement enchanté de son échange avec Patta qu'il lui fallut un moment pour saisir qu'elle faisait allusion à la tentative de piratage informatique qu'avaient subie aussi bien le vice-questeur que le lieutenant.

« Que va-t-il se passer, à présent ? » demanda Brunetti. Elle évalua, d'un regard, le droit de Brunetti à entendre cette information et le degré de confiance à lui accorder conséquemment. Il devait avoir réussi les deux tests car elle lui révéla, en baissant la voix : « Il est en train de s'arranger pour effacer toute trace des numéros appelés depuis un certain téléphone, comme d'effacer toute trace des conversations effectuées.

— Dois-je en déduire qu'il peut réaliser toutes ces opérations à partir de son ordinateur ?

— Eh bien, explicita-t-elle avec une fausse hésitation, non pas à partir de *son* ordinateur, mais d'*un* ordinateur.

— D'un ordinateur de l'opérateur téléphonique lui-même ? s'enquit Brunetti, étonné d'entendre que Giorgio se servait de son employeur à des fins personnelles, et encore plus étonné qu'il coure le risque d'utiliser un de leurs ordinateurs à leur détriment.

— Je croyais vous l'avoir dit, dottore. Il ne travaille plus pour la Telecom. Depuis un certain temps déjà. » Mais elle aurait pu tout aussi bien écrire sur son front l'injonction NE PAS FRANCHIR LA LIMITE et désobéir quand même.

« Ah, fit Brunetti dans un brusque éclair de lucidité. J'espère qu'il est toujours disposé à… », commença-t-il, mais il fut incapable de terminer la phrase, en l'absence du terme approprié pour désigner toutes les actions que Giorgio avait accomplies pour le compte de la signorina Elettra au fil des années. La plupart des termes qui lui vinrent à l'esprit auraient pu donner lieu, d'ordinaire, à des poursuites judiciaires.

« Oui, il est toujours disposé. » Il était évident que c'était son dernier mot. Brunetti hocha la tête et retourna dans son bureau.

Une demi-heure plus tard, Brunetti ne savait toujours pas ce qu'il voulait faire. Il avait eu du mal à parcourir la plupart des papiers accumulés sur son bureau, mais s'en souvenait bien, tant il avait dû se concentrer. Aucun de ces cas, toutefois, n'attira son attention. Celui du porteur du Bangladesh qui avait tué d'un coup de couteau, à la gare, un autre porteur, suite à une farouche bagarre de territoire, avait été résolu en l'espace de quelques heures après la mort de la victime ; le corps que l'on avait retrouvé quatre jours plus tôt en train de flotter dans la lagune fut rapidement identifié comme étant celui d'un électricien à la retraite qui avait eu un infarctus et était tombé de son bateau au cours d'une partie de pêche ; le facteur qui avait mis le feu au camping-car du nouvel ami de son ex-épouse avait été trouvé et arrêté.

Brunetti savait qu'il se servirait de ces enquêtes rapidement menées pour justifier son investigation sur un accident vieux de quinze ans, qui risquait même de s'avérer non criminel.

Était-ce un aperçu de sa retraite ? Fourrer son nez dans les affaires des autres chaque fois qu'il flairerait une incohérence dans une histoire ? Chaque mort devait-elle finir par un dossier bien ficelé avant que l'ancien commissaire Brunetti daigne le lâcher et laisser les gens vivre leur vie ?

Il composa le numéro de Rizzardi, à la morgue. Le médecin légiste répondit en se nommant. « C'est moi, Ettore. J'ai une faveur à te demander.

— Bien, merci, répliqua Rizzardi d'un ton affable. Et toi ?

— C'est à propos de rapports sur des patients, à l'hôpital. Je pensais que tu pourrais être au courant de certaines affaires. » Comme Rizzardi gardait le silence, Brunetti se lança : « Cela remonte à près de quinze ans. Je vais obtenir un ordre du magistrat qui me permettra d'y jeter un coup d'œil, mais pas avant quelques jours, j'imagine ; donc, pour le moment, je ne suis pas autorisé à poser des questions, ou à consulter des dossiers. Y a-t-il quelqu'un au bureau d'état civil qui puisse m'aider ?

— Est-ce que tu parles d'un de mes patients, si je puis les appeler ainsi ? Ou d'un patient hospitalisé ? » La voix de Rizzardi devint plus amicale, comme s'il appréciait enfin leur échange.

« Il s'agit de quelqu'un qui a été amené à l'hôpital. Et qui est parti.

— Pourquoi ne demandes-tu pas tout simplement à la secrétaire du vice-questeur d'outrepasser la procédure ? lui suggéra Rizzardi. À moins que maintenant tu ne puisses y arriver tout seul ?

— Ettore, tu n'es pas censé être au courant. Ou, du moins, en parler.

— Ah, fit Rizzardi. Je suis désolé. C'est le secret le mieux gardé, je suppose. » Le médecin légiste se tut si longtemps que Brunetti pensa qu'il avait raccroché, mais Rizzardi finit par reprendre : « Tu vas être déçu, Guido. La seule personne que je connaissais au bureau d'état civil – ou, plutôt, que je connaissais suffisamment pour pouvoir lui demander ce genre de faveur – a pris sa retraite l'an passé. Il n'y a plus personne là-bas qui accepterait de déroger aux règles.

— Merci quand même, Ettore. Dans pas longtemps, on aura l'impression de travailler en Suède.

— Je sais, répliqua Rizzardi. C'est scandaleux. »

10

Brunetti envisagea de chercher le numéro en ligne mais, préférant la méthode à l'ancienne, il sortit l'annuaire du dernier tiroir de son bureau. Le seul Cavanis Pietro figurait à Santa Croce.

Il tomba sur le répondeur dont le message, enregistré en vénitien d'une voix bourrue, intimait de laisser son nom et son numéro, ainsi que l'objet de l'appel, et prévenait que le correspondant rappellerait peut-être.

Brunetti donna son nom et son numéro de portable et dit qu'il souhaitait parler au signor Cavanis à propos d'un accident qui avait eu lieu quelques années auparavant, à proximité du campo San Boldo.

Il se sentit en proie à un accès de fébrilité. Il se souvint d'une des expressions de Paola, qu'elle avait empruntée à un ami américain et dont elle se servait pour réprimander les enfants dès qu'ils furent sortis des langes : « Tu as des fourmis dans ton pantalon », une image qui les avait amusés pendant des années. Brunetti alla à la fenêtre, sous prétexte d'aller voir quel temps il faisait, et fut surpris de constater que le ciel clément du matin avait fait place à une masse de nuages gris foncé qui filaient en se chevauchant, et ne laissaient rien présager de bon. Il regarda sa montre et se dit que, s'il partait tout de suite et se dépêchait, il pourrait arriver chez lui avant que la menace de la pluie ne se concrétise.

Il commença à pleuvoir juste au moment où il atteignait le sommet du Rialto ; arrivé au bas des marches, il bifurqua sur la gauche et prit le passage couvert. Il voyait la pluie s'intensifier à travers les arches qui se déployaient sur sa droite.

En l'espace de quelques minutes, il ne put quasiment plus voir les boutiques situées de l'autre côté. Il n'aurait pas dû pleuvoir ainsi, même à cette période de l'année. On aurait dit la mousson ; on aurait dit la fin du monde. Il continua vers la boucle du canal, d'où il avait une meilleure vue sur le petit *campo*. Il distinguait mal les boutiquiers qui se hâtaient, en face, de rentrer leurs plateaux remplis de porte-monnaie et leurs présentoirs couverts d'écharpes, installés devant leurs magasins.

Il ouvrit son parapluie et, se persuadant que la pluie était moins drue qu'il n'y paraissait, pénétra dans la *calle* désormais presque vide et se dirigea rapidement vers chez lui. Avant même d'arriver au pont, ses chaussures étaient trempées et l'état des manches de sa veste lui prouva qu'il ne pouvait rester au sec que sous le dais de son parapluie.

Il se dit qu'il pourrait attendre, qu'il était mouillé à cause de son impatience. Mais il continua son chemin. L'étroitesse de la *calle* suivante le protégea de l'orage. Il déboucha sur le campo Sant'Aponal, qu'il quitta à l'angle ; il enfouit l'autre main dans sa poche pour en sortir les clefs, déverrouilla la serrure, poussa la porte et entra dans l'immense vestibule.

Il dégoulinait. Ses chaussures laissaient des traces sur chacune des marches et étaient probablement abîmées ; l'eau coulait de ses cheveux et le long du col de sa chemise et de sa veste. *Ne t'arrête pas. Monte.* Il grimpa, avec dans une main le parapluie ruisselant, et dans l'autre les clefs. *Continue à monter.* Arrivé au dernier palier, il regarda les marches d'en haut et vit toutes les empreintes humides. Il s'arrêta devant son appartement, posa le parapluie dans un coin et ouvrit la porte.

En écartant les bras, il entendit le tissu de sa chemise se décoller de sa peau. Paola l'appela depuis la cuisine, puis parut dans l'embrasure de la porte, à sa droite.

« Oh, mon Dieu ! » s'exclama-t-elle en le voyant.

Brunetti chercha à détecter du sarcasme dans sa voix, mais n'en décela guère.

« Viens à la cuisine », lui suggéra-t-elle.

Le temps d'enlever ses chaussures, il la suivait déjà.

La chaleur des lieux lui fit du bien ; il ne s'était pas rendu compte à quel point il avait pris froid. Il jeta un coup d'œil circulaire à la cuisine, se saisit d'un torchon et s'essuya le visage et les cheveux.

« Regarde », lui dit-elle en désignant la fenêtre qui donnait sur les montagnes, en direction du nord.

Les montagnes étaient cachées derrière le rideau de pluie ; ou, plus précisément, derrière la cascade qui tombait à dix centimètres de la fenêtre.

« Qu'est-ce que c'est ? demanda-t-il en agitant le torchon en direction de la fenêtre.

— Je crois que le tuyau est bouché. » Paola s'approcha et lui prit le bras, sans se préoccuper visiblement de le voir si mouillé, ni du fait qu'il gouttait sur les carreaux. Elle le fit reculer d'un pas et lui indiqua le mur au-dessus de la fenêtre, d'où ils pouvaient voir la pluie qui continuait à tomber à verse. Au sommet de ce mur, la peinture blanche avait viré au gris clair car l'humidité commençait à imprégner les briques.

« L'eau stagne dans les tuyaux d'écoulement et dévale le long du mur à l'extérieur », déclara-t-elle.

Brunetti avait la même impression. Il examina la situation. Il enleva sa veste et l'accrocha sur le dossier d'une des chaises de la cuisine. Les yeux encore rivés sur l'eau qui coulait dehors, il dit à Paola : «Va me chercher un parapluie avec un manche courbe. »

Elle disparut. Brunetti poussa tout sur le côté du plan de travail. Il tira une chaise et grimpa dessus. Comme il était trop haut maintenant par rapport à la fenêtre, il s'agenouilla.

Paola revint avec le parapluie. Brunetti ouvrit la fenêtre et se mit sur le côté, lorsqu'une rafale inattendue s'engouffra dans la cuisine et le trempa, tout comme la pièce elle-même. Brunetti l'ignora et prit le parapluie. Il plaça le bout recourbé à l'extérieur de la fenêtre et s'accrocha au chambranle avec l'autre main. Il se pencha, passa son bras à travers l'eau et tâtonna le long de la gouttière au-dessus de sa tête. Il manœuvra le manche du parapluie en avant et en arrière. Lorsqu'il résistait, il lui imprimait une plus grande secousse, en s'agrippant fortement au montant de la fenêtre, car il savait que quatre étages le séparaient du sol en pierre.

En avant et en arrière, en avant et en arrière ; il poussait toujours plus fort en direction du tuyau d'écoulement, situé à l'angle de l'édifice. Il se pencha plus encore et sentit quelque chose céder au-dessus de lui. Paola bondit sur la planche de travail derrière lui et entoura sa poitrine de ses bras.

En un instant, le parapluie ne rencontra plus la moindre résistance le long de la gouttière. Tout aussi rapidement, la cascade s'interrompit, car l'eau emprisonnée s'écoulait maintenant dans le tuyau. Il leva le parapluie et le rentra, puis il se pencha sur le côté et referma la fenêtre.

Paola descendit avec difficulté et, se tenant devant lui, elle se passa les deux mains dans les cheveux. « Nous sommes plus fous l'un que l'autre. Que serait-il arrivé si tu avais perdu l'équilibre ?

— La fenêtre est trop étroite, à mon avis, répliqua-t-il en évaluant ses dimensions. Et, avec une ancre aussi solide que toi, je n'aurais jamais pu passer au travers. »

Lorsqu'il se tourna vers elle, il s'aperçut que malgré ses mots Paola ne s'était pas remise entièrement de sa peur. « Regarde, dit-il en se tapotant le ventre que sa chemise mouillée marquait plus fortement. Tes bons petits plats m'ont probablement sauvé la vie. »

11

Sur le chemin de la questure, revigoré par une longue douche bien chaude, et par son déjeuner, Brunetti songea avec quelle facilité il avait réussi à emberlificoter son supérieur hiérarchique : il lui avait suffi de donner en pâture à sa femme une possibilité de promotion sociale et Patta était tombé dans le panneau à pieds joints. À quoi aspirait son épouse ? À être présidente du Lions Club ? La dame d'honneur de l'ordre des Chevaliers de Malte ? Elle était à Venise depuis des années mais, pour ce qu'en savait Brunetti, n'était parvenue à entrer dans aucun ordre religieux ou social censé assurer du prestige aux bienheureux cooptés. Mais lui, grâce à l'entregent magique de sa famille, était en train de concrétiser les rêves de la signora Patta. Il n'en retirait, toutefois, aucun sentiment de triomphe.

Il était 16 heures passées lorsqu'il arriva au travail. Il rencontra la signorina Elettra sur le deuxième palier ; elle descendait l'escalier et s'arrêta au-dessus de lui : « Vous l'ai-je dit ? lui demanda-t-il.

— Non, vous ne m'avez rien dit, répliqua-t-elle d'un ton manifestement curieux.

— Il va demander un ordre spécial pour rouvrir l'enquête », lui apprit Brunetti.

Elle s'appuya contre la rampe. Brunetti, qui était tout juste remis de ses acrobaties chez lui, posa machinalement une main sur son bras.

« Qu'y a-t-il ? » demanda-t-elle, sans pouvoir dissimuler sa surprise. Elle ne retira pas vraiment son bras, mais se dégagea de sa prise.

« Désolé. J'ai toujours une appréhension quand je vois quelqu'un prendre appui sur une rampe. » Il s'agrippa des deux mains à la main courante et pencha sa tête au-dessus du vide. Il évalua la hauteur : onze mètres ? douze ? Assez pour être fatale, quoi qu'il en soit.

La signorina Elettra s'écarta de la rampe et avança d'un pas. Elle gagna l'autre côté et se tourna pour s'appuyer contre le mur. « C'est mieux ainsi ?

— Nettement. Merci.

— Ce n'est pas agréable comme sensation, pour quelqu'un qui travaille au troisième étage », nota-t-elle.

Brunetti haussa les épaules. « Je longe toujours le mur, alors ça ne me dérange pas trop. »

Elle hocha la tête, reconnaissant le bon sens de ces propos. « Vous disiez ? reprit-elle d'un ton neutre.

— Le vice-questeur pense que nous devrions regarder de plus près ce qui s'est passé, expliqua-t-il.

— Et il veut que ce soit vous qui vous en chargiez ? »

Il fut gêné de constater que la signorina Elettra avait si bien entrevu la vérité. « On peut en retirer certains avantages sociaux.

— Quelle chance que la comtesse Lando-Continui soit si connue. Voudriez-vous m'impliquer dans cette enquête ? proposa-t-elle, faisant mine d'ignorer que c'était déjà le cas.

— Bien sûr. » Il se demanda d'où pouvait bien provenir cette question. « Vous savez comment gérer le vice-questeur, au cas où son enthousiasme se mettrait à vaciller, ou s'il devait commencer à opposer…

— De la résistance ? suggéra-t-elle.

— Une fois de plus, vous lisez dans mes pensées, signorina.

— Tel est le devoir de chaque femme, dottore », assena-t-elle.

Il sourit, soulagé qu'ils soient si aisément repassés à ce léger badinage. Il continua à gravir les marches et se rendit compte tout à coup qu'il avait dit la vérité : il rasait bien le mur.

Comme il n'y avait rien d'important sur son bureau, il prit son téléphone et appela le numéro qu'il avait noté pour Leonardo Gamma Fede.

« Comment savais-tu que j'étais rentré chez moi ? s'étonna Lolo.

— N'oublie pas que je suis un commissaire de police, expliqua Brunetti en accompagnant ses mots d'un rire qu'il voulait sardonique. Personne n'échappe jamais à notre ombre.

— Ne dis pas ça, même pour plaisanter, rétorqua Lolo sans plaisanter.

— Des problèmes ?

— Rien de nouveau, lui répondit Leonardo de manière ambiguë. Est-ce que tu as le temps de prendre un verre avant le dîner ?

— C'est pour cela que je t'ai appelé.

— Bien. Tu es au travail ?

— Oui. »

Ils se livrèrent tous deux, en silence, à un calcul géographique pour essayer de trouver un bar bien situé, à mi-chemin, où pouvoir s'asseoir et prendre un verre tranquillement.

« Il y a un endroit sur le campo San Filippo e Giacomo, suggéra Brunetti.

— Celui au coin ?

— Oui. Je t'y retrouve dans une demi-heure.

— D'accord », confirma Lolo et il raccrocha.

Comme il avait du temps à tuer, Brunetti lut quelques rapports, mais l'ennui finit par l'inciter à aller observer le trafic des bateaux sous sa fenêtre. Un chaland à grande contenance arriva lentement et força une *caorlina* à se serrer au bord de l'étroit canal ; un taxi passa, mais ses clients restaient invisibles dans la cabine ; deux hommes en blanc ramaient sur un *sàndolo* en direction du *Bacino*[1].

À une époque de sa vie, Brunetti avait eu les mains pleines de cals à cause de ses mois d'aviron dans la lagune. C'était la seule chose que son père lui ait jamais apprise. Il commença à l'emmener dans son *puparìn*[2] dès l'âge de sept ans. Brunetti se souvenait encore de sa joie lorsqu'il sentait le corps de son père penché au-dessus du sien, avec ses mains rugueuses sur les siennes, pour lui montrer où les poser sur la rame.

Son père était un homme irascible et impulsif, incapable de garder, longtemps ou brièvement, le moindre emploi, ou le moindre ami. Il devait toujours avoir raison, ne souffrait aucune opposition. Pire, il n'avait aucune tolérance face à l'incompétence, était prêt à critiquer un plombier pour un outil mal choisi, ou le boucher pour une côtelette mal coupée, ou encore le facteur pour une lettre en retard, mais ne se fâchait jamais, en revanche, si les factures tardaient à arriver. Marcher dans la rue à ses côtés était pour le jeune Brunetti

---

1. Le bassin de Saint-Marc.

2. La *caorlina*, le *sàndalo* et le *puparìn* sont des barques traditionnelles vénitiennes.

à la fois une joie et un cauchemar, car il ne savait jamais si son père n'allait pas se mettre en colère contre la personne qui marchait trop lentement devant lui, ou trop près de lui.

Mais, une fois sur l'eau, il devenait un modèle de patience et ne se préoccupait absolument plus du temps, ni de l'efficacité des mouvements. Il passait des heures avec Brunetti, à remettre ses doigts au bon endroit, puis, après quelques minutes, arrêtait le bateau et s'avançait pour prendre la place de son fils, afin de faire glisser ses mains doucement en arrière. « Juste là, Guido », lui disait-il, en lui tapotant sur l'épaule ou sur la tête, lorsque l'enfant parvenait à les garder au bon emplacement assez longtemps pour avancer de cinq mètres.

Il se remémora aussi le jour où – il devait avoir quatorze ans – son père lui avait suggéré, oh tout à fait par hasard, d'essayer de ramer à l'arrière du bateau. Son cœur battait encore la chamade à ce souvenir ; d'abord à cause de la peur qu'il avait eue de ne pas réussir à conduire la barque, puis de la joie débridée qu'il éprouva lorsque son père lui cria : « Bien joué, capitaine ! »

Il sortit de sa rêverie et regarda sa montre ; il n'avait que dix minutes pour honorer son rendez-vous avec Lolo. Il arriva en retard, mais son ami aussi ; ils gagnèrent le *campo* au même moment, par les côtés opposés.

Brunetti fut frappé de constater combien il était heureux de revoir Lolo après un si long moment, plus d'un an, et quels sentiments profonds il éprouvait pour ce vieil ami. « Lolo », l'appela-t-il et le marquis, qui se dirigeait vers le bar à l'angle, se tourna dans sa direction. Il accéléra le pas vers Brunetti et ils s'étreignirent chaleureusement, puis ils se lâchèrent, mais pour mieux se donner une plus forte accolade encore.

Comme à chaque fois qu'ils se voyaient, car c'était toujours après de longs intervalles de temps, ils se dirent l'un après l'autre : « Tu n'as pas changé », puis se tapèrent l'épaule et se prirent de nouveau dans les bras.

« Où étais-tu passé ? » demanda Brunetti en regardant son ami de plus près ; il remarqua alors combien Lolo était pâle, sans la moindre trace du net bronzage qu'il rapportait souvent de ses nombreuses aventures. Il était plus maigre, aussi, et il avait les pommettes saillantes sous ses yeux foncés.

« En Argentine », répondit-il en donnant un autre coup sur l'épaule de Brunetti, comme si les mots ne suffisaient pas à exprimer son bonheur de le revoir. Puis il ajouta, avec un plus faible sourire : « À cause de mes péchés. » Puis, d'un ton plus vif : « Pour jeter un coup d'œil sur mes investissements. »

Intrigué, Brunetti pensa qu'il était préférable de continuer à bavarder autour d'un verre de vin ; il prit donc Lolo par l'épaule et le conduisit vers le bar.

L'endroit avait été rénové depuis la dernière fois que Brunetti s'y était arrêté. Le comptoir en bois, recouvert d'un linoléum rose tout abîmé, avait disparu, remplacé par une dalle de marbre blanc qui aurait pu être pillée dans une tombe étrusque. Les clients ne prenaient plus leur café ou leur verre de vin debout et rapidement, mais étaient invités à s'asseoir sur de hauts tabourets en acier, pas très stables en apparence, dotés d'assises en plastique d'un orange fluorescent. Les bouteilles, alignées sur les étagères en face d'un miroir impeccable, portaient des marques au graphisme sophistiqué, mais se gardaient de suggérer leur contenu.

Les six vieilles tables en bois, pleines de marques, d'égratignures et de brûlures engendrées par des générations de clients, étaient parties à la retraite, tout comme le comptoir.

Brunetti et Lolo hésitèrent un moment à la porte puis, d'un accord tacite, allèrent au fond de la salle, où ils s'assirent à l'une des tables à trois pieds, en s'appuyant contre le mur. Comme ils étaient grands, ils se retrouvèrent assis bien plus haut que la surface réfléchissante de la table.

Brunetti avait devant lui un homme d'une cinquantaine d'années, aux joues creuses, élancé et musclé, et les yeux entourés de petites rides dues à un excès de soleil, qui semblaient maintenant déplacées dans ce visage étrangement blême.

Un serveur s'approcha et Brunetti commanda un verre de vin blanc. « Deux », lança Lolo, apparemment aussi peu intéressé que Brunetti par les nombreuses possibilités que le serveur avait commencé à leur énumérer, du moment que c'était blanc et frais.

« En Argentine ! » s'exclama Brunetti une fois que le serveur se fut éloigné. Lolo baissa la tête et des deux mains se frotta les cheveux. Il avait encore les cheveux épais et foncés, remarqua Brunetti, et ils firent même un bruit audible lorsque Lolo y passa les doigts. Puis il regarda le commissaire et expliqua : « L'un de mes frères a un élevage de bétail là-bas. Il m'a demandé d'y aller et de l'aider à le sortir du pétrin.

— Combien de temps es-tu resté ?

— Trois mois.

— Dans le ranch ?

— Surtout au bureau du ranch, spécifia Lolo en levant les yeux à l'arrivée du serveur, qui posa les verres sur la table et retourna au comptoir. À faire tout mon possible pour sauver la situation. »

D'où sa pâleur, déduisit Brunetti en prenant son verre et en l'entrechoquant avec celui de son ami. *Mais qu'est-ce qui pouvait avoir nécessité trois mois ?* « Comment va ta famille ? » demanda-t-il.

Confus, Lolo déclara : « Mon frère, *c'est* ma famille. Ils sont tous là-bas maintenant. » Il sirota une longue gorgée de vin, posa son verre et affirma : « L'Argentine, c'est mieux.

— Pour le vin ?

— Oui. Et la viande de bœuf. Mais c'est tout. » Lolo but une autre gorgée et fit tourner son verre : « Je ne critiquerai jamais plus la bureaucratie de ce pays.

— Celui-ci ? » demanda Brunetti, incapable de masquer son étonnement.

Le serveur vint à leur table, y posa un bol de cacahuètes salées et s'en alla.

« Guido, dit Lolo en se servant une poignée d'arachides et en penchant sa tête en arrière pour les faire tomber dans sa bouche une à une, comparé à l'Argentine, nous vivons en Suisse. » Il les mâcha, les avala, en prit d'autres : « Ici c'est la Suède, la Norvège. » Encore quelques cacahuètes. « Que dis-je, la Finlande. » Il en saisit une autre poignée et les engloutit les unes après les autres. « Tu n'as pas idée.

— C'est difficile à croire, répliqua Brunetti d'un ton qu'il voulait calme.

— Je sais que ça l'est. Mais crois-moi. » Il posa son verre et recula sa chaise assez loin pour lui permettre de croiser ses jambes sans se faire mal, ni abîmer la table. « Qu'est-ce que tu veux savoir ? demanda-t-il, se remémorant que Brunetti était un homme qui détestait perdre son temps.

— Je voudrais des informations sur Salva Serenissima : j'ai vu ton nom dans le comité d'administration. Mais, surtout, je voulais te revoir et savoir comment tu vas », répondit Brunetti en toute sincérité.

Lolo le taquina : « Ne me dis pas que Demetriana a réussi à mettre la main sur ton portefeuille aussi. » Il secoua la tête, avec un mélange d'appréciation et d'exaspération. « C'est une fine mouche, mais je l'aime bien quand même.

— Tu la connais bien ?

— J'en ai hérité de mes parents, expliqua Lolo en sirotant son vin. Ils les ont toujours connus, elle et son défunt mari ; c'est presque une tante d'adoption, pour moi.

— Et Salva Serenissima ? »

Lolo pencha sa chaise en arrière, en soulevant du sol les pieds de devant. Il croisa les bras et regarda au loin, en réfléchissant à la question de Brunetti. « Je pense que c'est son bébé.

— Pardon ? »

Lolo laissa retomber sa chaise par terre. « Il est peut-être plus exact de dire que c'est ce qui lui donne le plus de satisfaction.

— Elle a un fils, n'est-ce pas ?

— Oui. Un type intelligent, Teo. Il a repris plus de la moitié des affaires de la famille et il est en train de monter sa propre fortune. Il a quasiment tout transféré à l'étranger et il est toujours entre deux avions. La Thaïlande, l'Indonésie, l'Inde. Il ne s'est jamais bien entendu avec Demetriana.

— Est-ce que tu connaissais sa première femme ?

— Ah oui, fit Lolo, qui prit son verre et le vida. Barbara. » Il chercha le garçon des yeux et, captant son attention, il leva son verre, puis regarda Brunetti, qui fit un signe d'assentiment. « Deux », précisa-t-il au garçon.

Lolo posa ses coudes sur la table et tapa doucement ses paumes plusieurs fois. « Tu es au courant de l'histoire de sa fille ? demanda-t-il.

— Oui. C'est de cela que je voulais te parler. »

Lolo changea d'expression et regarda longuement Brunetti, pour jauger la situation. « Ah ah, et moi qui croyais que c'est pour ma charmante personnalité que tu m'as appelé.

— Ça, avant toute chose », lui certifia Brunetti, sur le même ton de plaisanterie. Puis, plus sérieusement : « J'ai demandé au vice-questeur d'ouvrir une enquête sur ce qui lui est arrivé.

— Est-ce bien nécessaire ? »

Ils furent interrompus par le serveur, qui posa les deux verres de vin blanc et remplaça la moitié des cacahuètes restantes par un nouveau bol.

Brunetti ne toucha pas à son verre et raconta à son ami les quelques faits qu'il connaissait, terminant par l'histoire du sauveteur ivre de Manuela.

Lolo prit son verre par le pied et le fit tourner plusieurs fois avant de le reposer, sans y avoir goûté. « À vrai dire, il l'a fait sans le faire. Je veux dire, la sauver. » Il avait les yeux rivés sur son vin, mais Brunetti vit que son visage s'était couvert de tristesse.

« Est-ce que tu l'as revue depuis ? s'enquit le commissaire.

— Oui.

— Comment est-elle ?

— C'est une jolie femme avec un visage vide et qui est souvent dans un véritable état de confusion. Elle est adorable, mais, au bout d'un moment, on se rend compte que quelque chose cloche. »

Avec le sérieux qui avait imprégné sa voix pendant sa description de la jeune femme, Lolo lui demanda : « Pourquoi tu t'embêtes avec cette histoire ? Ce qui est fait est fait.

« — C'est sa grand-mère qui me l'a demandé. Elle ne veut pas mourir sans savoir ce qui s'est passé.

— À quoi cela servira-t-il ? »

Brunetti répondit en haussant les épaules.

« Cela ne changera rien, déclara Lolo sèchement.

— Ce qui changera, c'est qu'elle saura », fut tout ce que Brunetti songea à dire.

Lolo croisa de nouveau les bras et resta un certain temps à fixer le mur d'en face, puis il demanda : « Donc ce n'est pas de Salva Serenissima que tu veux me parler.

— Si. J'ai rencontré des gens qui y sont impliqués – ou qui le seront – et je voudrais connaître leurs motivations. » Brunetti secoua la tête face à l'imprécision de ces propos, même pour lui. « Elle – la comtesse – veut laisser une ville dans de meilleures conditions qu'elle l'a trouvée. Je pense qu'il n'y a aucun doute sur ce point.

— Mais ?

— Mais il y a certaines personnes dans son entourage… dont je ne cerne pas bien les intentions.

— De qui s'agit-il ?

— D'un banquier anglais et de sa compagne. Je pense que lui, c'est un idiot, mais pas elle. On dirait qu'il a envie d'apporter son aide, mais à condition que ça aille vite. » Brunetti se souvint soudain de son vin et en but une gorgée.

« Et il a l'argent pour le faire ? s'enquit Lolo.

— Est-ce que tu connais les gens dont je te parle ?

— Lui, il est petit et insignifiant ; elle, elle a de très grands yeux marron et ne parle pas beaucoup ? »

Brunetti opina du chef.

« Tu ne t'es pas trompé sur eux, lui assura Lolo. Mais qu'est-ce que ça peut faire, du moment qu'ils donnent de l'argent et qu'il y a des effets concrets ?

— Voilà le résultat après trois mois en Argentine »,
conclut Brunetti en riant.

Lolo eut l'air tout d'abord surpris, puis il feignit d'être
vexé et il finit par sourire. « Le résultat après une vie à
Venise, c'est pire. » Le rire de Brunetti dispensa Lolo de
toute explication.

« Quelqu'un d'autre ?

— Pas parmi les étrangers.

— Qui alors ? demanda Lolo en prenant son verre.

— Il y avait un Vénitien, à ce dîner, qui flattait basse-
ment la comtesse. Un peu plus jeune que nous, avec une
barbe de tsar. » Puis Brunetti ajouta à contrecœur, et avec
une pointe de déception, car quelque part il appréciait
vraiment cette femme : « Mais on aurait dit que ça lui faisait
plaisir de l'entendre.

— Ah, Vittorio, se limita à dire Lolo.

— N'a-t-il pas un de ces noms à rallonge ? »

Lolo renâcla, le nez dans son verre, et, une fois terminé,
il surprit Brunetti en lui disant : « Donne-moi le nom de
certaines des personnes pour lesquelles travaillait ton père.

— Pardon ?

— Le nom de famille de quelqu'un qui employait ton
père, peu importe l'emploi. Donne-moi un nom. »

Brunetti pensa au marchand de fruits et légumes pour
qui son père, pendant une période où il était relativement calme, livrait les denrées dans certains restaurants :
« Camuffo.

— Alors tu pourrais t'appeler toi-même Guido
Brunetti-Camuffo, et à plus juste titre.

— Tu veux dire qu'il l'a inventé ?

— Si les gens comme lui sont capables d'ajouter
un nom à leur nom, je me demande toujours ce qu'ils

sont capables d'ajouter dans leurs factures. Il est bien plus exact de dire qu'il a emprunté son nom, nuança Lolo avec un mépris à peine déguisé. Son père travaillait pour les Ricciardi, comme jardinier, ou quelque chose de ce genre. Tout le monde le sait. »

Brunetti, qui ne le savait pas et soupesait l'idée de s'appeler Guido Brunetti-Camuffo, lui demanda : « Mais pourquoi a-t-il fait cela ? »

Lolo se pencha pour lui toucher le bras et lui ébouriffer doucement les cheveux. « Tu es fantastique, Guido, vraiment fantastique. Ta femme a le sang le plus bleu de la ville et tu n'as toujours pas saisi.

— Qu'un nom compte pour les gens ? » s'enquit Brunetti, indigné.

Cette fois, Lolo recula sa chaise jusqu'à ce qu'elle se cogne contre une chaise de la table d'à côté. Il regarda son ami dans les yeux et finit par dire : « C'est l'une des raisons pour lesquelles je t'aime tellement, Guido, et que tu es un si bon ami.

— Parce que je ne comprends pas ?

— Non, parce que cela n'a aucune importance pour toi, la manière dont les gens s'appellent. » Puis, après une pause, il ajouta : « Comment *je* m'appelle. »

Brunetti regarda les cacahuètes et, ayant besoin de faire quelque chose, il plongea les doigts dans le bol et fit tourner les arachides, en les poussant d'un côté et de l'autre, puis recommença. Une fois satisfait de leur disposition, il regarda Lolo et demanda : « Qu'est-ce que tu sais d'autre sur lui ?

— Seulement que Demetriana n'est pas la seule femme d'un certain âge qu'il flatte.

— Pour en retirer quoi ? s'informa Brunetti, familier de ce genre d'homme.

— Du travail. Des dîners. Des invitations. Des voyages. Toutes les miettes qui peuvent tomber de la table, ou qu'il secoue juste un peu, histoire de les faire atterrir juste à ses pieds.

— Je vois, fit Brunetti. Et qu'est-ce qu'il attend de la comtesse, à ton avis ?

— Du travail, probablement, répondit Lolo en manifestant clairement son peu d'intérêt pour la question.

— Et sa petite-fille ? »

Lolo baissa les paupières, pinça les lèvres et ouvrit les yeux en disant : « Tu sais que je déteste le gâchis, Guido. Quel qu'il soit. Je ne supporte pas de voir quelque chose de perdu, ou d'abîmé. » Brunetti hocha la tête pour l'inciter à continuer.

« C'est ce qui est arrivé avec Manuela. C'était une enfant douce et adorable. Je ne l'ai pas vue souvent, peut-être cinq, six fois quand elle était petite, quand elle habitait chez Demetriana. Et puis tout à coup, quand elle a eu quatorze, quinze ans, et que j'avais de ses nouvelles par Demetriana, j'ai appris qu'elle avait des "problèmes", le genre de problèmes qu'on ne précise pas. » Il agita une main en l'air. « Tu sais, ce mot que les gens utilisent pour leurs proches et qui peut désigner la drogue, l'anorexie, de mauvaises fréquentations. »

Brunetti garda un visage impassible, en entendant son ami faire la liste de ce qu'il redoutait au plus fort de lui-même.

« Et puis il y a eu l'accident et elle s'est retrouvée à l'hôpital, et quand elle en est sortie, elle n'était plus la même. »

Le garçon réapparut et Lolo le paya, en repoussant d'un geste de la main la proposition de Brunetti de partager l'addition. « Nous ne parlons pas d'elle, Demetriana et moi. Rien ne changera. Jamais. C'est ça le gâchis ; c'est une vie ratée, et rien ne changera. Donc il n'y a rien à dire.

— Et s'il arrive quelque chose à sa mère ? »

Lolo y réfléchit un long moment, en évaluant sans doute jusqu'où il pouvait pousser les confidences avec Brunetti, puis il conclut : « Elle ira chez sa grand-mère, ou chez son père. Mais Demetriana a plus de quatre-vingts ans et Teo a une nouvelle femme et des enfants. Donc j'imagine qu'il lui faudra se trouver un endroit. » Il se leva, et Brunetti en fit autant.

Une fois dehors, sur le *campo*, ils s'étreignirent de nouveau très fort, puis Lolo retourna vers San Marco et Brunetti se dirigea vers San Zaccaria pour aller prendre son vaporetto.

12

Le dîner se déroula plus ou moins calmement. Raffi était sorti manger une pizza avec Sara Paganuzzi, qui rentrait de son année d'études à Paris. Brunetti et Paola avaient tous deux l'impression que leur fils parlait d'elle avec moins d'enthousiasme que par le passé. Peut-être était-ce dû simplement à la nervosité de Raffi, qui devait affronter trois nouveaux professeurs en ce début d'année universitaire et s'adapter nécessairement à leurs habitudes. Mais ce pouvait être tout aussi bien l'affadissement du premier amour : ils ne pouvaient qu'attendre la suite des événements.

Chiara combla le vide laissé par son frère en leur demandant s'ils la laisseraient aller à Londres l'été suivant avec un ami de l'école, pour travailler comme serveuse dans le restaurant de l'oncle de cet ami. « Qu'est-ce que tu connais au métier de serveuse ? s'enquit Paola, qui avait pris part à la conversation depuis ses fourneaux.

— Je sais qu'on est censé servir sur la gauche, répondit Chiara, même si tu me sers toujours sur la droite. »

Paola, qui s'apprêtait à apporter à son mari et à sa fille des *farfalle* au *radicchio*[1] et gorgonzola, s'arrêta net et posa les deux assiettes sur le plan de travail, en levant la tête pour

---

1. Pâtes en forme de papillon, avec de la salade de Trévise.

invoquer les esprits de la Maternité Offensée. « Je sers sur la droite, reprit-elle d'un ton aimable. Sur la droite, vous avez entendu ? Alors que les serveuses sont censées le faire sur la gauche. » Elle croisa les bras et prit appui contre le comptoir de la cuisine. « J'espère que cela signifie qu'elle a bien saisi que je ne suis pas une serveuse, mais sa mère, et une mère qui a donné un cours pendant trois heures ce matin sur *La boucle de cheveux enlevée*, et qui a assisté ensuite à une réunion de deux heures avec, à l'ordre du jour, les changements dans le système de la retraite pour les professeurs universitaires. »

Consciente d'avoir capté leur attention, elle les regarda, puis se tourna vers les esprits censés voltiger au-dessus d'eux. « Les universités où je suis allée ont été misérablement incapables de me former comme serveuse, c'est pourquoi toute ma vie j'ai servi sur la droite. Mais peut-être que c'est juste pour éviter de faire le tour de ma fille – qui est assise à table et attend d'être servie – et de revenir ensuite vers mon mari. Qui, dois-je ajouter, est tout aussi coopératif. » Puis, pour lever le moindre doute vis-à-vis de l'un d'entre eux – ou des Esprits – quant à la position de Brunetti, assis à cette même table, elle explicita : « En attendant également d'être servi. »

Après cette tirade, Paola reprit les deux assiettes et s'approcha de la table. Elle posa celle de Chiara, à sa droite, puis celle de Brunetti, et retourna au four pour préparer sa propre assiette de pâtes.

Chiara regarda son père, qui porta un doigt à ses lèvres, l'enjoignant au silence. Et lui fit comprendre, d'un signe de tête, qu'il prenait les choses en main.

Paola revint à la table avec son assiette et prit place. Elle regarda sa fille de face et lui demanda, d'un ton chaleureux : « Ta journée à l'école s'est-elle bien passée, ma chérie ? »

Le reste du repas avait été tendu, même si Chiara fit de son mieux pour aider à débarrasser, essuya même la vaisselle et la rangea avant d'aller silencieusement dans sa chambre faire ses devoirs. Brunetti les avait laissées s'arranger entre elles et était allé lire au salon les *Argonautiques* du Grec Apollonios de Rhodes, un livre qu'il avait abandonné après s'être heurté à certains de ses passages pendant sa dernière année de lycée. Il avait trouvé une traduction en italien chez un bouquiniste quelques semaines auparavant et rêvait de pouvoir le comprendre plus aisément qu'à l'époque.

Lolo était champion de grec au lycée ; il pouvait le lire aussi facilement que l'italien. Personne, et moins encore Lolo, ne pouvait saisir pourquoi il en était ainsi, quelle place occupait ce talent secret dans son cerveau. Brunetti n'avait jamais vu quelqu'un d'aussi doué en langues. Il lui suffisait d'un mois pour acquérir une certaine aisance dans n'importe quel idiome, même en lecture ; à la fin de sa scolarité, il parlait couramment anglais et français, et pouvait lire le grec et le latin sans problème. Depuis lors, il avait glané – c'était son expression – de l'allemand, de l'espagnol et du catalan. Il avait dit une fois à Brunetti que, arrivé à un certain stade, il n'avait plus la sensation de traduire en italien, mais qu'il lisait simplement le texte, comme il l'aurait fait dans sa langue maternelle.

Lorsque Paola entra, deux tasses de café dans les mains, il lui raconta : « J'ai vu Lolo cet après-midi. »

Elle en fut manifestement ravie et oublia ainsi la scène qu'elle avait faite au dîner. « Je ne savais pas qu'il était là. Où est-ce que tu l'as vu ?

— Nous avons pris un verre ensemble. Il revient d'Argentine où il est allé sortir son frère de mauvais draps.

— Le maquignon ?

— Oui. Tu le connais ?

— Je le connaissais à l'époque du lycée. Nous faisions nos devoirs de chimie ensemble. » Elle tourna la cuillère et l'enleva de la tasse, puis sirota son café. « Nuls ; nous étions archi nuls. Dieu seul sait comment nous avons réussi notre examen. Je suis sûre qu'il a amadoué le professeur pour qu'il lui donne la moyenne : il était encore moins bon que moi.

— C'est comme cela que tu t'en es sortie ? En faisant du charme ? » demanda Brunetti. Il avait du mal à imaginer que Paola puisse réussir une épreuve de chimie autrement.

« Non, j'ai simplement appris le manuel par cœur, même si j'ignorais complètement ce que cela voulait dire. » Elle but une autre gorgée.

Brunetti avait mis des années à s'habituer à sa mémoire époustouflante et il s'étonnait encore qu'elle pût mémoriser tout type de texte par une simple lecture attentive et sa détermination à s'en souvenir.

« C'est tout ce que nous avions à faire. Et je me méfie des savants depuis lors.

— Je sais, confirma Brunetti en buvant son café.

— Parle-moi de Lolo, dit-elle en s'asseyant près de lui.

— Il m'a dit qu'après l'Argentine l'Italie lui semble la Suisse.

— Oh mon Dieu ! s'exclama-t-elle. Depuis combien de temps est-il rentré ?

— Je l'ignore. »

Elle se tourna pour le regarder droit dans les yeux. « Cela fait plus d'un an que tu ne l'as pas vu et tu ne lui as pas demandé depuis quand il est rentré ?

— Nous avons parlé d'autre chose.

— De quoi ?

142

— De Manuela Lando-Continui », expliqua-t-il, même s'il n'avait pas l'intention au départ d'utiliser son nom complet. Brunetti prit conscience qu'il l'avait désignée ainsi pour faire d'elle – ne serait-ce que le temps de prononcer son nom – une personne, avec sa propre identité.

« Ah, c'est vrai, répliqua Paola en se reculant dans son fauteuil et en posant sa tête sur le coussin. Il les connaît tous, depuis toujours. Je pense qu'avec Barbara, sa mère, il…

— Il quoi ? demanda Brunetti.

— Il se peut qu'il y ait eu une amourette entre eux, il y a des années, quand il était à l'université.

— Et elle ?

— Oh, elle, elle commençait à gâcher sa vie.

— Je ne l'ai jamais rencontrée. Tu la connais bien ?

— Non. Nous avons à peu près six ans de différence, ce qui fait que nous n'avions pas d'amis en commun et nous ne sommes même pas allées à l'école ensemble. Donc je la connais juste de réputation, même s'il m'arrivait de la voir, en ce temps-là.

— Comment est-elle ? » Avant que Paola ne lui réponde, il se leva et alla à la cuisine ; il revint rapidement avec deux verres et une bouteille presque vide d'eau-de-vie de prunes faite maison, qu'un ami lui offrait à chaque Noël. Il en servit deux petits verres et retourna s'asseoir.

Elle le remercia et n'en but qu'une mince gorgée ; c'était sa façon de boire ce marc, comme si elle y transférait les doutes que lui inspirait l'homme qui l'avait donné à son époux.

« Elle était très jolie : grande, avec de longs cheveux blonds et les yeux turquoise. Elle aurait pu être une étudiante scandinave, venue dans le cadre d'un échange universitaire, tellement elle était différente de nous. » Ces propos, dans la bouche d'une blonde aux yeux clairs, surprirent Brunetti.

Paola changea de sujet. Elle observa le ciel étoilé, le campanile de Saint-Marc encore allumé et visible juste depuis cet angle du salon. « Nous ne pourrions pas vivre ailleurs, n'est-ce pas ?

— Effectivement.

— Je comprends pourquoi Demetriana veut sauver tout cela. Ou, du moins, s'y emploie.

— Je lui souhaite bonne chance, conclut Brunetti en revenant à sa préoccupation professionnelle. Comment Barbara a-t-elle gâché sa vie ?

— Comme bien des filles riches pas très intelligentes : les hommes, la drogue, d'autres hommes encore, beaucoup de fêtes et beaucoup de voyages, puis encore plus de drogue, et à l'âge de trente-cinq ans elle a eu la chance de rencontrer Teo, qui est vraiment un type bien. Elle s'est mariée avec lui ; ils ont eu un enfant et elle s'est à peu près rangée.

— À peu près ?

— À peu près, répéta Paola. Teo a fini par perdre patience. Malheureusement pour Barbara, il a rencontré quelqu'un d'autre ensuite, donc c'en était fini pour elle.

— À t'entendre, tout cela s'est passé sans grandes complications.

— Je crois que pour les hommes il en est ainsi, surtout quand ils n'ont pas de problèmes d'argent et qu'il y a une autre femme en train de les attendre.

— Et l'enfant ? s'informa Brunetti en essayant de garder un ton neutre.

— Quel juge irait donner l'enfant au père, Guido ? Dans une Italie où la mère est sacro-sainte ?

— Donc il les a quittées ?

144

— Il les a quittées, mais Barbara avait quelqu'un qui l'attendait, elle aussi. » Elle hésita à faire un commentaire, puis s'y résolut : « Ceci dit, il n'est pas resté longtemps.

— Et Manuela ?

— D'après Demetriana, elle était très attachée à son cheval, ce qui a sans doute facilité sa vie avec sa mère. » Brunetti ne décela pas le moindre signe d'ironie ou de sarcasme dans la voix de Paola. « Manuela vivait avec elle, a passé beaucoup de temps avec son cheval et puis elle est tombée à l'eau, et voilà où nous en sommes.

— Est-ce que ta mère t'a jamais parlé de Manuela ? »

Paola regarda longuement le campanile avant de répondre. « Seulement après l'avoir vue chez Demetriana. C'est une fille adorable. Ou, plutôt, une femme. » Elle marqua une pause, s'occupant les mains avec son verre, puis déclara : « Aucun d'entre nous ne parle plus beaucoup de cette histoire.

— Tu ne trouves pas ça étrange ?

— Guido, dit-elle d'une voix très douce, parfois je ne te comprends pas. »

Brunetti pensa que c'était parce qu'elle oubliait qu'il était un policier, mais il préféra se taire.

« Nous parlons d'elle, bien sûr, parce que nous continuons à la voir. Mais nous n'avons jamais parlé de ce qui lui est arrivé. » Puis, posant son verre, elle précisa : « C'est l'attitude la plus décente, tu ne crois pas ?

— Oui », approuva Brunetti, qui se leva pour rapporter la bouteille à la cuisine.

13

Le lendemain matin, en allant au travail, Brunetti examina en quoi cette affaire se distinguait de toutes celles qu'il avait traitées jusque-là : il y avait une personne victime de blessures, mais aucune preuve qu'il s'agisse d'un crime, et il n'y avait aucune hâte à mener l'enquête car, en l'absence à la fois d'un corps et d'un suspect, pour quelle raison fallait-il se dépêcher de trouver le coupable ?

Cette investigation avait un parfum d'exercice de style, effectué pour permettre à l'épouse du vice-questeur de grimper de quelques échelons sur l'échelle de la société vénitienne, et pour aider une vieille dame à mourir en paix. Cependant, Brunetti ne pouvait se départir de son inquiétude pour le sort de la jeune fille.

Au moment où il entra dans la questure, sa collègue Claudia Griffoni commençait à monter l'escalier. Elle se tourna lorsqu'il l'appela et s'arrêta sur la troisième marche pour l'attendre.

« Es-tu en train de travailler sur quelque chose d'important ? demanda Brunetti en la rejoignant

— Un touriste a été agressé et dépouillé hier soir, répondit-elle. Dans la calle degli Avvocati. »

Brunetti fut surpris : cette rue abritait juste un petit hôtel et était habitée par des gens plutôt aisés. Il ferma les yeux et fit appel à sa mémoire : c'était un *cul-de-sac** étroit, qui partait du campo Sant'Angelo et finissait par la porte d'un édifice, où tout imprudent pouvait facilement se faire piéger.

« Que s'est-il passé ? » s'enquit-il.

Elle sortit son carnet de notes de la poche de sa veste et l'ouvrit. « La victime est un Irlandais, de vingt-trois ans. Je suis allée le voir à l'hôpital ce matin, à 8 heures. Il a passé la soirée d'hier à bavarder avec une fille. Il lui a offert quelques verres, il en a bu quelques-uns aussi, puis elle lui a suggéré d'aller chez elle. Une fois arrivés à la fin de la *calle*, deux hommes lui ont bondi dessus par-derrière. Il ne se souvient de rien d'autre.

— Quelle heure était-il ? »

Elle regarda ses notes. « Environ 1 h 30 du matin. L'appel est arrivé à 1 h 37.

— Qui a appelé ?

— Un homme qui habite dans la *calle* : le bruit a réveillé son chien, qui s'est mis à aboyer, ce qui l'a réveillé à son tour. Quand il a vu un homme allongé par terre, il a appelé les *carabinieri*. Le temps qu'ils arrivent, il était parti. Les *carabinieri* l'ont retrouvé sur le *campo*, appuyé contre un bâtiment. Ils ont appelé l'ambulance et l'ont amené à l'hôpital. »

Autant ce genre d'épisode pouvait être courant dans d'autres villes, autant cette agression étonna Brunetti. Ce genre de délit n'arrivait pas ici. Ou, du moins, arrivait rarement : Brunetti rectifia lui-même la vérité.

« Tu lui as parlé ? » À son signe d'assentiment, Brunetti s'informa : « Qu'a-t-il dit ?

— Qu'il était trop ivre pour se défendre, surtout contre deux.

— Est-il gravement blessé ?

— On lui a fait quelques points de suture à la tête et il a quelques contusions, mais rien de cassé.

— Cela aurait pu être pire, je suppose. Et la fille ?

— Volatilisée. Il ne se souvient de rien, à part qu'elle parlait peu anglais et visiblement connaissait bien le chemin qu'ils avaient pris. Il ne sait pas ce qui lui est arrivé.

— Donc il se peut qu'elle l'ait conduit à cet endroit, suggéra Brunetti.

— Ou qu'elle ait réagi avec bon sens et pris ses jambes à son cou lorsque la bagarre a commencé, rétorqua Griffoni.

— Bien sûr, temporisa Brunetti. T'a-t-il fait une description ?

— Il était encore confus lorsque je lui ai parlé. Je ne sais pas si c'était l'effet de la boisson ou le contrecoup du choc, ou peut-être les sédatifs qu'ils lui ont donnés lorsqu'ils l'ont recousu. Il ne les reconnaîtrait pas s'il les revoyait, mais il se souvient de la fille.

— Tu crois que cela vaut la peine de poursuivre l'enquête ? »

Elle agita son carnet en un cercle vague et déclara : « J'en doute. Il n'y a aucune caméra de surveillance dans les parages. Il ne se souvient pas du bar, ni de comment ils sont arrivés là où ça s'est passé : pour lui, tous les endroits se ressemblent. Il pense qu'ils ont traversé trois ou quatre ponts. »

Ils se remirent à gravir les marches. Au deuxième palier, Griffoni s'arrêta et demanda : « Puis-je te dire quelque chose qui te paraîtra bizarre ?

— Bien sûr.

— Là où je travaillais, ce genre de chose arrivait dix, vingt fois par nuit. Toute la semaine, et plus encore le week-end. Nous n'arrêtions pas d'aller et de venir d'un hôpital à l'autre.

— Naples », commença-t-il. Il savait que c'était sa ville, et son dernier poste avant Venise.

« Chez moi, précisa-t-elle en riant.

— Et alors ?

— Une malheureuse agression — ce n'est que ma troisième ici — et ça me choque. Quand j'y pense, je me demande si je n'ai pas été affectée sur une autre planète. » Elle secoua la tête d'étonnement.

Brunetti prit la dernière volée de marches menant à son bureau, puis cessa de monter et se tourna vers elle. « Nous sommes gâtés, n'est-ce pas ? »

Elle pinça les lèvres, telle une étudiante dans l'obligation de répondre à une question difficile, peut-être une question piège. Brunetti l'observait en train de formuler sa réponse. « Il serait peut-être plus exact de dire que tu as de la chance, nuança-t-elle.

— Qu'est-ce que tu vas faire à ce propos ? » demanda-t-il en désignant le carnet de notes qu'elle tenait encore à la main.

Elle pencha la tête et leva une épaule en un geste résigné. « Si la fille ne réapparaît pas d'elle-même et ne nous donne pas une description de ces types, je ne peux rien faire.

— À part attendre qu'ils viennent avouer ? suggéra Brunetti.

— Je n'y avais pas pensé, approuva-t-elle sèchement.

— Alors, si tu n'as rien de spécial à faire, viens dans mon bureau, que je te parle d'une affaire qui nécessite qu'on s'active. »

Brunetti mit un certain temps à lui raconter l'histoire de la comtesse Lando-Continui et de sa petite-fille, car

Griffoni l'interrompait fréquemment pour lui demander des précisions et les noter dans son carnet.

À la fin de cet entretien, même si ses tentatives d'explication n'avaient pas conféré davantage de sens aux événements évoqués, Brunetti se rendit compte à quel point il s'était forgé des opinions bien arrêtées sur des personnes qu'il n'avait jamais rencontrées. Il éprouvait une profonde pitié pour Manuela, qui restait une jeune fille dans son esprit, malgré ses trente ans. Il n'aimait pas sa mère qu'il voyait, selon la formule de Paola, comme quelqu'un qui avait « gâché sa vie ». Il se pouvait même, hélas, qu'elle ait créé, d'une certaine manière, toutes les circonstances voulues pour que sa fille finisse comme elle. Le père n'était guère plus qu'une ombre, affublée d'un double nom. Un Schettino[1] sentimental, resté à bord de son *Costa Concordia* jusqu'à ce que les eaux matrimoniales s'agitent au point de le faire passer par-dessus bord et qu'il se trouve un nouvel équipage le sauvant du naufrage. Brunetti prit conscience de la pitié que lui inspirait aussi la comtesse Lando-Continui, hantée par le besoin de savoir ce qui était arrivé à sa petite-fille, avant de ne plus être capable de savoir du tout.

« Tu as réellement convaincu Patta de demander à un magistrat d'ouvrir une enquête ? s'enquit Griffoni d'un ton manifestement admiratif.

— Je t'ai dit ce qu'il obtiendra en retour, répondit Brunetti.

— À t'entendre, c'était un jeu d'enfant. »

Brunetti éclata de rire. « Je le connais depuis si long-temps que j'ai presque un sentiment d'affection pour lui »,

---

1. Commandant du bateau de croisière qui s'est échoué à proximité de l'île du Giglio le 13 janvier 2012 à la suite de sa conduite inconsidérée, provoquant de nombreuses victimes.

avoua-t-il. Au vu de sa surprise, il lui précisa : « Même si c'est seulement par intermittence. »

Griffoni ferma son carnet de notes et s'enfonça dans son fauteuil. « Si tu me passes l'expression, je ne pourrai jamais faire confiance à un Sicilien. »

Brunetti, croyant qu'elle plaisantait, en fut amusé dans un premier temps. Mais, lorsqu'il se rendit compte qu'elle était sérieuse, il dissimula sa surprise en portant une main à sa bouche, puis en frottant ses doigts contre sa joue, pour se donner un air contemplatif. *Est-ce l'impression que je donne*, se demanda-t-il, *lorsque j'avoue le peu de confiance que j'ai dans les Napolitains ? Pourquoi les préjugés des autres nous semblent-ils si bizarres, alors que les nôtres nous paraissent réfléchis et raisonnables ?*

Pour repousser ces pensées au plus vite, Brunetti lui demanda : « Tu as le temps de m'aider sur cette question ?

— Oui, bien sûr. Sinon je pourrais céder à la tentation de jeter un autre coup d'œil aux bagagistes.

— Claudia, ma chère, dit-il de sa voix la plus patiente et du ton le plus philosophique, toi et moi serons devenus plus d'une fois grand-père et grand-mère avant que les bagagistes cessent d'ouvrir les valises et de se servir à pleines mains, et il faudra un hangar pour entreposer les vidéos de toutes leurs exactions. Mais ce sont nos petits-enfants qui continueront l'enquête, pas nous, et l'enquête se poursuivra jusqu'à la quatrième génération. »

Griffoni changea de sujet et proposa aussi rapidement que possible : « Qu'est-ce que je peux faire pour toi ? »

En guise de réponse, Brunetti lui demanda : « Tu t'y connais en chevaux ?

— Qui te l'a dit ? rétorqua-t-elle en levant les sourcils.

— M'a dit quoi ? »

— À propos des chevaux », spécifia-t-elle.

Levant les mains en une fausse résignation, Brunetti déclara : « Personne ne m'a rien dit à propos des chevaux, ou sur toi et les chevaux. C'était une simple question de ma part. Pourquoi cela t'a-t-il surprise ?

— Je n'en avais parlé à personne, ici. »

Il secoua la tête, plus confus encore à cette remarque.

« Je fais de l'équitation, lui apprit Griffoni. Du *dressage**.

— Est-ce cette technique où les chevaux font une sorte de danse ? s'informa Brunetti, aussi ignorant en matière d'équitation que de tir aux pigeons. Je vois cela à la télé parfois. Les cavaliers portent de hauts chapeaux, n'est-ce pas ?

— C'est cela.

— Est-ce que tu fais de l'équitation, ici ?

— Non, dit-elle avec un accent de déception.

— Pourquoi ?

— Guido, répliqua-t-elle la gorge nouée, pourrais-tu me dire ce que tu veux savoir et laisser tomber cette histoire ?

— Bien sûr, approuva-t-il pour s'excuser, voyant combien cette conversation – ou plutôt ce véritable interrogatoire – l'avait déstabilisée. Sa petite-fille avait un cheval, qu'elle gardait près de Trévise. Je veux aller leur parler et j'aimerais prendre quelqu'un avec moi qui soit expert dans ce domaine. » Puis, imaginant qu'elle ne saisirait peut-être pas son explication, il ajouta : « C'est pourquoi je te l'ai demandé.

— Tu viens de me dire que cela s'est passé il y a quinze ans. Tu crois que tu trouveras encore les mêmes gens ?

— Peut-être que oui. Peut-être que non. Mais je veux comprendre toutes les réponses qu'ils me donneront.

— On dirait qu'ils vont te faire passer un test d'équitation et qu'ils ne répondront à tes questions que si tu t'y soumets.

— Ce ne sont pas les questions qui me préoccupent, répliqua Brunetti. Ce sont les réponses. S'ils me parlent d'elle et d'équitation, ou de chevaux, il faut que je comprenne véritablement leur langage. »

Elle eut l'air complètement confuse. « On dirait que ce sont des étrangers pour toi. »

Brunetti sourit : « Non, c'est moi l'étranger. Je ne sais pas bien ce qui se passe entre le cavalier et son cheval, surtout si c'est une jeune fille. » Comme elle ne disait mot, Brunetti se sentit forcé d'ajouter, sur un ton de défense : « S'il te plaît, ne me dis pas que je suis fou. Ou que c'est de la psychologie de comptoir. »

Elle le coupa. « Si quelque chose la perturbait, le cheval l'aurait senti, c'est sûr et certain. » Puis elle enchaîna, avec un large sourire : « Mais, malheureusement, ils sont difficiles à interroger. »

L'idée amusa Brunetti. « Ce que j'espère, dit-il, c'est qu'il y aura quelqu'un qui se souvienne d'elle. À l'époque, le rapport a établi que c'était un accident, donc je suis sûr que personne n'est allé leur poser des questions.

— L'as-tu vu, ce rapport ?

— La signorina Elettra devrait l'avoir trouvé à cette heure-ci.

— Allons le chercher », suggéra Griffoni en se levant.

La signorina Elettra semblait s'être promue toute seule, car elle portait ce jour-là une veste bleue croisée avec des *épaulettes** et des galons aux manchettes. Le regard de Griffoni révélait un mélange d'envie et d'appréciation, qu'elle ne tenta aucunement de dissimuler.

Étant l'auteur de la requête, Brunetti prit la parole : « Avez-vous trouvé le rapport sur l'accident ?

— Êtes-vous sûr de la date, commissaire ? » énonça la signorina Elettra, pas vraiment sur le ton d'une question.

Elle avait trouvé, tout comme lui, les récits de l'accident qu'en avait faits le journal, de sorte qu'il n'y avait aucun doute possible sur la date. Elle le savait, et il le savait, donc sa remarque était une annonce codée que... l'esprit de Brunetti saisit au vol, mais il l'exclut immédiatement : elle ne l'avait pas trouvé, et elle continuait à chercher ; ou plutôt : il ne figurait pas dans les fichiers et elle soupçonnait qu'il soit perdu.

« Ces fichiers sont tous informatisés, n'est-ce pas ? s'assura Brunetti.

— Aujourd'hui, oui, confirma la signorina Elettra. Les rapports imprimés ont tous été transcrits et informatisés.

— Et qu'en est-il des versions papier ? intervint Griffoni qui était arrivée sur ces entrefaites et avait pris appui, sur le rebord de la fenêtre, à l'endroit qu'occupait habituellement Brunetti.

— Détruits, naturellement », déplora la signorina Elettra qui, comme si elle attendait qu'ils saisissent la situation à leur tour, s'affala au fond de son fauteuil.

Les deux têtes pivotèrent vers elle au même moment et les deux visages exprimèrent leur compréhension des faits. Brunetti laissa la commissaire constater l'évidence. « Donc si le rapport n'est pas dans l'ordinateur, il est perdu. » Ce simple mot n'avait jamais eu un tel accent d'irréversibilité pour Brunetti.

La signorina Elettra fit un signe d'assentiment et poursuivit : « Avant que vous ne commenciez à soupçonner une conspiration, vous devez savoir qu'il manque à peu près un tiers des rapports informatisés, du moins pour cette année-là. Il y a eu un bug dans le programme et, avant de s'en rendre compte, ils ont continué à entrer des matériaux et à détruire les originaux.

— Combien de temps ont-ils mis pour s'en apercevoir?

— Trop longtemps. »

Brunetti et Griffoni échangèrent un regard. Il vit dans le haussement d'épaules de sa collègue son irritation face à l'incompétence et à l'erreur. Elle tenta : « Et l'hôpital? S'ils l'y ont amenée, il doit exister un rapport médical. »

Ah, songea Brunetti, *voilà donc l'image que se font de nous les gens du Sud? Un peuple capable d'ordre, de rigueur et de méthode?* La dernière fois qu'il était allé à l'hôpital, c'était pour rendre visite à sa belle-sœur, la veille de son opération des varices. En entrant, il était tombé sur son frère en train de coller une chemise en plastique transparent sur la jambe de sa femme, avec à l'intérieur une feuille de papier spécifiant : *Opérez CETTE jambe.* Il avait préféré s'abstenir de tout commentaire.

« Voyons ce que nous parviendrons à découvrir », déclara Brunetti en décrochant le téléphone de la signorina Elettra.

14

Comme il était vénitien et qu'il avait le titre de commissaire, Brunetti fut rapidement introduit au bureau d'état civil. Il énonça sa requête à un homme qui lui expliqua, du ton monocorde d'une machine, comment procéder pour obtenir la copie du dossier d'un patient. Sur présentation de la demande formelle d'un magistrat, l'hôpital fournissait la copie des soins prodigués tel ou tel jour à la personne figurant expressément dans la demande en question.

Avant que Brunetti ait pu communiquer cette information à ses collègues, afin de partager avec elles cette grande nouvelle, l'homme lui précisa toutefois que ces dossiers, remontant à quinze ans, existaient seulement en version papier et qu'il fallait donc en charger une personne ayant quelque familiarité avec le système de classement.

« Avez-vous une idée du temps que cela peut prendre ? » demanda Brunetti à l'employé.

La longueur de sa pause laissait deviner la réponse réelle. Il lui donna, cependant, la réponse officielle : « Cela ne devrait pas prendre plus de quelques jours. » *Bien*, pensa Brunetti, *cela ne devait pas prendre plus de trente ans non plus pour construire les digues censées protéger la ville contre l'acqua alta.* « Si c'était mon ami le docteur Rizzardi qui vous avait appelé et vous avait demandé combien de temps cela prendrait, que lui auriez-vous répondu? s'enquit-il du ton le plus aimable possible.

— Est-ce un bon ami à vous?

— Depuis plus de trente ans. » Il avait exagéré, mais c'était pour la bonne cause.

« Je lui conseillerais de ne pas perdre son temps à attendre », assena l'homme d'une voix désormais humaine. Brunetti apprécia qu'il n'essaye pas de s'excuser, ni de justifier ses propos antérieurs. Il le remercia et raccrocha.

Il regarda les deux femmes et secoua la tête. « C'est un cas désespéré », parvint-il à dire.

Griffoni, assise maintenant sur le rebord de la fenêtre, où elle s'était hissée pendant le coup de fil de Brunetti, sauta par terre et se dirigea vers la porte. « Je vais dans mon bureau. Je dois écrire le rapport sur l'agression », expliqua-t-elle et elle partit. Brunetti informa la signorina Elettra qu'il avait des gens à appeler et monta dans le sien.

La signorina Elettra avait trouvé le nom de l'école d'équitation située non loin de Preganziol, dans les environs de Trévise. Se servant d'Internet comme s'il en était un adepte, il trouva le numéro de téléphone et, ayant les chevaux en tête, il tapa « dressage ». Il lut une description générale de ce sport, même s'il avait du mal à le concevoir comme tel. La grâce et l'élégance des chevaux et de leurs cavaliers lui évoquaient plutôt un ballet. Mais l'art relève de l'espèce humaine, n'est-ce pas, et non pas animale.

Il parcourut le texte rapidement, mais son intérêt s'aiguisait au fur et à mesure qu'il découvrait ce domaine. Il y avait les chapeaux hauts de forme, les couvertures blanches des selles, les bottes, les vestes, les crinières à galons et les muserolles étincelantes : tout un attirail incroyable pour l'homme et la bête. Il examina la batterie de tests imposés au cheval et au cavalier, s'aperçut qu'ils pouvaient avancer en biais alors qu'ils semblaient aller droit devant eux, et regarda des photos et des planches avec des *cabrioles** et des *levades**. Il lut qu'un de ses écrivains préférés, Xénophon, avait écrit sur l'entraînement des chevaux, ce qui le conforta dans l'attention qu'il porta à la question.

Il revint à la page Google et ajouta « Claudia Griffoni » à « dressage », curieux de voir ce qu'il découvrirait. Une médaille d'argent : Griffoni l'avait remportée dix-huit ans auparavant pour l'Équipe olympique italienne. Depuis le temps qu'ils travaillaient ensemble, elle n'avait jamais livré de grandes confidences sur son passé et n'avait absolument jamais parlé de chevaux, alors qu'on lui avait décerné une telle médaille : le plus important était de continuer à le cacher à Patta, qui irait sûrement le raconter à Scarpa, perspective qui contrarierait Brunetti.

Comme beaucoup d'hommes dans la police, Scarpa n'aimait pas les femmes, même si, dans son cas, il était plus exact de dire qu'il les avait en aversion. Il faisait tout son possible pour manquer de respect à la signorina Elettra, mais elle ignorait le lieutenant tant qu'il ne s'adressait pas à elle directement et elle lui parlait alors d'un ton tellement mielleux que Brunetti, témoin de ces scènes, vit son niveau d'insuline grimper plus d'une fois.

Le lieutenant abhorrait en particulier les femmes détentrices de l'autorité. Il mettait un point d'honneur à ne reconnaître que fort tardivement certains des ordres que Griffoni lui avait donnés, même si en fin de compte il n'avait d'autre choix que de les exécuter et de lui obéir. Quant à la signorina Elettra, elle n'était, après tout, qu'une secrétaire et lui était lieutenant de police : cette position le dispensait donc de se conformer à ses commandements. Il ne pouvait toujours pas croire que son patron, le vice-questeur Giuseppe Patta, fût complètement sous l'emprise du pouvoir et des compétences de sa secrétaire, et qu'il couperait joyeusement son lieutenant en morceaux si cet acte lui permettait de rester dans ses bonnes grâces.

Il valait mieux qu'un homme avec de telles idées en tête ne sache pas que la commissaire Griffoni faisait non seulement de l'équitation, mais qu'elle pratiquait également une discipline aussi frivole que le dressage et, pire encore, que cette dernière lui avait valu une médaille olympique. Brunetti craignait que le lieutenant ne perde la raison suite à une telle révélation.

Le commissaire composa le numéro de l'école et se présenta, puis expliqua qu'il appelait au sujet d'une personne qui gardait son cheval chez eux quinze ans auparavant et qu'il aurait aimé discuter avec quelqu'un qui y travaillait à l'époque.

La femme qui avait pris la communication précisa : « Il faut vous adresser à la signora Enrichetta.

— Qui est-ce ? s'informa Brunetti.

— C'est la propriétaire. Elle a pris la relève après le décès de son mari. C'est la seule qui puisse savoir.

— Est-elle là ?

— Il se peut qu'elle soit au manège. Pourriez-vous rappeler dans dix minutes ?

— Je peux attendre, si cela ne vous dérange pas, proposa Brunetti, qui avait une longue expérience de ces fameuses dix minutes au bout desquelles plus personne ne décrochait quand il retéléphonait.

— D'accord », dit-elle et elle posa le combiné. Brunetti en fit de même et saisit une liasse de papiers. La plupart concernaient les nouveaux règlements du ministère. L'un spécifiait comment les policiers devaient rendre leurs armes sûres chez eux : le fusil, qui devait être tout le temps déchargé à la maison, devait être placé dans un étui fermé et les munitions dans un autre.

Il y avait des décennies qu'il voyait passer les mêmes circulaires. Et pourtant il lisait souvent dans les journaux que des enfants de policiers avaient réussi à mettre la main sur les fusils de leurs parents et tué un membre de la famille, ou s'étaient tués eux-mêmes. Rien de plus terrible, rien de plus vrai.

Le texte suivant concernait le parking des voitures de fonction quand le policier s'en servait sans être en service. Curieux, Brunetti le parcourut des yeux, non pas pour le contenu, mais pour voir combien de pages cela représentait. Quatre. Il le mit de côté.

Il entendit une voix dans le récepteur. « Oui ? fit-il.

— Êtes-vous le policier ? demanda une femme.

— Oui. Êtes-vous la signora Enrichetta ?

— Oui. Mon assistante n'a pas été très claire. Pourriez-vous me dire qui vous êtes et ce que vous aimeriez savoir ?

— Je m'appelle Brunetti. Je suis commissaire à Venise. Je vous ai téléphoné pour avoir une information sur une jeune fille qui gardait un cheval dans vos écuries, il y a environ quinze ans.

— Et vous croyez que je vais m'en souvenir ? répliqua-t-elle d'un ton à la fois surpris et amusé, mais sans exclure la possibilité de se le remémorer.

— J'espère, dit Brunetti le plus aimablement possible. La fille s'appelle Manuela Lando-Continui. Même si c'est une femme, maintenant.

— Ah, Manuela, la pauvre. Je suis au courant. Mon mari l'aimait beaucoup.

161

— Puis-je venir vous parler ?

— Oui, bien sûr. Mais pas avant lundi. Je suis désolée. Nous avons une compétition à Desenzano ce week-end. Vous avez eu de la chance de me trouver, parce que nous partons dans une heure. Nous y amenons deux chevaux.

— Lundi m'irait bien.

— Parfait. Nous rentrerons dimanche soir, donc vous pouvez venir n'importe quand dans l'après-midi. » Brunetti s'apprêtait à continuer, mais la femme lui demanda : « Comment va-t-elle ?

— Je ne lui ai pas encore parlé, mais d'après sa grand-mère elle est plutôt calme. » C'était la meilleure réponse qui lui vînt à l'esprit.

« Bien, c'est déjà quelque chose, affirma-t-elle sans grande conviction. Je vous verrai lundi après-midi. » Elle raccrocha.

Se souvenant que Pietro Cavanis ne l'avait pas rappelé, Brunetti prit son portable et retrouva son numéro.

Il répondit à la septième sonnerie, d'une voix confuse et ensommeillée.

« Signor Cavanis ?

— Je crois que oui, répondit l'homme. Dites-moi ce que vous voulez, ce qui me donnera le temps de me souvenir de qui je suis.

— J'aimerais vous parler de Manuela Lando-Continui.

— Vous êtes de la police ? Vous en avez tout l'air.

— Oui, je suis le commissaire Guido Brunetti. J'ai été chargé d'enquêter sur l'accident qui a eu lieu près du campo San Boldo.

— L'accident, fit Cavanis, encore en proie au sommeil. Que voulez-vous savoir ?

— Je voudrais vous parler de ce qui s'est passé.

162

— Et si je ne m'en souvenais pas ? » Sans laisser le temps à Brunetti de réagir, l'homme ajouta : « Attendez une minute. » Brunetti l'entendit poser le téléphone, froisser un papier, craquer une allumette, puis émettre un long soupir de satisfaction. Il y eut un bruit de tâtonnement lorsqu'il se saisit du téléphone. « Vous disiez ?

— Je voudrais vous parler de ce qui s'est passé.

— Revenir sur cette histoire quinze ans après, n'est-ce pas un peu tard ? » demanda l'homme d'un ton faussement aimable, comme s'il posait une question sensée et se gardait bien de formuler le moindre reproche. Brunetti entendit un cliquetis, suivi d'un bruit hâtif qu'il mit un moment à identifier. Ah, c'était le premier verre du jour. Il se demandait s'il avait entendu le bruit de la déglutition, ou s'il l'avait seulement imaginé.

« Oui, cela fait effectivement longtemps, mais c'est une nouvelle enquête. Serait-il possible de vous parler ? répéta Brunetti, passant outre la provocation de l'homme.

— Bien sûr. Mais cela ne servira à rien. Je vous l'ai dit : je n'ai plus aucun souvenir, et plus le temps passe, moins je m'en souviens. » Brunetti fut frappé par son insistance.

« J'aimerais quand même vous parler, réitéra-t-il de sa voix la plus amicale.

— Je ne suis pas disponible ce week-end. Lundi vous irait-il ?

— Je suis déjà pris dans l'après-midi.

— Mardi ? lança Cavanis avec l'aisance d'une personne n'ayant pas besoin de travailler et avec la fermeté d'un individu pour qui le matin n'est pas propice aux rendez-vous.

— Bien. Dites-moi où je peux vous rencontrer. »

Cavanis nomma un bar qui n'était pas familier à Brunetti. Il lui expliqua qu'il se trouvait sur le rio Marin, quelques portes après le bureau du gaz, en direction de la gare. Il suggéra la fin d'après-midi, mais Brunetti dit que ce serait plus pratique pour lui de le voir vers midi. Peut-être pourrait-il l'inviter à déjeuner ? L'argument fut convaincant : Cavanis lui assura qu'il serait là à 12 heures, mais comme Brunetti entendit un verre tinter contre le téléphone à plusieurs reprises, il répéta qu'ils se verraient le mardi.

« Si je ne suis pas là, demandez au propriétaire du bar de vous donner les clefs et traversez le canal ; j'habite juste en face du bar – et réveillez-moi, d'accord ? C'est une porte verte. Au deuxième étage. Entrez et secouez-moi un peu. » Brunetti, songeant que l'invitation à déjeuner avait peut-être aiguisé chez Cavanis son sens de l'humour, voire son amabilité, accepta le marché. Cavanis raccrocha sans un mot, et ce fut tout.

Comme c'était un vendredi après-midi ennuyeux, où il se sentait agité et se voyait grossir avec l'arrivée de l'hiver, Brunetti appela Lolo et lui demanda s'il avait encore son *sàndalo* et s'il était toujours à l'eau. Suite à la réponse positive de son ami, Brunetti lui proposa de sortir de chez eux le lendemain, de s'échapper dans la lagune et de passer la journée à ramer.

« Et si ça nous plaît, on recommence dimanche », proféra Lolo sans hésitation.

Le samedi, Brunetti rentra chez lui en fin d'après-midi et montra à Paola sa main bandée à quatre endroits et l'ampoule sur son talon gauche, due au frottement régulier de sa chaussure de tennis contre la peau tandis qu'il s'efforçait de réapprendre le mouvement et de réacquérir l'équilibre, entre la poussée et la contre-poussée que la rame exerçait sur chacun d'eux. Après le dîner, il s'écroula devant la télévision et dormit par intermittence pendant les informations régionales : un incendie dans un appartement à Santa Croce, la grève sauvage des vendeurs de tickets de vaporetti et une brève interview sur la chaîne locale de Sandro Vittori-Ricciardi, l'homme qu'il avait vu au dîner chez la comtesse Lando-Continui et qui exposait son nouveau projet. Toutefois, Brunetti était si éreinté par le dernier soleil d'automne, le vent froid sur l'eau et les heures passées à ramer que le seul souvenir qu'il garda de ces trois séquences fut que l'homme avait rasé sa barbe et faisait plus jeune.

Lorsque Paola changea de chaîne pour regarder la rediffusion de la première saison de *Downton Abbey*, Brunetti se leva et n'était pas plus tôt arrivé à son lit qu'il s'affaissa ; il n'était plus qu'un amoncellement de muscles épuisés. Il bougea à peine jusqu'à 8 heures, puis se leva et entendit craquer tous ses os, alla retrouver Lolo et grimpa de nouveau dans son *sàndolo*.

Il y avait eu une *acqua alta* exceptionnelle la nuit précédente, mais la seule trace visible était le sol mouillé près du canal où Lolo amarrait son bateau. Ils parlèrent peu en se dirigeant vers la lagune, car ils ressentaient les mots comme une ingérence. Brunetti signalait à l'occasion un morceau de bois flottant dans l'eau et ils redressaient alors le cap. Brunetti vit deux échassiers au long bec prendre le soleil, les ailes déployées, sur une motte de boue recouverte d'herbe. Il avait oublié leur nom. « N'est-ce pas le moment où ils migrent vers le sud ? » demanda-t-il à son ami, qui ramait à l'arrière du bateau. Ils glissèrent près des oiseaux, qui les ignorèrent.

« Ils passent l'hiver ici, maintenant », lui apprit Lolo.

Donner un coup de rame, couper les vagues, puis pencher et lever la rame et la faire glisser vers le devant, puis la replonger dans l'eau ; un geste après l'autre, en silence, avec des efforts à peine conscients ; cette surface plane, illimitée, tout autour d'eux ; le ciel gris argent, et un vent bien trop froid pour exposer ainsi leurs corps en sueur.

À 14 heures, ils décidèrent de se reposer un instant et s'arrêtèrent le long d'un petit canal qui coulait à travers une série d'îlots herbeux. Depuis l'avant, Brunetti fit un demi-tour sur un côté, puis sur l'autre. La lagune vide s'étendait de part en part : de l'herbe, de l'eau, des touffes de roseaux ; aucun bruit à part leur respiration, encore lourde, et le pépiement d'un oiseau. La lumière du jour était plus forte, mais le soleil se cachait encore à leur vue, même s'il parvenait à les réchauffer maintenant, quand le vent ne soufflait pas.

« Guido », l'appela Lolo. Il se tourna et Lolo lui lança un sandwich enveloppé dans du papier. Brunetti eut soudain une telle sensation de faim qu'il ne prit même pas soin de vérifier ce qu'il y avait à l'intérieur. Il l'avala en six bouchées, encore debout, regarda Lolo et déclara : « Je n'ai jamais rien mangé d'aussi bon de ma vie. Et sans savoir ce que c'était. »

15

Le lundi matin, Brunetti frôla l'état de paralysie. Il s'était couché heureux d'avoir mis à l'épreuve son endurance pendant six heures de rame. Il était rentré chez lui fier comme Artaban de sa prouesse, avait mangé deux assiettes de *polpette*[1] avec des pommes de terre et des *porcini*[2], quatre morceaux de *merluzzo*[3] avec des épinards et trouvé encore de la place pour une grosse part de *torta della provvidenza*[4] avant de gagner son lit avec les *Argonautiques* et de s'endormir au bout de deux pages.

Lorsqu'il se réveilla, il était un autre homme : un vieillard tout ankylosé, à peine capable de se pousser au bord du lit et dont le corps protestait vivement à chaque pas, lorsqu'il alla prendre sa douche. Il ne parvenait pas à enlever son pantalon de pyjama ; il le laissa donc tomber par terre sans le ramasser, enleva le haut précautionneusement et ouvrit le robinet d'eau chaude. Elle finit par arriver des cinq étages en dessous et il se glissa sous sa chaleur bienfaisante. Il tourna le pommeau vers la droite, plaqua son front

---

1. Paupiettes de viande.
2. Cèpes.
3. Merlan.
4. Gâteau au citron.

contre les faïences et laissa l'eau le fouetter, l'éclabousser et lui descendre le long du dos.

Après ces cinq minutes où l'eau brûlante et les nuées progressives de vapeur s'étaient substituées aux brûlures musculaires au niveau de ses épaules, il sentit également ses vertèbres se détendre. Quelques minutes de plus et il put envisager d'aller au bureau, quand bien même il aurait aimé appeler la Sanitrans et se faire transporter dans un fauteuil par deux hommes jeunes et forts, qui auraient descendu pour lui les quatre volées de marches, sans avoir besoin de recourir à ces souches qui lui tenaient lieu autrefois de jambes.

Comme si l'un de ces jeunes hommes avait été convoqué, il entendit une voix l'appeler à la porte de la salle de bains : c'était une voix aiguë, visiblement inquiète. Il y serait bien resté plus longtemps, mais il se sentit prêt à faire l'effort de s'habiller et ferma donc le robinet, en se laissant imprégner du silence qui s'installait.

« Guido ? Tout va bien ? » lui demanda une voix familière.

À travers le verre humide, il lui sembla reconnaître Paola, debout dans le couloir. « Bien sûr que oui, répondit-il, craignant de subir des réflexions pour avoir utilisé toute cette eau chaude.

— Très bien », dit-elle en partant.

Il sortit lentement de la douche et prit une serviette, s'essuya presque entièrement, négligeant ses jambes et ses pieds. La serviette nouée à la taille, il gagna leur chambre, où Paola était au lit, en train de lire.

« Tu as fait tout ce chemin pour venir voir ce qui se passait ? »

Elle le regarda par-dessus ses lunettes. « Cela faisait un bon moment. J'ai eu peur. » Sur quoi, elle retourna à son livre.

« Peur de quoi ? »

Toujours par-dessus ses lunettes : « Que tu sois tombé.

— Ah », fit-il en s'approchant du tiroir où il gardait ses sous-vêtements. Son dos et son épaule droite lui faisaient terriblement mal, mais il traita cette douleur par le mépris et commença à s'habiller tout doucement, puis il sortit une paire de chaussettes et s'assit sur le lit. Il avait le bout des pieds encore mouillés, mais il n'en tint pas compte et les enfila.

Le pantalon – ce ne fut point aisé ; la chemise – un jeu d'enfants ; les grosses chaussures que Griffoni lui avait conseillées – difficile ; et il finit par sa cravate et sa veste. Une fois prêt, il descendit du lit, se pencha et embrassa Paola dans les cheveux : « Je ne déjeunerai pas à la maison. Je dois aller voir des gens sur le continent. »

Paola marmonna quelques mots. Il s'approcha le plus possible pour voir le titre en haut du livre. Il lut les derniers mots : « … *la colombe* » et songea que c'était peine perdue que d'essayer de lui parler. Il eut mal en haut de l'escalier, mais il se sentit mieux au fur et à mesure qu'il descendait et, parvenu au rez-de-chaussée, il retrouva le contrôle de ses membres. Au moment où il ouvrit la porte et découvrit cette journée ensoleillée, il prit conscience qu'elle avait abandonné Henry James pour s'assurer que tout allait bien à la salle de bains. Cette pensée lui mit un immense baume au cœur.

L'après-midi, il avait recouvré l'usage de son corps et il put marcher, se pencher pour ramasser des objets – sur son bureau, et non pas par terre – et à la fois s'asseoir et se lever avec une certaine aisance. Aucune de ces actions ne se faisait sans douleur, mais c'était supportable. Comme Claudia et lui n'avaient mangé que des sandwiches pour gagner du temps, à 14 heures ils montèrent dans une voiture de fonction à Piazzale Roma et le chauffeur prit l'autoroute pour Preganziol. L'école d'équitation se trouvait à proximité de ce gros bourg.

Griffoni portait une veste courte en laine, un jean et une paire de bottes, tenue qui incita Brunetti à penser, dans un premier temps, qu'elle s'était habillée pour effectuer ce que les Anglais appellent le « grand nettoyage », à l'instar d'Hercule dans les écuries d'Augias. Mais, en y regardant de plus près, il s'aperçut que le jean se prêtait mal au travail et que ses bottes beige foncé, malgré leur usure, étaient dotées d'une double lanière étroite et d'une boucle en métal au sommet, comme celles que Paola lui avait montrées un jour dans un magasin.

Elle avait tiré ses cheveux blonds en arrière et retenu sa queue-de-cheval par un ruban noir : il se demanda si elle n'avait pas prévu, dans son sac à main, un casque d'équitation assorti.

C'était toujours une étrange expérience pour Brunetti que de voyager en voiture. Il s'y était habitué pendant ses périodes d'affectation dans différentes villes du continent, mais, comme il n'avait pas grandi avec les automobiles, elles lui restaient étrangères et lui semblaient inutilement rapides et dangereuses.

Griffoni, captant sans doute sa nervosité, fit pratiquement toute la conversation, puis finit par revenir à son ancienne carrière de cavalière. « C'est vrai ce que disent les gens, les chevaux sont effectivement capables de lire nos sentiments, comme la plupart des animaux, à mon avis. » Elle regardait par la vitre les champs lointains, arides et secs, et la route, longée de chaque côté de files illimitées de constructions basses : des magasins, des restaurants et des usines.

« Je suppose qu'autrefois, c'était partout la campagne », énonça-t-elle comme une généralité.

Le chauffeur, qui devait avoir dix ans de plus qu'elle, répondit depuis son siège : « C'est bien cela, commissaire. J'ai grandi par ici : mes parents étaient paysans. »

Ils passèrent devant une gigantesque accumulation de bâtiments sur leur droite : des hypermarchés, des garages, un entrepôt maritime, suivi d'un autre, un magasin de meubles et d'énormes camions agglutinés devant des portes en métal, à l'arrière d'un édifice à un seul étage.

« Pourquoi avons-nous besoin d'autant de choses ? » s'étonna Brunetti en se tournant pour voir les constructions de l'autre côté, toutes du même genre et de la même taille.

Personne ne répondit. *Comme beaucoup d'entre nous ont des résidences secondaires,* songea-t-il, *peut-être avons-nous plus d'espace à remplir, ou peut-être que les gens ont maintenant ce que l'on appelait des « revenus disponibles », alors que leurs parents ne disposaient que d'un salaire.*

« Plus que quelques kilomètres, annonça le chauffeur.

— Vous connaissez cet endroit ? »

Le chauffeur rit à ces mots. « Je le connais, mais je n'y suis jamais venu. » Il se concentra pour doubler une voiture et raconta : « Le seul cheval que j'aie touché était celui de mon père et tout ce qu'il faisait, c'était de tirer une carriole et de manger beaucoup d'herbe.

— Et vous avez vu cela dans votre vie ! s'exclama Brunetti, incapable de réprimer sa surprise. Une carriole ?

— Bon, c'était juste pour nous, les enfants. Mes parents ne s'en sont jamais vraiment servis, mais de temps en temps ils l'attachaient au cheval et nous emmenaient faire un tour. Nous adorions ça. J'étais tout petit, mais je m'en souviens encore.

— Et qu'est devenu le cheval ? s'inquiéta Griffoni.

— Oh, il est mort.

— Qu'est-ce qu'ont fait vos parents ? » s'enquit Brunetti, curieux de savoir ce qu'il advenait d'un cheval mort.

Le chauffeur mit un moment à demander : « Puis-je vous dire la vérité ?

— Bien sûr, répondirent-ils en chœur.

— Mon père a creusé un trou dans le champ, puis il a enfourché le cheval avec le bout de sa bêche et il l'a descendu dans la tombe, et nous les enfants, nous avons lancé des fleurs dessus, puis il l'a recouvert et nous a dit de ne le dire à personne. » Le chauffeur avait ralenti en racontant ce souvenir, ce qui fait que deux voitures les doublèrent, sans qu'apparemment il s'en rende compte.

Plus personne ne dit mot jusqu'à la vue d'une barrière en bois, sur leur droite. « Nous y sommes », dit le chauffeur en se penchant pour tapoter l'écran du GPS.

Ils virent un portail à dix mètres environ de la route. Le chauffeur s'avança vers lui, puis s'arrêta. Il y avait une pancarte écrite à la main, priant de refermer le portail derrière soi. Le chauffeur sortit, le franchit et retourna le fermer. Brunetti remarqua un interphone sur le côté gauche, mais le combiné était cassé et pendait au bout du fil.

Le chauffeur se rassit au volant et commença à suivre l'étroite route qui se dessinait entre des enclos à doubles barrières en bois. « Exactement comme au Texas », nota-t-il.

Ni l'un ni l'autre ne firent de commentaires. Ils avancèrent sur une route goudronnée qui avait connu des temps meilleurs. Des feuilles de platanes jonchaient le sol de part et d'autre en une couche épaisse, qui ne parvenait pas toutefois à combler les ornières ni amortir les secousses sur leurs sièges. Ils tournèrent et s'arrêtèrent devant une bâtisse pas très haute en pierre, percée de fenêtres à ogives et avec un toit en tuiles.

Un vieux chien marron, d'un pedigree indéterminé, tourna au coin du bâtiment et s'approcha de la voiture. Il les ignora et se garda d'aboyer, alla du côté du chauffeur et se coucha. Le chauffeur ouvrit la portière très lentement et lui passa par-dessus. Le chien leva les yeux vers lui, posa sa tête par terre et sembla s'endormir.

Brunetti et Griffoni sortirent de la voiture et tous trois fermèrent leurs portières très doucement. Une femme avec des cheveux gris coupés court et des mèches éparses sortit du bâtiment. Elle semblait inquiète : « Hector ne vous a pas fait peur, j'espère ? » demanda-t-elle, sincèrement préoccupée. Elle avait les yeux noisette, rendus plus clairs par son teint éternellement bronzé, commun aux gens qui passent la plupart du temps en plein air. Elle les accueillit par un sourire. Petite, ayant l'air d'avoir une bonne soixantaine d'années, elle était mince et vive. Elle portait un jean, des bottes d'équitation et un pull d'homme épais, bien trop grand pour elle.

« Vous êtes la police, je suppose », dit-elle avec joie, comme si, maintenant qu'ils étaient là, ils pouvaient prendre place à table en face du carton avec leurs nom et fonction et que le dîner pouvait enfin être servi. Elle sourit de nouveau, ce qui adoucit un instant le code-barres ridant ses lèvres.

« Oui, confirma Brunetti en lui serrant la main. Je suis le commissaire Brunetti. » Sa poigne comprima deux des ampoules sur sa paume droite et, s'il avait été d'une constitution plus faible, il serait tombé à genoux.

Mais il se contenta d'inspirer un peu d'air et présenta sa collègue : « Et voici la commissaire Griffoni. » La femme lâcha sa main pour serrer celle de Griffoni : « Je suis Enrichetta degli Specchi. Merci d'être venue. »

Griffoni afficha un air ravi et s'informa : « Êtes-vous la cousine de Giovanni ? »

La femme recula et regarda de nouveau Griffoni. « Oui. Vous le connaissez ? »

Griffoni rayonnait de bonheur. « Nous avons fait de l'équitation ensemble, il y a des années, expliqua-t-elle puis, après avoir passé quelques secondes à les compter, elle précisa : Cela fait presque vingt ans. Il parlait souvent de vous.

— Redites-moi votre nom, s'il vous plaît, demanda la signora degli Specchi en penchant la tête et fixant Griffoni avec le plus grand intérêt.

— Claudia. Griffoni. »

Le visage de la femme se métamorphosa. Son sourire la rajeunit et donna une idée de sa beauté, avant que le soleil ne joue à loisir avec sa peau. « Claudia », dit-elle, profondément heureuse : Marcellina[1] retrouvant son enfant perdu. Incapable de réprimer son émotion, elle prit Claudia par les épaules, même si elle dut se mettre sur la pointe des pieds pour y arriver, et dit : « Oh, merci, merci. Tu as sauvé la vie de Giovanni. » Brunetti remarqua qu'elle était inconsciemment passée au « tu » familier.

Lorsque la signora degli Specchi relâcha son étreinte, Griffoni affirma : « Je pense que vous exagérez.

---

1. Allusion aux *Noces de Figaro* de Mozart.

— Mais, si tu ne lui avais pas parlé, il n'aurait pas participé à la compétition et en serait mort, déclara la femme en soulignant ce dernier verbe.

— Non, non, non, persista Griffoni. Il avait juste besoin que quelqu'un lui dise qu'il était le meilleur de l'équipe. Ce qu'il était, reprit-elle avec un profond accent de vérité.

— Mais quand même... », insista la femme, peu convaincue. Elle se tourna vers Brunetti et expliqua : « Mon cousin a toujours souffert de terribles crises de panique avant les championnats. » Brunetti hocha la tête, comme s'il était familier des lubies des athlètes. « Donc vous pouvez imaginer sa réaction au moment des Jeux olympiques. Il était statufié. Des amis qui étaient là m'ont dit qu'il pouvait à peine marcher. » Elle regarda Griffoni, pour qu'elle le confirme. Claudia fit un signe d'assentiment.

« Il n'arrivait pas à monter à cheval, continua la signora degli Specchi en s'adressant à Brunetti. Le cheval était sellé. Mais Giovanni était paralysé. Et puis elle..., raconta-t-elle en marquant une pause dramatique pour désigner Griffoni. Elle l'a pris à part et lui a parlé ; il est revenu en arrière et il a grimpé sur son cheval comme s'il avait vaincu tous les obstacles. »

Griffoni se pencha et s'arrangea pour enlever un petit caillou coincé dans le talon de sa botte gauche.

« Il a gagné la médaille d'or. D'or ! » s'écria la femme en battant des mains de joie. Et tout cela, grâce à toi. » Elle saisit la main droite de Griffoni de ses deux mains et la secoua un peu en guise de remerciements, puis s'adressa de nouveau à Brunetti : « C'est vrai. Il n'aurait jamais pu, sans ses paroles.

— Comment va-t-il ? s'enquit Griffoni, passant outre toutes ces réflexions.

— Bien. Bien. Trois enfants. Il cultive des oliviers en Toscane : Dieu seul sait pourquoi, quand… » Elle n'acheva pas sa phrase et se donna une petite secousse. « Mais vous êtes ici pour cette fille, n'est-ce pas ?

— Manuela Lando-Continui, spécifia Brunetti. L'avez-vous bien connue ?

— Non. C'est mon défunt mari qui tenait l'affaire à l'époque. Je suis venue ici seulement il y a douze ans, quand nous nous sommes mariés.

— Donc votre mari doit l'avoir connue, lui ? conclut Brunetti.

— Oui. Il m'avait raconté ce qui lui est arrivé. » Elle leva les mains en un geste d'impuissance.

« Vous a-t-il dit autre chose ?

— Non, seulement qu'elle était douée en équitation. » Elle regarda Griffoni, qui opina du chef en signe de compréhension.

Celle-ci demanda : « Y a-t-il quelqu'un d'autre ici qui travaillait déjà chez vous à l'époque ?

— Voyons », réfléchit la signora degli Specchi, et Brunetti la vit compter. Elle arriva à sept, tendant un doigt pour chacun des employés, puis les replia tous, jusqu'à ce qu'il n'en reste plus un seul.

Elle regarda Brunetti. « Non. Ils sont tous partis. » Ses yeux se tournèrent vers un champ derrière la maison, où il vit quelques chevaux brouter les dernières herbes. « La plupart des chevaux aussi, d'ailleurs. » Brunetti eut l'impression que c'était ce qu'elle regrettait le plus.

« Êtes-vous encore en contact avec certains d'entre eux ? »

Elle se garda cette fois de compter sur ses doigts. « Non. » Puis elle ajouta, en guise à la fois d'explication et d'excuse : « Les gens ne restent pas longtemps dans ce genre d'emploi. »

Brunetti vit que le chauffeur avait pris appui contre la barrière en bois et caressait la tête d'un des chevaux. Puis il se pencha et arracha quelques touffes d'herbe près de lui et les tendit à la bête, qui les prit entre ses dents et les mâcha. Lorsque la jument eut fini de les manger, elle frotta sa tête contre la main de l'homme et, en réponse à son geste, il se pencha et lui redonna de l'herbe.

« Ils sont très intelligents », constata Griffoni en s'approchant de la clôture. Brunetti la suivit et la femme suivit Brunetti. Une fois les humains tous alignés, les chevaux dans le pré vinrent dans leur direction et, en cinq minutes, tous les quatre étaient occupés à arracher de l'herbe pour les nourrir.

Griffoni se tenait en bas de la barrière et se pencha pour être plus près des chevaux. Deux d'entre eux se mirent à renifler ses mains puis son cou, et enfin son visage. Elle les enlaça, les bras écartés, une main sur leur cou, et les gratta juste en dessous des oreilles. On aurait dit qu'ils allaient tous trois entrer en transe et ce n'est qu'au moment où un troisième cheval les rejoignit et en heurta un sur le flanc qu'ils s'écartèrent de Griffoni et, désintéressés, pivotèrent et partirent au trot.

Griffoni se tourna vers Brunetti et sourit : il découvrait une nouvelle personne dans ce visage.

Derrière eux, la signora degli Specchi leur proposa : « Entrez et venez au moins prendre un verre. » Griffoni se dirigea vers le bâtiment, Brunetti lui emboîta le pas. Le chauffeur continuait d'arracher des touffes d'herbe.

Elle les guida à l'arrière de la maison ; ils traversèrent des pièces où chacun des meubles semblait avoir servi d'abri pour Hector et tous ses prédécesseurs. Il y avait des selles sur deux des chaises de la cuisine, où un grand feu brûlait pour lutter contre le froid qui montait du sol en pierre. Grâce aux bûches qui flambaient, il faisait plus chaud qu'à l'extérieur, mais à peine plus.

Tous deux dirent qu'ils prendraient volontiers un café. Elle se servit, sous leurs yeux étonnés, d'une petite machine Gaggia et fit rapidement, et avec une parfaite aisance, trois cafés qu'elle leur apporta à la table où elle les avait invités à prendre place.

Pendant qu'ils tournaient le sucre dans leurs tasses, Brunetti demanda : « Si vous ne savez rien au sujet de Manuela, pourquoi nous avez-vous fait venir ici ? »

La propriétaire, qui touillait son café, répondit en regardant ses mains : « Je croyais que vous alliez l'amener ici.

— Elle ? s'étonna Brunetti.

— Manuela, précisa-t-elle, toujours sans le regarder.

— Mais quel sens cela avait-il si vous ne la connaissiez pas, ni aucun de vos employés actuels ? » Brunetti se rendit compte, au milieu de sa réplique, de l'irritation sensible dans sa voix et il la modéra donc, si bien qu'à la fin de la phrase sa tonalité était celle d'une simple question.

Trois petits cliquetis, et elle mit sa cuillère sur la soucoupe. Elle but une gorgée de café, posa la tasse et se servit de la cuillère pour faire d'autres cliquetis. Finalement, lassée de temporiser, elle assena : « Sa jument est encore ici. »

Brunetti posa aussi sa tasse et Griffoni demanda : « Quel âge a-t-elle ?

— Vingt et un ans.

— Et vous croyez…, commença Griffoni, qui ne put achever sa question, à court d'idées.

— Je pensais qu'elle se souviendrait d'elle. »

Les pronoms s'embrouillèrent dans l'esprit de Brunetti.

« Que la jument se souviendrait d'elle ? spécifia-t-il.

— Non. Mon mari m'a raconté ce qui lui est arrivé. Dans l'eau. »

Brunetti ne comprenait toujours pas. Il attendit.

« J'espérais que Manuela se souviendrait de sa jument. »

16

« Mon mari m'a dit, avant de mourir, que le cerveau de Manuela avait été endommagé ; il l'avait su par des gens en ville, mais il ignorait à quel point c'était grave. Il était si attaché à elle… J'espérais que… eh bien, qu'elle soit en état de se souvenir de sa jument, ou de la reconnaître, et que cela pourrait… pourrait peut-être l'aider ? D'une façon ou d'une autre. » Tout en parlant, elle s'arracha une petite peau au coin des ongles et Brunetti revit Chiara enfant, lorsqu'elle devait avouer une bêtise ou une erreur qu'elle avait commises.

Perplexe, il regarda Griffoni, qui leva la main pour l'enjoindre à se taire. « Est-ce que votre mari a dit autre chose à son sujet ? » demanda-t-elle.

Il s'instaura un si long silence que Brunetti pensa que la femme ne répondrait pas. Il recula au fond de sa chaise et jeta un coup d'œil circulaire dans la pièce. Elle était beaucoup plus propre que les autres, avec son plan de travail dégagé, et les assiettes et les verres bien rangés dans les placards ouverts de chaque côté de l'évier. Le sol en pierre n'avait pas la moindre tache. Les murs étaient remplis de photos de chevaux et de personnes. Il était suffisamment près pour remarquer que, sur certaines d'entre elles, on voyait des gens avec des coupes de cheveux et des tenues en vogue quelques décennies plus tôt. Certains jeunes portaient des lunettes avec d'épaisses montures rectangulaires en plastique, dans le style de l'époque. D'autres photos montraient des modes plus contemporaines. Les chevaux, eux, n'avaient pas changé.

La signora degli Specchi se leva et quitta la pièce sans rien dire. Brunetti se leva aussi et alla regarder les photos. Quelques-unes étaient en couleurs ; d'autres, plus vieilles, étaient en noir et blanc. Il se demanda si Manuela figurait sur l'une d'entre elles et se résigna à l'idée que, même si c'était le cas, il ne pourrait pas la reconnaître. Il ne pourrait en déduire la ressemblance qu'en passant les vêtements et les coiffures au carbone 14. Qu'est-ce que portaient les jeunes gens — car la plupart des gens photographiés étaient jeunes — quinze ans auparavant ? Comment se coupaient-ils les cheveux ? Sur la seule photo qu'il avait vue d'elle, elle portait un jean et avait de longs cheveux : mais cette description aurait pu s'appliquer à la majeure partie des personnes qu'il avait sous les yeux.

Il reconnut, sur un cliché visiblement récent, le jeune journaliste qui présentait les infos de 20 h 30 sur la chaîne locale. Il apparaissait habituellement en costume cravate, mais ici, bien qu'en pull et en jean, et les cheveux en bataille, il ne faisait pas plus jeune pour autant. Il entourait de ses bras le garçon et la fille à côté de lui. Brunetti s'approcha davantage encore des photos. Il en vit une décolorée, avec une fille plutôt blonde qui ressemblait un peu à Paola, mais avec un nez plus petit. Elle se tenait près d'un homme aux cheveux longs qui n'était pas beaucoup plus grand, avec un visage aussi frais et souriant que le sien. Il lui semblait familier, mais Brunetti ne parvint pas à le resituer. Peut-être était-il devenu présentateur météo…

Il entendit des bruits de pas derrière lui ; la femme était de retour, avec des papiers dans les mains. Elle n'en posa que deux sur la table : c'étaient des photos.

« Voici Manuela, dit-elle. La seule chose que mon mari disait toujours, c'est qu'elle était aussi gentille que belle et que ce qui lui est arrivé était horrible. » Après une longue pause, elle ajouta : « Vous pouvez comprendre pourquoi. »

Brunetti et Griffoni la rejoignirent près de la table et regardèrent les photos ; une était en noir et blanc et l'autre, en couleurs. C'était la fille qu'il avait vue sur la photo dans le journal, au même âge. Mais, ici, elle était assise sur la barrière où ils s'étaient tenus une demi-heure plus tôt, le visage tendu vers le soleil, les yeux fermés, ignorant apparemment la présence de l'appareil.

Sur le second cliché, elle était à cheval, avec de grandes bottes et un casque, un jean serré, un pull et un foulard. Elle était toujours aussi radieuse et aussi belle ; ses traits n'étaient que pure perfection.

Le cheval était brun foncé, et aussi élégant – du moins aux yeux d'un profane comme Brunetti – que la fille. Son pelage luisait sur son flanc gauche, où la lumière créait des ombres parmi les muscles et les tendons de sa patte. Un bout de couverture rouge débordait de sous la selle. Le sérieux de la fille contrastait avec l'allégresse du cheval.

« Est-ce sa jument ? s'informa Brunetti.

— Elle est belle », affirma Griffoni. Brunetti se doutait qu'elle parlait du cheval.

« Oui. Mon mari l'a toujours bien aimée car elle était d'un tempérament très doux. Quand Manuela a cessé de venir et que sa famille a dit qu'elle n'en voulait plus, il l'a gardée comme cheval pour les débutants. » Puis elle précisa, d'un air pensif : « Elle était ici lorsque je suis arrivée et il ne reste rien d'autre de l'époque. Plus grand monde ne la monte, à présent. » Face à leur curiosité manifeste, elle poursuivit : « Il n'y a pas beaucoup de travail pour moi, aujourd'hui. Je m'occupe de quelques chevaux, mais les temps sont révolus où les gens pouvaient se permettre de payer des cours à leurs enfants. Ou d'entretenir un cheval.

— Mais vous l'avez quand même gardée ? » s'inquiéta Griffoni.

La signora degli Specchi sourit. « Elle connaissait mon mari. »

Griffoni hocha la tête : « Certes. Puis-je faire un tour avec elle ?

— Maintenant ? s'enquit la femme, surprise.

— Non, une autre fois. Si je reviens.

— Bien sûr. Cela lui ferait plaisir, de la compagnie, j'en suis certaine. Elle est un peu lente, je le crains, mais c'est une joie de la monter, même si elle n'est plus ce qu'elle était.

— Comme nous tous », répliqua Griffoni en riant aux éclats. Elle se leva. « Nous avons votre numéro, donc j'appellerai, d'accord ?

— Oui. Elle sera si heureuse.

— Moi aussi », lui assura Griffoni, qui pivota et sortit.

Lorsqu'ils se retrouvèrent dans la lumière du soleil, ils virent le chauffeur debout sur le premier barreau de l'enclos, en train de gratter un cheval brun foncé entre les deux yeux.

« On y va ! » lui cria Brunetti.

Le policier sauta à terre et gagna la voiture. Hector dormait toujours et ne se réveilla même pas lorsque le policier l'enjamba. Brunetti et Griffoni remercièrent leur hôtesse et lui firent leurs adieux. Tandis qu'ils s'apprêtaient à monter dans la voiture, la signora degli Specchi dit à Griffoni : « Vous reviendrez vraiment, n'est-ce pas ?

— C'est celle-là ? » demanda Griffoni en désignant le cheval que le chauffeur avait flatté. Brunetti regarda l'animal, qui le regarda à son tour. La jument était plus maigre que sur la photo, et elle avait le pelage moins luisant : il supposa que ces détails vieillissaient les chevaux, mais il n'en était pas sûr.

« Oui, c'est Petunia. » Comme pour en donner la preuve, elle l'appela : « Petunia, ma bonne petite ! »

La jument répondit par un hennissement.

« Je reviendrai », promit Griffoni et elle prit place dans l'automobile.

Le retour à Venise fut morose, malgré l'atmosphère de satisfaction et de complicité qui dispensait de tout discours. Au début du pont menant à Piazzale Roma, le chauffeur évoqua Petunia et rit à ce souvenir, mais aucun des passagers ne réagit. La voiture s'arrêta devant l'embarcadère où il avait commandé un bateau pour venir les chercher.

Après cette journée de liberté à la campagne, le chauffeur retrouva sa routine et alla ouvrir la portière à Griffoni. Elle sortit en levant la main, en un geste de salutation, ou peut-être comme un signe d'amitié entre collègues.

Elle suivit Brunetti, en train de descendre dans la vedette de la police. Une fois assis dans la cabine, Brunetti lui demanda : « Allons-nous faire l'effort de chercher les gens qui travaillaient là-bas il y a quinze ans ?

— Le fait que tu ne lui aies pas demandé la liste des noms, répliqua-t-elle aussitôt mais avec un sourire, prouve que cela n'en vaut pas la peine à tes yeux. Que nous faut-il faire, à présent ?

— Parler à sa mère, suggéra-t-il en composant aussitôt le numéro que la comtesse lui avait donné.

— *Pronto*[1], répondit une voix de femme à la septième sonnerie, qui avait tout sauf l'air d'être *pronta*.

— Signora Magello-Ronchi ?

— Oui, confirma-t-elle, comme si elle trouvait cette question intéressante et aurait aimé s'y attarder davantage.

— Je suis le commissaire Brunetti. J'imagine que cet appel doit vous surprendre, mais un magistrat du parquet m'a enjoint d'examiner les circonstances de l'accident survenu à votre fille, au cas où un élément ait été négligé lors du traitement initial de l'affaire. » Pour Brunetti, cette entrée en matière était suffisamment floue pour pouvoir exercer un effet convaincant. « Et je me demandais si vous auriez l'amabilité de m'en parler. »

Il songea à la manière dont, enfant, il lançait des pierres dans les puits de la ville, encore dépourvus de couvercles à l'époque, et attendait le « splash », un écho souvent longuement différé. Elle finit par réagir. « Ah oui, l'accident. » Son dernier mot fut suivi d'une nouvelle pause, jusqu'à ce qu'elle reprenne la parole. « Comment vous appelez-vous, déjà ?

— Brunetti.

— Un magistrat du parquet, m'avez-vous dit ?

— Oui, signora.

— Alors je suppose que je suis censée vous parler ?

— Ce serait fort aimable à vous. »

---

1. L'équivalent de notre « allô », signifiant littéralement « prêt » ; l'auteur joue ici sur le masculin et le féminin de l'adjectif (*pronta*).

Elle y réfléchit un moment et conclut : « Alors je suppose que je n'ai pas le choix.

— Seriez-vous disponible pour nous recevoir dès maintenant, à tout hasard ? Ma collègue la commissaire Claudia Griffoni est avec moi.

— Une femme ?

— Oui.

— Dans la police ?

— Oui.

— Comme c'est intéressant. Où m'avez-vous dit que vous êtes ? »

Il regarda par la fenêtre du bateau et reconnut une façade familière : « À la Cà d'Oro.

— Pouvez-vous venir au campo Santa Maria Mater Domini depuis cet endroit ? »

Abasourdi par une telle question, Brunetti répondit par un simple oui.

« Alors pourquoi pas ? Je ne vois jamais personne.

— Nous serons là dans un quart d'heure environ. » Brunetti savait qu'ils pouvaient arriver plus tôt, mais il ne voulut pas lui faire peur en lui semblant trop insistant.

« Oh, très bien. Je vous attends. C'est juste à gauche de l'église. Au dernier étage. »

Après avoir raccroché, Brunetti se tourna vers Griffoni : « Elle m'a demandé si nous pouvions arriver au campo Santa Maria Mater Domini depuis ici.

— Est-elle vénitienne ?

— Oui. »

Brunetti songea que Manuela n'était sans doute pas la seule à avoir le cerveau endommagé.

Le pilote de la vedette ralentit lorsqu'il apprit qu'ils avaient un quart d'heure devant eux, ce qui leur permit de flâner le long du Grand Canal : ils furent doublés par des taxis, pénétrèrent dans le sillage d'un bateau chargé de machines à laver, puis le pilote se résolut à faire demi-tour pour retourner au rio delle Due Torri et se diriger lentement vers le *campo*. Brunetti se servit de Google Earth pour localiser la maison : elle se dressait effectivement à gauche de l'église. Comment les touristes se repéraient-ils, en ne disposant que des adresses ? Il n'aimait pas cette nouvelle ère ; il préférait, et de loin, l'époque où on lui demandait où se trouvait la maison avec les nouveaux volets, qui était à droite de l'épicier, installé en face du fleuriste qui avait des cactus en vitrine. N'importe quel Vénitien aurait compris.

Le *campo* exhibait fièrement ses fenêtres, comme à l'accoutumée : une *quadrifora*[1] byzantine et gothique, rivalisant avec une autre et, juste en face, deux *pentafore*[2] superposées, qui se disputaient l'admiration du public. La préférence de Brunetti allait systématiquement à la baie plus basse, celle de style gothique, même si deux de ses fenêtres étaient murées.

L'église se trouvait à proximité de la maison : *pauvre petite église*, se disait toujours Brunetti ; *avoir une si jolie façade dans une* calle *si étroite*. Personne ne pouvait prendre suffisamment de recul pour en apprécier la perspective : les bâtisseurs du passé ne connaissaient rien aux lois de l'urbanisme et ainsi ne pouvait-on la voir que de trop près.

Il lut « BMR » sur la sonnette du haut et l'actionna. Après une bonne minute, il sonna de nouveau et, cette fois, la porte s'ouvrit brusquement.

---

1. Baie à quatre ouvertures.
2. Baie à cinq ouvertures.

L'escalier, étonnamment grand pour une maison à l'air si modeste, était composé de marches basses en marbre, usées par des siècles d'allées et venues. La balustrade, en marbre également, avait été consumée par les mains qui y avaient pris appui. Les murs étaient en briques apparentes, complètement dépouillés de tout ornement ou décoration. Ce qui s'étalait sous les yeux, c'était l'ancienne Venise, l'outrecuidante cité de marchands affairés s'abstenant d'afficher leur fortune à l'extérieur.

Ils gravirent l'escalier jusqu'en haut, où ils virent une porte ouverte. Brunetti s'arrêta devant et frappa plusieurs fois : « Signora, signora ? »

Une grande femme brune sortit d'une pièce sur le côté gauche du couloir, pivota et vint vers eux. Elle avait les cheveux mi-longs, maintenus en arrière par des barrettes roses des deux côtés. Elle portait un pull gris, un jean bleu foncé et des chaussures de tennis rouges, d'où sortaient des chaussettes de couleur rose également.

Brunetti observa son visage tandis qu'elle s'approchait d'eux et y retrouva la perfection des traits qu'il avait vus sur la photo, comme si un sculpteur les avait figés dans le marbre. Manuela – ce devait être Manuela – vint à leur rencontre ; tout dans son allure trahissait un état de confusion, même si Brunetti ne savait trop ce qui l'induisait à le penser.

« Êtes-vous les policiers ? » demanda-t-elle d'une voix hésitante. Elle parvint à bouger ses lèvres et essaya de sourire.

« Oui, répondit Brunetti de la voix la plus agréable possible.

— Mais vous n'avez pas d'uniformes. Et ce n'est pas un homme, déclara-t-elle en désignant Griffoni d'un doigt fébrile.

« — Mais je travaille pour la police, expliqua la commissaire calmement. On nous appelle des policières et nous n'avons pas à porter d'uniformes. » Elle afficha un sourire si large et si chaleureux qu'on avait envie d'y plonger.

Manuela hocha la tête, mais Brunetti se demanda si ses capacités mentales pouvaient concevoir la catégorie des femmes officiers de police.

Elle s'adressa à Griffoni, tout en indiquant Brunetti : « Il ne porte pas non plus d'uniforme.

— Il n'est pas obligé, spécifia Griffoni doucement. Nous sommes des chefs et les chefs ne doivent pas en porter.

— Mais vous pouvez, si vous voulez ?

— Bien sûr. » Griffoni lui demanda, véritablement intéressée : « Croyez-vous que ce serait mieux si nous en portions un ? »

Manuela s'arrêta et prit la question en considération. Brunetti observa son visage pendant son moment de réflexion. Elle commença par pincer les lèvres, puis plissa les yeux. Elle porta la main droite à son front, comme l'aurait fait un mauvais acteur pour exprimer son indécision. Ensuite elle rougit, sa respiration s'accéléra et elle émit un long murmure.

Griffoni intervint à ce bruit. « Oh, cela n'a pas d'importance, Manuela, puisque nous sommes ici et que nous pouvons parler à votre mère. Elle a dit que vous nous ouvririez et nous conduiriez jusqu'à elle. Est-ce possible maintenant ? »

Manuela avança d'un pas vers Griffoni et la prit par le bras. Son visage s'éclaira et sa respiration redevint normale. « Oh oui. Elle est assise au salon et elle m'a dit de vous y amener. » Elle sourit, puis redevint sérieuse en avouant : « Mais j'ai oublié.

— Oh, j'oublie tout, moi aussi », répliqua Griffoni. Puis, prenant les mains de sa nouvelle et chère amie pour mieux souder leurs bras, elle proposa : « Allons voir votre mère.

— Oui, je vous en prie. »

Brunetti avait suivi tous ces échanges, frappé par la beauté de cette femme : sans le moindre maquillage, et les cheveux ainsi tirés en arrière, elle pourrait faire tourner les têtes dans la rue. Tandis qu'elle s'éloignait, pendue au bras de Griffoni, Brunetti remarqua qu'elle levait son pied gauche moins haut que son pied droit. Elle ne le traînait pas, mais de toute évidence elle avait une démarche asymétrique.

Il les suivit dans le couloir qui menait vers la partie postérieure de la maison. Manuela s'arrêta brusquement devant une porte, comme si elle avait buté contre un obstacle. Puis elle tourna sur la gauche et leur annonça : « C'est ici », en laissant à Griffoni le soin d'ouvrir. Elles entrèrent, toujours bras dessus bras dessous, et Brunetti leur emboîta le pas.

Une femme un peu plus grande que Manuela était en train de regarder par la fenêtre, dans une pose si étudiée et artificielle que Brunetti ne put s'empêcher de rire. « Signora Magello-Ronchi ? » demanda-t-il formellement, comme s'il pouvait y avoir un doute sur l'identité de cette personne.

Elle se tourna lentement vers eux sans rien dire. Brunetti se servit de sa pose volontairement dramatique pour examiner son visage. Il y reconnut les yeux qu'elle avait légués à sa fille : bleu clair et en forme d'amande. Barbara avait affiné son nez par la main de l'homme, tandis que celui de sa fille était fin par nature, ou grâce aux gènes de son père. Ses cheveux étaient artistiquement zébrés de mèches blondes et elle se tenait bien droite, les épaules en arrière, comme sous la menace d'une punition si ses cheveux avaient dû toucher ses épaules.

Sa bouche, entre un rose soutenu et un rouge délicat, esquissa un demi-sourire lorsqu'elle les salua en cherchant la formule appropriée : « Bonjour », finit-elle par dire, ayant réussi à trouver le mot voulu.

Elle regarda Brunetti et le gratifia d'un sourire, puis elle fit un signe de tête à Griffoni, en lui laissant le soin de décrypter si le geste lui était bien adressé, ou s'il l'était à sa fille. Griffoni hocha la tête en retour et Manuela rapporta consciencieusement : « Maman, ce sont les policiers, mais ils n'ont pas besoin de porter un uniforme pour être des policiers, ni d'être un homme. » Elle se tourna vers Griffoni pour en avoir la confirmation et Griffoni sourit et lui tapota le bras, comme pour la féliciter d'en avoir autant appris, et aussi vite.

Manuela éclata d'un rire sonore qui emplit la pièce de joie, mais fit serrer les poings de Brunetti. Il regarda le bout de ses chaussures, le temps que le rire cesse, puis tourna de nouveau son regard vers la mère.

« C'est très intéressant, Manuela, affirma-t-elle d'un ton suffisamment convaincu pour feindre sa conviction. Mais ne veux-tu pas aller aider Alina à la cuisine ? Pourquoi ne vas-tu pas lui demander de faire du café pour nos invités ? Vous prendrez bien un café tous les deux, n'est-ce pas ? s'enquit-elle auprès de Brunetti.

— Avec grand plaisir », déclara-t-il.

Griffoni lâcha le bras de Manuela et lui dit en écho : « Oh oui, j'aimerais bien un café. » Elle regarda sa montre et précisa : « J'en prends toujours un à cette heure-ci. » Puis, après un échange silencieux avec Brunetti, elle proposa : « Manuela, pourquoi n'allons-nous pas voir

Alina ensemble ? » Comme Manuela fut longue à répondre, Griffoni lui suggéra : « Il faudra me montrer où sont les tasses et les soucoupes, et m'aider. »

Le visage de Manuela resplendit de bonheur. Elle prit le bras de Griffoni et la tira gentiment : « D'accord. Allons à la cuisine et je vous montrerai. Je vous aiderai. »

Face à cette mère désemparée, Brunetti prit l'initiative : « Pouvons-nous nous asseoir, signora ? Il y a un certain nombre de choses que je voudrais vous demander. »

Elle se dirigea vers un fauteuil devant la fenêtre. Comme celui qui lui faisait face était en plein soleil, Brunetti le tira sur un côté pour éviter la lumière directe. « Merci d'avoir accepté de nous recevoir, signora. »

Brunetti, assis maintenant plus près d'elle, s'aperçut qu'elle avait appliqué une couche de maquillage couleur chair sur son visage, mais qu'elle n'avait pas réussi à l'étaler uniformément sous le menton, si bien que la ligne de démarcation du fond de teint créait un changement de couleur aussi net que sur le pelage d'un jack russell. « Je ne comprends pas ce qui se passe, énonça-t-elle.

— Un magistrat a commencé à réexaminer les circonstances de l'accident de Manuela », lui expliqua-t-il, en éludant intentionnellement toute allusion à sa propre curiosité. Autant qu'elle le prenne pour un simple policier, venu faire un travail sans y attacher grande importance.

« Ah », fit-elle en prolongeant le son. Comme Brunetti s'abstint de tout commentaire, elle enchaîna : « Je n'étais pas au courant de ce début d'enquête. » Le ton de la femme lui fit soudain revoir son jugement. Peut-être n'était-elle pas du tout droguée, mais faisait-elle juste semblant.

Brunetti esquissa un simple sourire. « Peut-être est-il plus correct de dire que la police avait établi son rapport habituel de l'accident ; c'est ce que le magistrat nous exhorte à revoir.

— Après quinze ans ? objecta-t-elle d'un air impassible.

— Oui, confirma Brunetti sans fournir d'explications.

— Est-ce que ma belle-mère y est pour quelque chose ? »

Brunetti plissa les yeux en signe de confusion, comme s'il entendait parler pour la première fois de l'existence de la comtesse. « Je crains que seul le magistrat du parquet puisse le savoir, signora. On m'a prié de vous parler. » Puis, cette réflexion lui ayant mis la puce à l'oreille, il demanda : « Votre belle-mère a-t-elle eu connaissance d'un élément qui aurait dû parvenir à nos bureaux ? »

— Pas que je sache. »

Brunetti indiqua qu'il avait pris sa remarque en compte et poursuivit, d'un ton plus sentencieux : « Signora, je vous prie de m'excuser si je vous pose cette question, mais pouvez-vous me dire à quel point... » Il s'interrompit, en quête d'une expression moins crue que « être endommagée ». « ... me dire le degré de gravité de l'état de Manuela ?

— Vous l'avez bien vue, rétorqua-t-elle avec la colère soudaine de quelqu'un qui n'a plus rien à perdre. Qu'en pensez-vous ?

— Je pense qu'elle est adorable, répondit Brunetti pour prendre la défense de la fille.

— Tous les enfants le sont, habituellement », approuva la mère avec amertume, puis elle plaqua une main sur la bouche, comme surprise par ses propres mots. Elle posa ses mains à plat sur les genoux et se pencha pour prendre quelques inspirations. Elle se balança en avant et en arrière plusieurs fois, les yeux fermés, puis finit par énoncer, d'une voix plus tranquille mais pas véritablement calmée : « Les docteurs disent qu'elle a un âge métal de six ou sept ans, et c'est celui qu'elle gardera à tout jamais. »

Brunetti se remémora Chiara à cet âge : douce, affectueuse ; capable d'appréhender et de lire à haute voix n'importe quel texte et de le comprendre en partie ; d'une confiance indéfectible dans les adultes et très attachée au chien du voisin. Quel bel âge, mais quelle horreur de le voir perdurer, année après année.

Il regarda la mère de Manuela avec un œil neuf et elle le regarda en retour avec un éclair d'intelligence qu'il s'était refusé à remarquer auparavant. « Vous ne pouvez pas imaginer à quel point je suis désolé, signora. »

Elle fit un signe d'assentiment. « Merci. Ça ne change rien, mais je vous remercie pour votre compassion », dit-elle en cessant de jouer la comédie.

Cette parenthèse close, il oublia son cœur de père et reprit son rôle de policier. « L'avez-vous appris suite au rapport de l'hôpital, signora ?

— Je crois que je ne l'ai jamais lu, confessa-t-elle après un instant de réflexion.

— Pardon ?

— J'ai dit que je ne pense pas l'avoir lu, répéta-t-elle. Dès l'instant où Manuela est sortie de l'hôpital, j'ai su ce qu'il en était. Donc que pouvait m'apprendre de plus ce rapport ? Que je passerais le reste de ma vie à m'occuper d'elle ? Je pouvais le comprendre toute seule : je n'avais pas besoin de leur jargon médical. » Ce discours semblait l'avoir galvanisée. « Vous l'avez vue. Croyez-vous que je pourrai, un jour, cesser de prendre soin d'elle ? »

Au vu de la surprise de Brunetti, elle précisa : « Son père l'a emmenée chez tous les médecins d'Italie, chez tous les spécialistes et lui a fait faire tous les tests possibles et imaginables et ils ont tous dit ce qui est visible à l'œil nu – ce que j'ai vu moi-même quand ils l'ont ramenée à la maison. »

Brunetti garda le silence. « Avez-vous des enfants ? » lui demanda-t-elle.

Il hocha la tête, incapable de trouver les mots justes. Pour la première fois depuis son arrivée, Brunetti étudia la pièce. Normal, tout y était normal : des canapés, des fauteuils, une table, une bibliothèque, des tapis, une fenêtre. Tout était à sa place, bien rangé et en excellent état. Tout était normal, sauf la vie des gens qui y entraient ou en sortaient.

« Je souhaiterais consulter le rapport d'origine, celui de l'hôpital local, signora, reprit-il. Vous souvenez-vous si on vous en a donné une copie ? » Il espérait de cette manière rester dans le passé et éviter le présent et, surtout, l'avenir.

« Je suppose que oui, répondit-elle d'une voix calme, comme si c'était la chose la plus naturelle du monde.

— Pensez-vous l'avoir gardé ?

— Il y a eu tellement de médecins, tellement de rapports.

— Pourriez-vous essayer de le trouver ? » insista-t-il.

Elle se leva et proposa, soudain motivée : « Je vais jeter un coup d'œil. »

Brunetti alla à la fenêtre ; située à l'arrière de la maison, elle offrait un vaste panorama sur Marghera et sur Mestre, une vue sur laquelle il aurait bien fait l'impasse. La lagune n'était pas visible du dernier étage ; en revanche, il pouvait distinguer les cheminées des usines de Marghera, en pleine activité, c'est-à-dire avoir sa peau. C'était ce qu'avait déduit Brunetti ces dernières années : le véritable but de la plupart des industries n'était pas de produire des substances chimiques, de raffiner du pétrole, ou de fabriquer des plaques de plâtre, voire des bijoux, ou encore – dans les usines installées sur le continent – tout et n'importe quoi. Non, le monde des affaires voulait juste arracher la vie de Guido Brunetti, et celle de chacun des membres de sa famille. Les préoccupations écologiques de ses enfants l'avaient incité à lire sur le sujet et ces lectures l'avaient incité à prêter attention à la question et à se documenter davantage encore. Ainsi avait-il fini par glisser le long de la pente savonneuse de l'information et tirer des conclusions qu'il avait épargnées, jusque-là, à ses enfants. Là-bas était tirée, chaque jour, la sonnette d'alarme : pendant des décennies entières, ce vaste complexe pétrochimique avait déversé toutes sortes de déjections dans les eaux de la lagune, dans le poisson qu'il mangeait, dans les palourdes dont ses enfants raffolaient, dans le *radicchio*[1] qu'un parent de sa femme cultivait sur l'île de Sant'Erasmo, pour ne pas parler de tout ce qui avait été projeté, avec tout autant d'insouciance, dans les énormes nuages de fumée qui s'étaient échappés, toutes ces années, de ces cheminées.

Le bruit de la porte sortit Brunetti de ses réflexions. Il se tourna et vit Manuela arriver en poussant une desserte drapée d'un tissu de lin blanc, où se trouvaient trois tasses de café, un gâteau au chocolat aussi gros qu'une pizza, des assiettes et des fourchettes, ainsi qu'un grand bol de crème Chantilly. Le vif plaisir qui s'exhalait de Manuela semblait inonder la pièce ; elle leur annonça qu'il y avait du gâteau et de la crème pour tout le monde. Elle était suivie de

---

1. Salade rouge et blanche.

Griffoni et de sa mère, qui tenait une enveloppe kraft à la main.

Manuela installa le chariot devant le canapé et dit à sa mère : « Alina a fait un gâteau au chocolat, *mamma*. Alina a fait un gâteau.

— Oh, c'est merveilleux, *tesoro*[1]. C'est ton gâteau préféré, en plus.

— Et mon gâteau préféré aussi », renchérit Griffoni.

Brunetti se contenta de sourire, mais Manuela, qui s'était tournée pour voir sa réaction, fut ravie qu'il soit également à son goût. Elle leur fit signe de prendre place et, attirés par le gâteau et la crème, ils s'assirent tous autour de la desserte. Brunetti était allé chercher d'autres chaises pour la signora et pour Griffoni.

Manuela prit le couteau à gâteau et regarda avec hésitation sa mère, qui opina du chef. Soigneusement, en guidant sa main droite de la main gauche, Manuela posa la pointe du couteau au centre du gâteau et dessina les parts, puis en coupa un énorme morceau, deux fois plus grand qu'une part normale.

« Oh, bien. Puis-je avoir ce bout-là ? » demanda Brunetti à Manuela, sachant que Griffoni n'aimait pas les sucreries.

Elle se tourna vers sa mère en quête d'approbation, mais sans attendre déclara : « Oh oui, le voici. » Manuela souleva la part de gâteau, puis dut se servir des doigts de la main gauche pour le faire glisser dans l'assiette, qu'elle passa à Brunetti. Il la remercia chaleureusement et se pencha pour étaler une montagne de crème dessus. Pour apporter son aide, il posa les tasses de café devant Griffoni et la mère de Manuela, et un verre apparemment rempli de Coca-Cola devant la chaise vide de Manuela.

---

1. « Chérie. »

Ils partagèrent le même état d'anxiété lorsque Manuela coupa les trois parts de gâteau restantes. Elle y parvint toutefois sans créer trop de dégâts ; elle donna à sa mère un petit morceau, en coupa un aussi gros que celui de Brunetti pour Griffoni et sourit en lui remettant cette part déposée le long du grand couteau.

Elle termina en se coupant un morceau de taille normale et s'assit.

Sa mère mit une goutte de crème sur son gâteau et donna le bol à Griffoni, qui étala trois grosses cuillerées sur le sien. Brunetti savait qu'elle s'en serait passée, mais il savait aussi qu'elle le mangerait en entier, et **en** demanderait peut-être même une seconde part. Il avait déjà eu maintes occasions de la voir manger des tartes et des gâteaux pour calmer des témoins potentiels, ou pour gagner la confiance de gens méfiants. Mais, cette fois, ce n'était pas une attitude dictée par les besoins de la profession : *La nourriture, c'est synonyme d'amour*, se disait-il, *et Manuela a besoin d'amour.*

Griffoni demanda à Manuela si elle voulait de la crème et à son signe d'assentiment en mit une grosse cuillerée sur sa part de gâteau.

« *Buon appetito* », dit sa mère et ils se saisirent de leurs fourchettes.

Ah, songea Brunetti tout en garnissant de crème son second morceau de gâteau, *qui a dit que les bonnes actions ne sont pas récompensées ?*

Le niveau de la conversation fut tout naturellement adapté à Manuela : quel bon gâteau ; comme Alina réussissait bien aussi la tarte aux pommes, avec Manuela qui l'aidait toujours à éplucher les fruits ; et pourquoi la crème est-elle si bonne avec le gâteau au chocolat ? et d'où vient la crème ? et serait-il possible de galoper sur une vache ?

Lorsque Manuela posa cette question, sa mère finit rapidement sa dernière bouchée de gâteau et en demanda un autre morceau à sa fille, même si Brunetti la soupçonnait d'aussi peu aimer ce gâteau que la commissaire. «Voudriez-vous un autre morceau de gâteau, signora?» demanda Manuela à Griffoni, qui plaqua ses deux mains sur l'estomac et plaisanta : « Si j'en mange encore, je vais éclater et on va entendre le bruit dans toute la ville.»

Ceci fit pouffer Manuela, qui oublia l'idée de galoper sur une vache – ou tout autre animal. Après avoir refusé, à deux reprises, de reprendre du gâteau et du café, Brunetti et Griffoni se levèrent et dirent qu'ils devaient retourner travailler. Manuela en fut émoustillée : « Allez-vous poursuivre les méchants ?

— Non, signorina Manuela, habituellement nous sommes assis à notre bureau et nous lisons des documents toute la sainte journée. C'est vraiment très ennuyeux. C'est bien plus amusant de venir ici et de manger des gâteaux.»

Elle rit à ces mots de Brunetti comme si c'était la chose la plus drôle qu'elle ait jamais entendue, et le cœur de Brunetti se serra de nouveau à ce rire cristallin.

Elle les raccompagna en s'appuyant sur Griffoni et, arrivés devant la porte, Brunetti entendit la signora Magello-Rionchi l'appeler.

« Commissaire, dit-elle en s'approchant. Vous avez oublié ceci.» Elle lui tendit l'enveloppe kraft qu'elle était allée chercher dans une autre pièce.

Il la prit et la remercia. Le nom de Manuela était inscrit dessus. Il tourna l'enveloppe et regarda le rabat. « L'avez-vous ouverte ?

— Je vous l'ai dit. Je n'en voyais pas la raison », rétorqua-t-elle d'un ton peu aimable.

Griffoni, peut-être en réaction à la tension qui avait soudain envahi l'atmosphère, posa une question à Manuela et s'écarta pour aller écouter sa réponse.

La mère de Manuela serra les paupières un moment et se concentra pour prendre une inspiration. Lorsqu'elle ouvrit les yeux, elle déclara : « Vous pouvez le lire si vous voulez. Cela ne m'intéresse guère. » Elle regarda Griffoni et Manuela qui se tenaient l'une près de l'autre, bavardant joyeusement. « Elle seule m'intéresse ; seulement mon enfant. »

Brunetti lui tendit la main et la garda dans la sienne. « Merci de nous avoir parlé, signora.

— J'espère que vous avez aimé le gâteau », répliqua-t-elle en parfaite hôtesse de maison. Puis elle lui fit un beau sourire, qui révéla son étonnante ressemblance avec sa fille.

Griffoni et Brunetti prirent congé, mais sans avoir promis de revenir voir Manuela.

17

Le plus rapide, pour aller à la questure, était de prendre le numéro 1 à San Silvestro. Tandis qu'ils attendaient le vaporetto sur l'embarcadère, Brunetti observa : « C'est une fille adorable, n'est-ce pas ? », se rendant compte trop tard qu'il désignait Manuela comme une fille.

Griffoni hocha la tête sans rien dire.

« J'ai eu l'impression que tu t'entendais bien avec elle.

— J'avais juste à m'imaginer avec mes nièces.

— Quel âge ont-elles ?

— L'une a six ans et l'autre huit. Je lui disais ce que je leur dis. » Elle sortit et s'appuya contre le parapet, les bras croisés, en regardant vers Rialto pour voir si le bateau arrivait.

Brunetti, sans consulter sa montre, annonça : « Quatre minutes.

— Tu plaisantes ? fit Griffoni, surprise. Avez-vous tous des puces dans vos oreilles, avec tous les horaires de bateau ?

— C'est mon arrêt. Donc je n'en ai pas besoin. »

Elle se tourna et jeta un coup d'œil au canal : « C'est bizarre ; il y a des fois où je trouve tout cela normal, alors que je vis dans un endroit où on se déplace en bateau, où les adresses ne veulent rien dire, où il est plus rapide d'aller travailler à pied, et où je commence même à m'habituer aux sonorités du vénitien. » Elle laissa sa voix s'affaiblir puis se tut.

« Et à d'autres moments ?

— Et à d'autres moments, je me rends compte comme tout est étrange ici. Les gens de mon immeuble sont très aimables quand nous nous croisons dans l'escalier, mais personne ne m'a jamais invitée, même pas pour un café, alors que ça fait plusieurs années que j'habite là. Les jeunes me tutoient, mais les plus âgés ne le font jamais. Je trouve la nourriture insipide. J'ai cru mourir à chaque fois que j'ai essayé de manger une pizza. Et je sais que le soleil va disparaître dans deux mois et que nous ne le reverrons plus qu'en mars, sauf sept ou huit jours en janvier, en général vers la fin de la première semaine. »

Brunetti éclata de rire, comme sa collègue le souhaitait très probablement. « Et, chez toi, tu sors tout le temps sans manteau et tu manges des pizzas à chaque repas ?

— Non, pas vraiment. Et, en plus, il y aurait de grandes chances que je doive contourner les magistrats qui travaillent pour la mafia ; même chose avec mes collègues. Et j'aurais le réflexe de prendre mon revolver. Ici, commença-t-elle en ouvrant sa veste pour montrer qu'elle n'en avait pas, la plupart du temps j'oublie de l'amener. »

Brunetti, qui se reconnut dans cette remarque, ne souffla mot.

« Qu'est-ce que c'est que cette enveloppe ? s'enquit-elle.

— C'est le dossier que l'hôpital a donné à la mère de Manuela quand elle est rentrée à la maison. » Il la retourna et lui montra le rabat encore scellé.

« Et elle n'a pas pu se résoudre à l'ouvrir, constata-t-elle, comprenant cette réticence. Comme ce doit être terrible pour elle. » Elle se détourna de Brunetti et regarda les palais sur l'autre rive, mais ils ne lui procurèrent que peu de réconfort.

« Pourquoi ? demanda Brunetti, intrigué que Griffoni se préoccupe de la mère alors qu'elle avait passé la plupart du temps avec Manuela.

— Parce qu'elle comprend. Alors que sa fille, non. »

Il regagna l'embarcadère et elle le suivit. « Tu l'as entendu arriver, n'est-ce pas ? » demanda-t-elle, voyant le vaporetto approcher. Le bateau s'amarra ; ils montèrent à bord et allèrent à l'arrière de la cabine, où il restait quelques sièges vides.

« Je suppose que oui. Je les ai entendus toute ma vie, sans doute mon corps sent-il leurs vibrations avant même de les entendre. Je n'avais jamais réfléchi à la question. »

Il la laissa passer devant lui et elle alla s'asseoir près de la fenêtre. Quand il se tourna pour lui parler, il ne vit que sa nuque : elle était collée à la vitre comme une touriste voyant ces *palazzi* pour la première fois.

Il glissa ses doigts sous le rabat de l'enveloppe et le souleva. Il s'ouvrit facilement, et silencieusement. Il sortit une chemise bleue en papier kraft. Griffoni se tourna à ce bruit et le regarda lire.

Elle lui laissa largement le temps. Quand il tourna la deuxième page, elle lui demanda : « Alors ?

— Le rapport donne une description générale de l'état où était Manuela lorsqu'elle a été transportée aux urgences ; elle était inconsciente, mais elle respirait ; une radio a montré qu'il y avait encore de l'eau dans ses poumons et elle était blessée à un côté de la tête. » Brunetti éloignait les

205

papiers au fur et à mesure de la lecture ; il finit par prendre ses lunettes dans la poche intérieure de sa veste.

Il parcourut rapidement la deuxième page et expliqua à Griffoni : « Outre la blessure à la tête – dont on n'envisage ici aucune cause possible – elle avait des ecchymoses sur les bras et le cou. » Il revint à la première page. « Ce rapport a été établi au moment de l'admission à l'hôpital, où leur plus grand sujet d'inquiétude, visiblement, était l'eau dans les poumons. »

Il reprit sa lecture et ne fit de nouveau que survoler les pages, à la recherche du passage où les docteurs faisaient état de la gravité des blessures.

Il leva les yeux du rapport et regarda fixement devant lui, sans voir les passagers, ni les splendeurs entourant le bateau.

« Qu'y a-t-il ? » demanda Griffoni.

Il lui passa le dossier, en pointant le troisième paragraphe : « Le deuxième jour ; regarde. »

Griffoni lut et, tout comme Brunetti, leva les yeux de la page et regarda devant elle, l'air absent.

« Examen pelvien effectué sur la patiente encore inconsciente, suite à la présence de taches de sang sur les draps. Signes manifestes d'un rapport sexuel récent, de nature violente ; très probablement un viol. »

Griffoni lut le document jusqu'à la dernière ligne. « Elle est restée dans le coma pendant une semaine. Elle s'est réveillée de manière naturelle, mais n'avait aucun souvenir des événements antérieurs à sa chute – "chute" – dans l'eau. Lis le reste. »

Il s'exécuta et venait de finir lorsque le bateau arriva à San Zaccaria. Il suivit Griffoni le long de la *riva* ; ils avançaient machinalement en direction de la questure. À un moment donné, doutant de ce qu'ils avaient lu tous deux, Brunetti s'arrêta et jeta un nouveau coup d'œil au dossier médical. « Lorsqu'elle s'est réveillée, il leur a fallu seulement un jour pour constater les séquelles, remarqua-t-il, puis il lut à voix haute : "La patiente ne se souvient pas de l'accident et a de grosses difficultés à expliquer les événements qui le précèdent. Elle s'exprime avec un langage enfantin et ne semble pas se rendre compte de son état." » Il lut la suite des rapports où, jour après jour, les médecins découvraient l'ampleur des dégâts, bien supérieure à leurs premières suppositions, jusqu'au verdict final irréfutable : elle était tombée à l'eau adolescente, et en était ressortie enfant.

« Ils ne lui ont même pas fait un examen complet lors de son hospitalisation ! s'exclama-t-il en fermant les yeux. Voilà une patiente qui arrive avec une blessure à la tête, des ecchymoses sur le corps, après être tombée à l'eau, et on ne l'examine pas entièrement !

— Et je suppose qu'ils ont attendu, intervint Griffoni avec une colère difficile à réprimer, qu'elle se réveille avant de prévenir sa mère, ou la police. »

Brunetti pensa que la colère de Griffoni pouvait déboucher sur une autre réaction encore, mais il se trompait. Il reprit son chemin vers la questure, se demandant si la mère le savait : ils avaient dû sûrement le lui dire, vu que la fille était mineure, mais peut-être qu'après lui avoir remis le dossier, ils estimaient avoir rempli toutes leurs obligations.

Griffoni le suivit dans son bureau et s'assit en face de lui. Le soleil qui inondait la pièce métamorphosa ses cheveux en une couronne d'or. « Et maintenant ? commença-t-elle.

— Je n'ai pas encore vu l'homme qui l'a sortie de l'eau. Je le vois en principe demain à midi. Il a fallu que je l'invite à déjeuner pour pouvoir lui parler, expliqua Brunetti.

— Tu crois qu'il détient des informations ? »

Brunetti agita une main en l'air, en signe d'incertitude. « C'est un ivrogne. C'est ce que dit tout le monde. Quand je l'ai appelé pour notre rendez-vous, j'entendais son verre cliqueter contre le téléphone.

— On ne peut pas faire confiance aux ivrognes.

— Et, si son cerveau a trempé dans l'alcool ces quinze dernières années, il y a encore moins de chances qu'il se souvienne de quoi que ce soit.

— Alors pourquoi te donnes-tu tout ce mal ?

— Il n'y a aucune autre piste », admit Brunetti.

Ils gardèrent le silence, puis Brunetti déclara : « Le rapport médical change toute la donne, n'est-ce pas ?

— Oui », approuva-t-elle.

Griffoni regarda par la fenêtre. Tous deux entendirent un bateau passer de la rive gauche à la rive droite, sous leurs fenêtres. « Tu suggères donc que sa chute était fort probablement… involontaire ?

— Peut-être. Sa grand-mère m'a dit que Manuela s'était beaucoup repliée sur elle-même, les mois qui ont précédé l'affaire.

— Comment le savait-elle ?

— Par la mère de Manuela. »

Elle hocha la tête. « Elle était bien placée pour s'en rendre compte, je suppose. » Griffoni croisa les jambes et regarda de nouveau par la fenêtre. « Tu sais, toute cette histoire me donne envie de pleurer. » Elle plaqua ses deux mains de chaque côté de la bouche et étira ses joues.

« Elle pourrait être ma petite sœur. » Elle secoua la tête :
« Cela a peu d'importance. C'est une jeune femme qui
n'a plus d'avenir. Elle peut rester comme cela encore un
demi-siècle. Mon Dieu, tu imagines. » Sa voix avait perdu
de sa fermeté et n'était plus qu'un filet.

« Je pense qu'il est temps de rentrer à la maison », fut
tout ce que Brunetti trouva à dire.

Et c'est précisément ce qu'ils firent.

18

Le lendemain matin, Brunetti se réveilla avec une sensation de douleur non plus localisée, cette fois, dans ses articulations, mais dans son esprit. Il avait passé pratiquement toute la semaine précédente à tâtonner sans résultats, en entraînant dans cette errance un autre commissaire, un magistrat, son supérieur hiérarchique, le vice-questeur Patta et sa secrétaire, la signorina Elettra. Cinq personnes impliquées, pour n'aboutir qu'à la découverte d'un viol commis quinze ans auparavant, impossible à prouver et sans aucune possibilité que la victime s'en souvienne.

Il était couché dans son lit, les yeux rivés au plafond. Puis il tourna la tête et regarda les toits de la ville, qui luisaient sous la pluie d'automne.

Il jeta un coup d'œil à son réveil ; il était presque 7 heures : Paola l'avait laissé dormir. Il se tourna sur le côté dans l'intention d'établir son programme pour la journée, mais il se rendormit.

Une demi-heure plus tard, Paola vint le réveiller et posa une tasse de café près de lui. Le bruit, puis l'odeur, le sortirent des limbes où il avait plongé. Il roula sur le dos, puis s'appuya contre la tête de lit et se frotta les yeux.

« Tiens, dit Paola en lui tendant la tasse sur sa soucoupe. C'est déjà sucré. »

Elle s'assit près de lui sur le lit et le regarda boire sa première gorgée de café, fermer les yeux et reposer sa tête contre l'oreiller. « Le patient survivra, affirma-t-il en finissant la tasse qu'il posa sur la table de nuit. N'étais-tu pas censée aller en cours ?

— Pas avant 10 heures.

— Moi je ne fais rien jusqu'à midi, aujourd'hui.

— Pourquoi ?

— Parce que je n'en ai pas envie.

— C'est là une raison irréfutable, approuva-t-elle.

— À quand remonte la dernière fois où j'ai manqué ne serait-ce qu'une demi-journée de travail ? lui demanda-t-il instamment. Combien de congés maladie ai-je pris toutes ces années ?

— Tu as été à l'hôpital presque une semaine.

— Cela fait très longtemps.

— Oui, admit-elle.

— Aujourd'hui, je ne peux vraiment pas », expliqua-t-il. Il lui avait parlé la veille du rapport médical. « Je ne sais pas pourquoi, mais c'est ainsi. Juste pour un matin ; je n'ai pas envie de réfléchir et d'aller travailler.

— Viens-tu de franchir un cap dans ta vie ? »

Après un moment de réflexion, il répondit : « Je ne pense pas. »

Elle se pencha et lui pressa les épaules, puis les pieds. « Pourquoi es-tu restée ?

— Pour t'apporter ton café.

— Ne va pas le raconter à tes amies féministes.

— L'amour triomphe des principes », assena-t-elle en partant.

Brunetti passa une autre heure à lire Apollonios. Il n'était pas rare, dans ces histoires, que l'amour triomphe effectivement des principes. Paola sortait ces phrases avec tellement de naturel. Est-ce qu'elle les formulait à l'avance, assise dans son vaporetto, ou lui traversaient-elles l'esprit comme des fulgurations ?

Il posa son livre, prit une douche et se prépara à sortir. Tandis qu'il se prélassait, goûtant ses lectures dans un demi-sommeil, le soleil s'était levé et s'était mis immédiatement à la tâche : les rues étaient sèches et il faisait assez chaud pour se contenter d'un pull et d'une veste.

Une fois dehors, il décida d'aller à son rendez-vous à pied : c'était plus rapide que de prendre un vaporetto et de suivre le long S du Grand Canal jusqu'à la riva di Biasio. En outre, la douceur de l'air était une invitation à la promenade. Brunetti imagina ce que devait être, dans une ville normale, une ligne droite la coupant du nord au sud, alors que Venise le faisait aller à gauche puis à droite, passer des ponts et tourner à des angles de rues sans qu'il en soit conscient, ou ne l'ait même envisagé. En l'espace de quinze minutes, il fut sur le quai du rio Marin, où se trouvait le bureau du gaz. Quelques portes plus loin, il vit les fenêtres et l'entrée d'un bar, s'arrêta et regarda à l'intérieur, pour voir s'il reconnaissait quelqu'un.

Il y avait deux femmes à une table, avec leur tasse de café, et à une autre table trois jeunes touristes, deux filles et un garçon, penchés sur une carte déployée devant eux, et tenant un verre de bière à la main.

Brunetti entra et alla au comptoir. Le barman le regarda et hocha la tête. Brunetti n'avait rien mangé ce matin-là et donc n'avait pas envie d'un verre de vin, ou d'un spritz. Il ne voulait pas non plus de café, si près du déjeuner. Il commanda un verre d'eau minérale et expliqua : « J'ai rendez-vous avec Pietro Cavanis, mais visiblement il n'est pas là.

— Non, confirma l'homme en posant le verre devant Brunetti. Cela fait quelques jours qu'il ne vient pas ou, du moins, que je ne l'ai pas vu. Il est peut-être venu le matin, quand travaille mon fils, même s'il n'est pas spécialement matinal, Pietro.

— Je sais, approuva Brunetti avec un sourire amical. Il me l'a dit. » Il but quelques gorgées d'eau et posa son verre. « Il m'a dit aussi de vous demander les clefs pour aller le réveiller s'il n'était pas là. »

Le barman sourit. Il tira une enveloppe toute fripée et coincée entre la caisse enregistreuse et le mur. Il en sortit un trousseau de clefs et le tendit à Brunetti. « C'est la porte verte, de l'autre côté du canal. Dernier étage.

— Je sais cela aussi. » Brunetti le remercia et prit les clefs. Sans demander l'addition, il laissa 2 euros sur le comptoir et gagna la sortie. Arrivé à la porte, il se tourna et leva les clefs : « Je vous les rapporte. »

Le barman, qui avait déjà enlevé le verre de Brunetti et était en train de nettoyer sa place, agita le torchon dans sa direction.

Il traversa sur la gauche le pont qui était le plus près et longea le quai jusqu'à la porte verte. Il recula et regarda la façade de l'édifice : les volets du premier étage étaient tous fermés et s'étaient décolorés sous l'effet du soleil, comme les quatre du côté gauche au deuxième étage. Deux des volets sur la droite étaient ouverts ; leur face interne, qui avait viré à un morne gris-vert, laissait deviner qu'ils n'étaient jamais fermés. L'immeuble semblait malade et donnait l'impression de s'étioler, en attendant la mort. Il y avait deux rectangles vides sur les sonnettes de gauche ; ne figurait que le nom de Cavanis, tout en haut à droite.

Brunetti introduisit la plus grande des clefs dans la serrure de la porte verte, qui s'ouvrit facilement, et traversa un petit vestibule. Il gravit ensuite les marches et s'arrêta au deuxième palier, comme il le faisait dans son propre escalier.

Sur la porte de droite, il vit le nom de Cavanis, écrit en caractères d'imprimerie sur un morceau de carton épinglé sur le côté gauche de la porte. La politesse, ou son sens de la confidentialité, le poussèrent à sonner ; il attendit, puis sonna de nouveau, plus longtemps. Familier du sommeil des alcooliques, il prit les clefs et ouvrit la porte, qui n'était pas fermée à double tour.

« Signor Cavanis, l'appela-t-il depuis le seuil. Signor Cavanis. » Il attendit et pressentit ce qui l'attendait. Il aurait pu battre en retraite et appeler depuis le couloir la brigade criminelle, mais il laissa les clefs sur la porte, enfouit ses deux mains dans les poches et entra dans la chambre.

L'air sentait le tabac, après des décennies entières de fumée. C'était une petite pièce, livrée depuis toujours à un gros fumeur, meublée d'un canapé et d'une table basse devant la télévision, constituant le sanctuaire pour ce dieu à face plate. Le téléviseur était aussi énorme que vieux, et aussi profond que large. Le volume était bas mais encore audible et Brunetti tomba sur une jeune blonde en train de lancer un regard d'adoration à un homme d'un certain âge qui, vêtu d'un costume de luxe, était béatement assis devant son éternel sourire.

Brunetti chercha la télécommande, mais ne la trouva pas. Elle n'était ni sur le canapé, ni sur la table et il n'y avait aucune autre surface plane dans la pièce. Il n'y avait pas non plus de boutons sur le poste de télévision ; on ne pouvait voir que ce que l'on parvenait à capter : la chaîne régionale, à un volume fixe. Combien d'informations et de divertissements locaux pouvait supporter un individu avant de sombrer dans la folie ?

Le salon ne présentait ni tableaux ni livres d'aucune sorte ; pas non plus de tapis ni de décoration, et pas d'autre mobilier. Sur la table étaient disposés quelques assiettes et quelques verres, des tasses et des soucoupes, visiblement empilées et mises de côté jour après jour. L'assiette située dans la ligne de mire entre l'écran et le fauteuil du spectateur contenait un morceau de fromage sec et un peu de jambon, tout recroquevillé. Près de l'assiette se trouvaient des tranches de pain blanc et un verre à moitié plein de vin rouge ; du fait de l'évaporation dans cette pièce surchauffée, le niveau était descendu et avait laissé une trace rougeâtre au-dessus du vin restant.

Brunetti alla dans la petite cuisine, sur la droite. Une bouteille de vin rouge de deux litres, presque vide, était posée sur la table. Il se garda d'ouvrir les deux placards et le réfrigérateur, et se dirigea vers la porte où il aperçut le pied.

C'était un grand pied posé par terre, recouvert d'une chaussure d'homme, d'où sortait une chaussette grise, qui avait dû être blanche par le passé. Brunetti se pencha et entra dans la pièce. L'homme aux cheveux gris était couché sur le côté gauche, la tête appuyée sur son coude plié. Il pouvait être en train de faire la sieste, une jambe étirée, l'autre encastrée et légèrement rentrée dessous. Il aurait pu être endormi, s'il n'y avait eu ce couteau de cuisine planté à droite de son cou et, autour de lui, la mare de sang séché. Sans compter la puanteur. Même des années de fumée, qui avaient noirci la porte blanche du réfrigérateur et obscurci les faïences de la cuisine, ne réussissaient pas à couvrir ou déguiser cette odeur particulière de fer, ni à dominer celle de pourriture qui imprégnait peu à peu, comme le notait Brunetti, ses propres vêtements.

Il s'écarta du corps et sortit de l'appartement. Sur le palier, il composa le numéro de Bocchese, donna ses instructions au chef de la police scientifique, lui précisa l'adresse et lui intima de former une équipe aussi vite que possible, avec le premier médecin légiste de libre.

« Je ne devrais pas te poser cette question, mais as-tu touché à quelque chose ?

— Non », lui certifia Brunetti en raccrochant. Il resta sur le palier et essaya de tirer le fil rouge qui reliait cette scène à d'autres éléments. Le défunt avait par le passé sauvé Manuela de la mort et la police avait eu vent de ce fait divers. Cavanis était présent au moment des faits et avait toujours nié – après l'avoir pourtant déclaré – avoir vu quelqu'un en train d'agresser Manuela. Aucun lien de cause à effet ; aucune ligne droite entre le rio San Boldo et le rio Marin.

Cavanis aurait pu surprendre un cambrioleur ; mais la pauvreté de la pièce infirmait cette hypothèse. L'assassin pouvait être un ennemi, mais un homme qui a des ennemis ne laisse pas ses clefs à un serveur et ne l'autorise pas à les donner à toute personne qui en fait la demande. Un cas de violence gratuite ? À Venise ? Cette idée fut si fugace que Brunetti n'eut même pas besoin de gaspiller son énergie pour la chasser de son esprit.

Il fallut un bon quart d'heure à l'équipe pour se rendre sur les lieux, mais ils arrivèrent en force. Outre le pilote et Bocchese, il y avait deux photographes et deux techniciens. Le bateau s'amarra le long du canal ; Brunetti attrapa la corde et l'enroula autour du taquet, puis hissa le premier homme sur le quai.

Une fois parvenu sur le pont du bateau, Bocchese pria le pilote d'avancer de cinquante mètres, pour atteindre l'escalier en pierre qu'il emprunterait pour monter sur la rive. Il rejoignit Brunetti et laissa le soin à l'équipage de décharger et de transporter tout le matériel.

« Un crime ? » s'informa Bocchese. Comme Brunetti acquiesçait, le technicien précisa : « Rizzardi est en route.

— Où était-il ?

— Chez lui. Quand je lui ai dit que tu avais appelé, il a assuré qu'il viendrait, même si cet idiot n'est pas de service. »

Brunetti trouva plus diplomatique de ne pas évoquer le commentaire de Rizzardi sur son collègue, qui passait pour tel aux yeux de tout le monde à la questure.

Bocchese retourna voir ses deux techniciens qui sortaient leur équipement du bateau. Il avait une tête de moins qu'eux, mais au moins vingt ans de plus : les jeunes gens attendirent donc ses ordres, en lui portant une déférence manifeste.

Une fois qu'il les eut tous réunis sur le quai, Brunetti les accompagna à la porte verte et les mena à l'appartement. Il prit alors conscience que son état d'esprit du matin ne l'avait pas quitté : de même qu'il n'avait pas eu envie d'aller à la questure, il n'avait pas envie d'être sur cette scène de crime et n'avait pas envie de les regarder installer l'appareil photo et prendre des clichés du cadavre et de tous les éléments autour de lui, depuis chaque angle de vue. Éviter la flaque de sang séché lui parut le comble du grotesque. Il ne voulait pas voir le couteau, ne voulait pas voir les traces d'hémoglobine qui avaient coulé le long du corps et imprégné les fibres des vêtements et ne voulait pas non plus calculer combien de temps la victime avait mis à mourir exsangue.

Brunetti se retira sur le palier pour laisser ses collègues accomplir leurs tâches et se refusa à imaginer ce que devait éprouver un individu conscient que ses blessures sont trop graves pour espérer y survivre et qui est donc voué à la mort. Il ne pouvait que souhaiter que l'alcool, le choc et la perte soudaine de sang aient brouillé l'esprit de Cavanis – ce qui était fort plausible – et atténué sa terreur.

« Guido ? » l'appela une voix, ce qui le tira de ces pensées.

Il se tourna et vit Ettore Rizzardi, le médecin légiste, venu attester l'évidence, comme son devoir l'exigeait fort souvent. Grand et mince, Rizzardi dégageait une énergie retenue.

Brunetti lui serra la main et le conduisit dans l'appartement ; il ne savait que dire. Il vit le médecin légiste jeter un coup d'œil circulaire dans la pièce et observa son collègue au moment où il aperçut le pied. Rizzardi ferma les yeux un instant et si Brunetti ne l'avait pas bien connu, il aurait pu le soupçonner de faire une prière.

L'un des techniciens leur tendit une paire de gants en latex, mais Rizzardi avait apporté les siens. Il ouvrit le paquet et les enfila. Brunetti fit de même.

Il suivit le médecin légiste dans la chambre de Cavanis, où le docteur se pencha pour lui prendre le pouls. Rizzardi regarda sa montre, sortit un carnet de notes et demanda à Bocchese : « Ton équipe a-t-elle fini ?

— Oui.

— Très bien. Je vais voir ce qu'il en est. » Il s'écarta du cadavre et sortit de sa poche un masque chirurgical, arracha le papier d'emballage et le mit. Il en tendit un à Brunetti, qui fut content de l'imiter. Rizzardi prit un instrument sensible à la chaleur et le plaça sur la tempe de la victime, puis prit des notes dans son carnet. « Tu veux bien m'aider, Guido ? » demanda-t-il.

Ils étendirent ensemble le corps de l'homme et le roulèrent sur un côté, ce qui éjecta le couteau.

Brunetti examina l'angle de la lame. « Tué par-derrière », conclut-il.

Le médecin légiste fit un signe d'assentiment. « Et par un assassin droitier. »

Avec le temps, tous deux avaient appris à prendre leurs distances, du moins partiellement, vis-à-vis de leurs pratiques : il leur fallait les voir comme des questions concrètes. Par exemple, essayer de comprendre pourquoi la lampe de chevet ne marchait pas : était-ce à cause de l'ampoule ? de la prise électrique ? du fusible ? Il s'agissait de prendre acte des faits et de saisir leur enchaînement.

Le cadavre n'avait opposé aucune résistance lorsqu'ils l'avaient bougé, mais l'odeur s'était accentuée. « Un jour ou deux, dirais-je », évalua Rizzardi. Il s'agenouilla sur un endroit propre par terre et regarda de plus près le couteau et la quantité de sang coagulé sur le pull de l'homme. « Il doit avoir percé la jugulaire.

— Cela a-t-il été rapide ? s'enquit Brunetti.

— Je pense que oui, le rassura le médecin en se levant. Je pourrai t'en dire davantage une fois que j'y aurai regardé de plus près.

— Quand ?

— En fin d'après-midi, si je peux. » Il se tourna vers la victime et demanda : « Il buvait beaucoup ?

— Oui. Comment le sais-tu ? » Brunetti n'avait pas détecté d'odeur d'alcool ; sans doute avait-elle été couverte par d'autres odeurs provenant du corps, resté qui sait combien de temps dans cette pièce chauffée.

Rizzardi sortit du salon, où les techniciens étaient en train d'effectuer leurs différents travaux : collecter, photographier, glisser de petits fragments dans des sachets en plastique. Il enleva ses gants et les mit dans sa poche. Brunetti se demanda combien il en avait ramené chez lui au fil des années.

« S'ils ont bu longtemps, dit Rizzardi en répondant finalement à la question de Brunetti, ils prennent tous le même aspect. Ça se voit. Autant à l'extérieur qu'à l'intérieur. »

Le médecin secoua la tête à ses réflexions personnelles et Brunetti lui demanda : « Qu'est-ce que tu en penses ?

— Quand on connaît assez bien le corps humain, on le voit comme un miracle. Et quand on regarde le corps de certains individus – comme lui – qui ont bu pendant des années, peut-être toute leur vie, qu'on voit les effets de la boisson, et qu'ils continuent à vivre malgré tout, alors on se dit que c'est un double miracle. »

Ils se serrèrent la main et Rizzardi partit, non sans être allé dire au revoir à Bocchese à la cuisine.

Brunetti se mit à l'écart ; il observa les techniciens en train de s'affairer, jusqu'à l'arrivée du cercueil en plastique apporté par les employés de l'hôpital. Tandis que ces derniers attendaient, l'un d'entre eux fouilla les poches du mort et en sortit un portefeuille, un portable et un mouchoir qui avait grand besoin d'être lavé. Brunetti le vit les mettre dans différentes pochettes transparentes et en tirer la fermeture Éclair. Le technicien fit un signe de tête aux brancardiers : ils déposèrent le corps dans le cercueil et quittèrent l'appartement.

L'équipe de techniciens resta encore une demi-heure, le temps que Bocchese revienne et dise à Brunetti qu'ils avaient fini et qu'il pouvait donc maintenant circuler librement et toucher tout ce qu'il voulait dans l'appartement. Ils se serrèrent la main ; Bocchese fit descendre son équipe et la mena au bateau qui les attendait.

Brunetti, qui avait encore ses gants en latex, revint dans la chambre en faisant attention où il posait les pieds et ouvrit les portes de l'armoire. Il vit deux vestes, pas particulièrement propres, et un manteau en laine gris foncé avec les manchettes usées. Il y avait deux paires de chaussures au fond de l'armoire. Les tiroirs du bas contenaient trois pulls et quelques chemises en polyester. Les sous-vêtements étaient gris et peu ragoûtants.

Brunetti sillonna le reste de l'appartement. Les seuls papiers visibles étaient les reçus de la retraite mensuelle de Cavanis – 662,87 euros, comment pouvait-on en vivre ? – et une circulaire de la paroisse locale invitant tous les résidents à rencontrer le nouveau prêtre. Le réfrigérateur, qui avait au moins trente ans, contenait une autre bouteille de vin, blanc cette fois, d'une contenance de deux litres, et un paquet de fromage tout racorni.

Dans la salle de bains, sur l'étagère au-dessus du lavabo, se trouvaient un verre crasseux, une boîte d'aspirine et un pain de savon de Marseille. Le bac à douche était dégoûtant.

Rien d'autre. Même si tous ces éléments témoignaient de sa présence, Cavanis aurait pu être parti ce jour-là ou la veille, mais il était resté suffisamment longtemps à cet endroit pour que le serveur du bar trouve son comportement avec les clefs tout à fait normal.

Brunetti partit, ferma la porte derrière lui et descendit l'escalier. Il retourna au pont et longea l'autre rive, du canal jusqu'au bar.

Lorsque le barman le vit, il lui glissa, d'un ton vexé : « Vous ne m'avez pas dit que vous êtes un policier.

— Ce n'était pas nécessaire. Il n'a rien fait de mal. » Il commanda un café.

L'homme haussa les épaules, comme pour dire qu'il n'était pas fâché, que c'était juste une remarque en passant.

Il fit le café et le posa devant Brunetti, puis rapprocha de lui le bol contenant les sachets de sucre.

« A-t-il été réellement assassiné ? ne put-il s'empêcher de demander.

— Apparemment, oui.

— Ah, le pauvre diable, dit-il avec sincérité. J'espère au moins qu'il était ivre quand c'est arrivé.

— Pourquoi ? »

Le barman réfléchit un instant à sa réponse. « Parce qu'il a eu moins peur, peut-être. » Il secoua la tête de nouveau et répéta : « Pauvre diable. »

Brunetti sentit une présence à ses côtés et se tourna ; il vit un homme aux cheveux blond clair, un peu plus âgé que lui.

« Est-ce vraiment vrai ? Quelqu'un a tué Pietro ? » s'enquit-il.

Brunetti fit un signe d'assentiment et finit son café. « Le connaissiez-vous ? demanda-t-il à l'homme à sa gauche.

— Eh bien, il y a connaître et connaître », nuança l'homme en faisant un signe au serveur, qui se saisit d'une bouteille de vin blanc et lui en servit un petit verre.

Il le prit et le but comme si c'était de l'eau.

« Était-ce un ami ? s'informa Brunetti avec une feinte innocence.

— En quelque sorte », répondit-il en poussant son verre sur le comptoir.

Brunetti fit un signe au barman et un second verre arriva devant lui. Lorsque tous deux furent remplis, Brunetti l'inclina en direction de l'homme à côté de lui, puis en avala rapidement la moitié. Il le trouva moins bon que son café.

«Vous êtes un flic, n'est-ce pas ?

— Oui. J'étais censé parler au signor Cavanis ce matin. Et je l'ai trouvé en arrivant chez lui, en faisant comme il m'avait dit. » Brunetti secoua la tête et fit de la main gauche ce qu'il espérait être un geste de résignation.

« Le connaissiez-vous ? demanda l'homme à Brunetti, en renversant les rôles.

— Non, pas vraiment, expliqua Brunetti d'un air qu'il voulait détendu. Mais nous nous étions parlé quelquefois. »

L'homme finit son vin et le leva vers le barman. « C'était un chic type. Mais il buvait trop, si vous voulez savoir.

— Ah, soupira Brunetti. Je suis désolé de l'entendre. » Puis, comme si l'alcoolisme était un nouveau monde pour lui, il demanda : « Est-ce que cela l'a changé ? Je veux dire, dans sa manière de se comporter. »

L'homme hocha la tête pour remercier le barman et laissa son verre sur le comptoir. « Eh bien, cela lui donnait la sensation d'être important. »

Brunetti but une infime gorgée de son vin et posa son verre, puis se tourna vers son voisin, attentif à la suite.

« Plus il buvait, plus il se croyait important, expliqua-t-il en prenant son verre.

— Tel un expert en sports, ou des choses de ce genre ? spécifia Brunetti en adaptant ses références au niveau qu'il pensait accessible à la plupart des hommes.

— En un sens, oui. À l'entendre, il était le seul à avoir vu un match de football, ou qui y comprenait quelque chose. Mais c'était surtout son idée fixe qu'il allait faire fortune. Aussi loin que je le connais…, commença l'homme, puis il se corrigea : … que je l'ai connu, il avait des plans incroyables pour devenir riche. » Il prit une autre petite gorgée et fut surpris de voir que le verre était presque vide. « Je suppose qu'il imaginait que cela ferait de lui quelqu'un d'important. »

Brunetti finit son verre et fit un signe au barman, en désignant leurs deux verres.

« Ça lui a repris juste l'autre soir, continua l'homme en le remerciant d'un signe de tête pour le vin. De grands projets. Il a dit qu'il avait vu une fois une scène qui allait enfin changer sa vie, après toutes ces années. » Il secoua la tête à cette idée puis, décelant le scepticisme sur le visage de Brunetti, il se tourna vers le serveur : « Tu l'as entendu, Ruggiero. Samedi soir.

— Il était ivre, Nino, répliqua le barman avec un mélange de patience et d'exaspération. Tu sais comment il était : de grands discours la veille, et plus aucun souvenir le lendemain.

— Mais tu l'as *entendu*, insista l'homme.

— Oui, je l'ai entendu, mais je l'ai *vu* aussi, et il était ivre.

— Était-ce ce samedi ? demanda Brunetti.

— La nuit de l'*acqua alta*, oui », confirma le barman. Nino opina du chef en guise d'approbation, mais ne dit rien.

« Cela faisait une éternité que je l'entendais, continua Ruggiero. Donc je ne prêtais pas vraiment attention à lui, quand il commençait avec ses plans sur la comète. J'en ai entendu trop souvent toutes ces années ; et pas seulement de sa bouche. » Il prit un verre propre, se servit lui-même du vin blanc et l'avala. « Il disait que le temps qu'il avait passé à regarder la télévision allait enfin servir à quelque chose. Quand je lui ai demandé de quoi il parlait, il m'a dit qu'il s'était souvenu d'un épisode et qu'il allait faire fortune grâce à ça. »

Nino éclata de rire. « Je ne peux pas compter combien de fois une chose qu'il savait, ou qu'il se rappelait, ou qu'on lui avait dite, ou encore qu'il avait lue dans le journal, ou vue à la télévision, allait l'aider à faire fortune. » Il rit à plusieurs reprises, mais, peut-être au souvenir des récents événements, il plaqua sa main sur sa bouche et déclara : « Désolé. »

Brunetti et le barman échangèrent un regard, mais ni l'un ni l'autre ne savaient que dire. Tous deux burent une gorgée de vin, posèrent leur verre et jetèrent un coup d'œil circulaire dans le bar, comme s'ils attendaient qu'un élément vienne les distraire et fasse passer cet instant.

Finalement, l'homme aux cheveux clairs précisa : « Même si ses propos ne valaient pas grand-chose, il n'y avait aucune malice en lui, et ce n'est pas sa faute si c'était un ivrogne. Son père l'était et son grand-père aussi. » Il balaya du regard les bouteilles alignées sur le mur en miroir derrière le comptoir, essayant de calculer combien de litres avaient pu boire les trois générations de Cavanis. « Dommage qu'il n'ait pas réussi à faire basculer sa vie.

— Ça n'allait pas mieux pour lui, n'est-ce pas ? » demanda le barman à la cantonade.

Pour éviter de déraper sur cette pente larmoyante, Brunetti lui demanda : « Vous croyez que c'était vraiment quelque chose qu'il avait vu à la télévision qui lui avait remis ce souvenir en tête ? »

Ruggiero vida son verre, le plongea dans l'eau de l'évier et commença à l'essuyer avec un torchon. Il le leva d'une main et le frotta, en le tournant et retournant même s'il était sec depuis un bon moment.

« Ne devrions-nous pas le lui dire ? suggéra Nino au barman, à la grande surprise de Brunetti.

— À propos de ce fameux souvenir ?

— Oui. »

Pour Brunetti, la scène dont Cavanis avait été témoin avait disparu à tout jamais de sa mémoire, suite à un coma éthylique. « De quoi s'agit-il ? »

Les deux hommes s'engagèrent dans une valse subtile, se faisant signe l'un l'autre, et secouant réciproquement la tête. Finalement, le barman intervint : « Dis-le-lui, Nino. » Pour l'encourager, il remplit le verre de son ami et, lorsque Brunetti couvrit le sien de la main, il en fit de même avec le sien, oubliant qu'il venait juste de le laver.

« Le père de Pietro pourrait le faire aussi, dit l'homme à Nino, ce qui porta la confusion de Brunetti à son apogée. Je n'ai jamais rencontré le grand-père, donc j'ignore s'il pourrait le faire, mais Pietro et son père avaient une bonne mémoire. »

Comme la plupart des gens, s'apprêtait à dire Brunetti, mais l'homme poursuivit : « Je veux dire une excellente mémoire. Si vous disiez quelque chose à Pietro, il s'en souvenait ; même chose pour ses rencontres, ou ses lectures. On aurait dit une caméra. » Pour l'illustrer par un exemple, il raconta : « Il se souvenait de chaque action, de n'importe quel match de football qu'il avait vu, que ce soit au stade ou à la télé. »

Il prit son verre et le tendit vers Brunetti, sans boire. « Cela ne lui a valu que des problèmes. Mais s'il avait trop bu, par contre, il ne se souvenait plus de rien quand il redevenait sobre.

— Ce n'est pas vrai, le coupa le barman. Tu sais que ce n'est pas vrai.

— Laisse-moi finir, Ruggiero, d'accord ? rétorqua Nino avec impatience. Comme je disais, il ne se souvenait pas des choses si elles se produisaient quand il avait bu. Mais d'autres souvenirs lui revenaient ensuite à l'esprit et il se les rappelait de nouveau, mais seulement à condition qu'il soit tellement ivre qu'il ne pouvait pas se souvenir de ce qui venait de se produire. Ce sont les vieux souvenirs qui lui revenaient en tête, pas les nouveaux. Très bizarre. » Il finit son vin, posa son verre et conclut : « Un drôle de type. » *Il commence à bredouiller à la manière d'un homme saoul,* nota Brunetti.

Nino regarda sa montre et déclara : « Mon Dieu, si je ne suis pas de retour au boulot dans dix minutes, je me fais tuer par mon patron. » Il leva son verre et demanda : « Combien je te dois, Ruggiero ? »

Brunetti lui prit le bras et annonça : « C'est ma tournée, messieurs. »

Il sortit un billet de 20 euros de son portefeuille et le posa sur le comptoir, puis fit signe au barman de garder la monnaie. Il regarda sa montre aussi, vit qu'il était 17 heures passées, et déclara à son tour : « Si je ne suis pas de retour au boulot dans dix minutes, mon patron va me tuer aussi. »

19

Brunetti savait qu'il était exagéré de dire que Patta le tuerait, mais il n'était pas exagéré de dire qu'il envisagerait son licenciement – sans justification – avec un soulagement certain, car cette mesure lui enlèverait sa plus grosse épine du pied. Ceci dit, Brunetti avait l'honnêteté de reconnaître que Patta regretterait probablement son absence. Comme tout couple qui s'est chamaillé pendant des années entières, Patta et lui avaient fini par établir un *modus vivendi* et s'étaient fixé les limites à ne pas dépasser. Et, plus important encore, chacun d'entre eux avait appris à se servir des compétences ou des contacts de l'autre à son propre avantage. Ce n'était pas forcément la recette pour un mariage heureux, mais Brunetti soupçonnait que beaucoup de gens mariés pourraient y voir un modèle à adopter.

Il revint à la questure avant 18 heures et attendit le coup de fil de Rizzardi. Il laissa la porte du bureau ouverte : ainsi le lieutenant Scarpa le verrait-il en train de travailler, s'il devait passer par là, comme cela lui arrivait souvent, surtout en fin d'après-midi. Brunetti parcourut certains rapports et les classa, alla regarder par la fenêtre, puis retourna à ses dossiers, dont il synthétisa le contenu et le stocka dans une zone lointaine de son cerveau, à laquelle il accédait par intermittence.

Brunetti songea ensuite aux effets de la boisson sur la mémoire de Cavanis, évoqués par le client du bar. Les souvenirs allaient et venaient, surfant sur les vagues de l'alcool.

Un élément grâce auquel il « allait faire fortune » ; ce revers de fortune changea effectivement le cours de son existence, mais sûrement pas comme Cavanis l'avait espéré, ou imaginé. C'était la nuit de l'*acqua alta*, qui était un samedi. Brunetti se rappelait seulement avoir fini son dîner – mais sans aucun souvenir des mets – et être allé au salon, où il s'était allongé dans un état comateux sur le canapé. Il avait regardé la télévision, mais lorsque Paola avait changé de chaîne pour regarder une émission qui ne l'intéressait pas, il était parti se coucher.

Il alluma son ordinateur d'un geste machinal et composa le numéro de la signorina Elettra. Comme elle ne répondit pas à son appel, il lui envoya un e-mail, la priant de contacter la télévision locale et de leur demander la liste des émissions présentées ce soir-là et, si possible, de lui en faire parvenir des copies, opération qui lui semblait possible par ordinateur.

Il appela ensuite Griffoni sur son portable. Elle avait déjà entendu parler de Cavanis, mais Brunetti prit le temps de lui raconter les circonstances de sa mort et de lui rapporter sa conversation avec le client du bar. Il lui expliqua qu'il avait requis des informations auprès de la chaîne de télévision et lui demanda si elle voulait bien passer quelques heures le lendemain à regarder ces émissions avec lui : elle remarquerait sans doute des détails qui pourraient lui échapper.

« La télévision locale ? Pendant une soirée entière ? » Elle prit quelques courtes inspirations et conclut : « D'accord, je le ferai, mais la moindre des choses, c'est que tu appelles ta première petite-fille Claudia. » Puis, redevenue soudain sérieuse, elle s'informa : « Autre chose ?

— Oui, une chose : je voudrais que tu ailles voir la mère de Manuela demain et que tu lui demandes si elle est au courant du viol.

— Si elle n'a pas lu le rapport, elle ne peut pas le savoir, déclara Griffoni d'un ton qui surprit Brunetti par son assurance.

— Il se peut que les médecins le lui aient dit.

— Dans ce cas, elle t'en aurait parlé.

— Peut-être. Ou peut-être espérait-elle que ne pas en parler revenait à nier la réalité. » Brunetti avait noté des comportements bien plus étranges encore chez des parents découvrant sur leurs enfants des choses qu'ils voulaient continuer à ignorer.

Il lui laissa tout le temps voulu pour réfléchir. Il regarda par la fenêtre, puis sa montre : dans une semaine, il ferait encore plus noir à cette heure-ci et ces longues nuits persisteraient jusqu'au printemps.

« Entendu, concéda Griffoni, qui renonça à discuter davantage sur ce point. Je vais lui parler ; avant les films », précisa-t-elle sans ambages.

Il la remercia et raccrocha, puis composa, dans la foulée, le numéro de Rizzardi. Le médecin légiste répondit en se présentant.

« C'est moi, Ettore. » Brunetti s'interrompit, ne sachant comment demander au docteur s'il s'était acquitté de sa tâche.

« Comme je te l'ai dit, le corps humain est un miracle. Cavanis était imperméable à l'eau. Il avait cinquante-quatre ans, d'après sa carte d'identité. Mais, physiquement, il en avait au moins quinze de plus. L'état de sa cirrhose était bien avancé ; je ne sais pas combien de temps encore il aurait vécu, ou aurait pu vivre. Mais je ne sais pas non plus comment il a réussi à vivre aussi longtemps. Du fait de sa cirrhose, des vaisseaux sanguins se sont développés tout autour de son œsophage ; c'est pour cela qu'il a autant saigné. »

Il marqua une pause et Brunetti entendit une page tourner.

« Le couteau est un couteau de cuisine ordinaire, poursuivit le médecin légiste. Bocchese doit maintenant examiner les empreintes digitales. Il te fait dire qu'ils les soumettront à leur appareil pour les identifier et qu'ils auront les résultats dans deux jours, mais qu'en revanche il doit envoyer l'arme pour les tests d'ADN. » Rizzardi se tut et Brunetti savait qu'il valait mieux ne pas l'interroger sur les rythmes de travail de Bocchese.

« La personne qui s'en est servie est droitière, continua Rizzardi, est au moins de la même taille que la victime, se tenait forcément debout derrière et a eu assez de force pour transpercer l'œsophage. Cavanis n'a reçu qu'un seul coup de couteau, mais sa cirrhose avait dilaté beaucoup de vaisseaux sanguins, ce qui a aggravé la situation. Tout porte à croire qu'il soit mort dimanche matin. Il ne doit pas avoir survécu plus de quelques minutes. Il avait tellement d'alcool dans les urines – il est mort depuis trop longtemps pour obtenir de bonnes analyses de sang – qu'il est même possible qu'il ne se soit pas vraiment rendu compte de ce qui se passait.

— Merci, Ettore », ne put que répliquer Brunetti. Il raccrocha et, prenant tout à coup conscience de combien il avait côtoyé la mort ce jour-là, il quitta la questure et rentra chez lui.

Paola lui apprit que les enfants étaient de sortie. Brunetti resta donc à la cuisine et lui raconta les événements de la journée, pendant qu'elle cuisait des tranches de *melanzane* au four, puis elle frit des oignons et des tomates pour agrémenter de sauce ces aubergines. Il lui avait dit en entrant qu'il n'avait pas très faim, mais une fois assis, avec son verre de Gewürztraminer et en la regardant cuisiner, il sentit son appétit s'aiguiser et suggéra à Paola d'en rajouter une tranche.

Constatant qu'il faudrait encore un certain temps avant que le dîner soit prêt, Brunetti lui dit qu'il allait s'allonger sur le canapé et lire un moment, sûr et certain que Paola, qui vouait un véritable culte à la lecture, approuverait parfaitement sa décision.

Il alla retrouver Apollonios de Rhodes, abandonné sur sa table de nuit. Quels meilleurs compagnons, au moment du crépuscule, que Jason et les Argonautes ? Il les avait toujours vus comme des copains de lycée : aucun d'entre eux n'était trop sérieux, ou trop adulte, et ils étaient tous en quête d'aventure. Mais, avant d'en arriver à leurs aventures, Brunetti dut se coltiner toutes les interminables généalogies des personnages, majeurs et mineurs, tout comme celles des dieux et des déesses – avec toujours les mêmes rôles, et toujours les mêmes faiblesses.

Une fois les généalogies terminées, c'était au tour des femmes qui venaient souhaiter bonne chance aux soldats sur leur chemin, et Brunetti lut le passage où elles se lamentaient auprès de la mère de Jason. Il interrompit sa lecture et regarda droit devant lui. Une autre fille noyée. Il fut tiré de ses réflexions par Paola, qui vint lui annoncer à la porte que le dîner était servi.

« Ils sont bizarres, ces Grecs », déclara Brunetti en s'asseyant.

Il avala quelques bouchées, hocha la tête en signe d'appréciation et reprit : « C'est comme quand on lit des textes sur l'Amérique du XIXᵉ siècle : pour beaucoup, l'esclavage faisait partie intégrante de la société.

— Quel est le rapport ? » demanda Paola qui posa sa fourchette pour parsemer un peu plus de fromage sur ses pâtes. C'était du *pecorino affumicato*[1] et non pas du *parmigiano*[2] : Brunetti était d'accord sur ce choix.

« Pour les Grecs, il n'y avait aucun mal à partir en guerre pour une histoire de femme enlevée. Et, si la cité était conquise, les hommes étaient massacrés et les femmes devenaient des esclaves, sans que personne s'en offusque le moins du monde.

— Personne du côté des vainqueurs, nuança Paola. Ce sont eux qui écrivent la poésie.

— Je croyais qu'ils écrivaient l'histoire.

— Ils écrivent les deux », assena-t-elle en se levant pour aller chercher plus de pâtes.

Pendant qu'ils prenaient leur café, Paola, tenant sa tasse en l'air, lui demanda à brûle-pourpoint : « Tu crois qu'elle sait ? »

Brunetti leva un sourcil, pour s'assurer de ce qu'elle voulait dire.

« La fille. La femme. Manuela. Qu'il y a quelque chose qui ne va pas chez elle. »

Brunetti connaissait suffisamment bien Paola pour deviner les efforts qu'elle avait dû faire pour réussir à poser sa question avec autant de naturel. « Je pense que, la plupart du temps, elle ne s'en rend pas compte. »

Elle posa sa tasse. « Mais parfois ? »

---

1. Chèvre fumé.
2. Parmesan.

— Mais parfois son visage tout entier se crispe et elle regarde autour d'elle, comme si elle avait égaré quelque chose. Et puis ça passe, et son visage retrouve son calme. »

Paola prit les deux tasses et les deux soucoupes et les apporta près de l'évier. Elle leva la tête et regarda par la fenêtre, en direction des montagnes, invisibles à cette heure. Elle resta longtemps ainsi.

Plus tard, installé sous ses couvertures, Brunetti lui lut le passage sur les oiseaux qui défendaient l'île d'Aria en lançant leurs ailes acérées contre les Grecs et blessèrent l'« épaule gauche du gracieux Oïlée » qui « lâcha la rame sous la violence du coup ».

« Comme c'est étrange », observa-t-elle en posant son livre et en éteignant la lumière de son côté.

Brunetti termina le Livre II, puis éteignit à son tour. Il craignait d'avoir une nuit agitée, truffée de filles noyées, mais il eut au contraire un sommeil paisible et se réveilla empli d'optimisme, en un jour de grand soleil.

Il venait de finir de lire un e-mail de Bocchese, lorsque Griffoni frappa à sa porte et entra. Il regarda sa montre et vit qu'il était 11 heures passées.

« J'ai appelé la mère de Manuela à 9 heures et lui ai demandé si je pouvais faire un saut chez elle en allant travailler. Elle m'a dit qu'elle allait rendre visite à sa belle-mère avec elle, mais que nous pouvions nous rencontrer en route.

— L'as-tu fait ? » demanda Brunetti. Ne sachant pas où habitait Griffoni, il ignorait si c'était pratique pour elle de passer par le campo Santa Maria Mater Domini, ou de la croiser quelque part entre ce *campo* et le *palazzo* de la comtesse.

« Il y a un bar près du palais Mocenigo : c'était le seul que j'avais en tête, répondit Griffoni. C'est là que nous nous sommes donné rendez-vous. Barbara et moi avons pris un café, puis je leur ai proposé de les raccompagner, de manière à ce qu'elle et moi puissions parler. »

Brunetti remarqua son recours au prénom, mais s'abstint de tout commentaire.

« Comme Manuela aime bien s'arrêter et regarder les vitrines, cela nous laissait la possibilité de discuter. J'ai demandé à sa mère si les médecins lui avaient entièrement révélé l'étendue des blessures de Manuela. »

Redoutant que l'utilisation du prénom puisse avoir engendré chez Griffoni une pudeur toute féminine, Brunetti s'informa : « Le lui as-tu demandé explicitement ? »

Griffoni répondit, en lui lançant un regard neutre : « Je lui ai demandé si on lui avait dit que Manuela avait très probablement été violée avant d'être jetée à l'eau. Est-ce suffisamment explicite ?

— Oui, rétorqua Brunetti. Qu'a-t-elle répondu ?

— Elle a répondu qu'il est possible qu'on le lui ait dit mais qu'avec les années elle a réussi à occulter la période qu'elle a passée à l'hôpital au chevet de Manuela.

— Sa belle-mère le sait-elle, à son avis ?

— J'ai pensé à le lui demander, glissa Griffoni du ton le plus naturel. Elle dit que c'est impossible.

— Pourquoi ?

— Parce que si sa belle-mère l'avait su, elle serait intervenue. »

Brunetti sentait qu'elle n'avait pas fini, donc il attendit.

« Guido, je n'ai pas d'enfants, je ne sais pas ce que c'est que d'en avoir un dans le coma. Mais je l'ai crue quand elle m'a dit qu'elle a cherché à oublier cette phase de sa vie et je croirais aussi – si tu me le demandais – que, même si on le lui a dit à l'époque, elle n'a pas intégré ce qu'elle entendait. C'est tout », affirma-t-elle au bout d'un moment.

Brunetti se demanda ce que cela pouvait bien changer, que la mère de Manuela sache ou pas, qu'elle ait choisi de le croire ou pas.

« Alors allons manger un morceau avant de commencer à regarder la télévision », suggéra-t-il. Il ne savait trop si elle était surprise ou soulagée de cette proposition, mais il la vit se lever immédiatement et se diriger vers la porte.

Pendant qu'ils mangeaient des *tramezzini* dans le bar au pied du pont, Brunetti rapporta à Griffoni les propos de Rizzardi et le bref contenu d'un e-mail que Bocchese lui avait envoyé, en prélude au rapport final : « Aucune des empreintes sur le couteau ne correspond à celles de notre base de données ; l'angle de pénétration de la lame indique que le coup a été porté par une personne à peu près de la même taille que la victime, qui mesurait un mètre soixante-quinze ; il y avait deux autres couteaux semblables dans la cuisine ; beaucoup de traces d'ADN, mais il faudra un certain temps pour les analyser.

— Te souviens-tu si les portes étaient fermées à double tour quand tu es entré ?

— Non, mais, comme elles se ferment automatiquement, j'ai quand même eu besoin des clefs pour ouvrir les deux portes. Ou cette personne avait les clefs, ou Cavanis l'a fait entrer.

— Qu'en est-il de nos hommes ?

— Vianello a envoyé Pucetti et Romani pour faire du porte-à-porte et voir si quelqu'un a remarqué quelque chose, mais tu peux imaginer les probabilités. »

Comme Griffoni se garda de prononcer le moindre commentaire, Brunetti recula sur son siège et leva sa main. Premier doigt : « Il avait les clefs, ou Cavanis l'a fait entrer. » Deuxième doigt : « Aucun signe que l'appartement ait été fouillé et son portefeuille était encore dans sa poche arrière : donc nous pouvons écarter l'hypothèse d'un cambriolage. » Griffoni renonça de nouveau à tout commentaire, si bien que Brunetti conclut, en levant le troisième doigt : « Ou il est allé chez Cavanis pour discuter, et les choses ont dérapé, ou il y est allé pour le tuer. Dans ce cas, il aurait pris une arme, je suppose.

— Pour moi, c'est un geste impulsif.

— Il y avait du pain et du fromage sur la table, près de la télévision, précisa Brunetti. Mais pas de couteau.

— *Voilà**, fit Griffoni, mais sans une once de triomphe.

— Tu es d'accord avec l'idée que ce soit un homme ?

— Les femmes ne se servent pas de couteaux », déclama Griffoni, tel Euclide en train d'énoncer un nouvel axiome.

Bien qu'il se rangeât à l'avis de sa collègue, Brunetti était curieux de connaître le bien-fondé de sa conviction : « Tu en as la preuve ?

— Les cuisines, répliqua-t-elle d'un ton laconique.

— Les cuisines ?

— Les couteaux sont toujours à la cuisine, et les maris y passent chaque jour un nombre incalculable de fois, mais très peu pourtant se font poignarder. C'est parce que les femmes ne se servent pas de couteaux, elle ne poignardent pas les gens. »

Brunetti songea à s'amuser à en faire un syllogisme, mais il préféra lui proposer de rentrer voir ces émissions.

Comme l'objet de leur recherche leur échappait complètement, Griffoni et Brunetti n'avaient d'autre choix que de toutes les regarder, et attentivement, y compris la rediffusion de *The Robe*, un navet en costume qui opposait Victor Mature et Richard Burton à Caligula, en un combat qu'ils étaient voués à perdre.

Brunetti se souvenait d'avoir vu ce film sur leur vieille télé en noir et blanc quand il était encore enfant, avec son père assis derrière lui, riant et s'esclaffant face à cette histoire et s'amusant beaucoup de la fausse piété des acteurs, tandis que sa mère le suppliait de cesser de se moquer de sa religion. La scène, celle dans la vie réelle, avait terminé dans les larmes et Brunetti n'avait pas pu regarder la fin du film.

Il le regardait maintenant, le visage impassible, consterné par cette sentimentalité à deux sous et par le jeu pitoyable des acteurs et l'absurdité historique, mais il était incapable de se joindre aux rires de Griffoni, par crainte de trahir la mémoire de sa mère.

Lorsque la dernière scène à l'eau de rose fut finie, laissant la place à une page de publicité, Griffoni enfouit son visage dans les mains et s'exclama : « Et dire que la première fois que je l'ai regardé, je croyais que c'était la chose la plus merveilleuse que j'aie jamais vue ! »

Brunetti se pencha et éteignit son ordinateur, soulagé de voir l'écran noircir. La signorina Elettra les avait rejoints à pas de loup pour regarder le film et n'avait révélé sa présence que par une série de gloussements étouffés. Brisant le silence qui suivit l'obscurcissement de l'écran, elle déclara : « On ne m'a jamais demandé d'octroyer une prime de risque, mais je crois que nous l'avons tous méritée. »

Ils bavardèrent un moment, puis décidèrent de regarder une autre heure d'émission avant de rentrer chez eux. Ils suivirent les informations, où l'on évoquait un incendie dans un appartement à Santa Croce, dont Brunetti se souvenait vaguement. Il regarda du coin de l'œil et vit Griffoni remonter la manche de sa veste pour voir quelle heure il était. « On arrête à la fin des informations et je vous offre à boire à toutes les deux », proposa-t-il.

Griffoni se tourna et sourit, mais pas la signorina Elettra, que l'ennui avait transformée en statue de sel. Le journal télévisé mentionna ensuite la grève des vendeurs de tickets de vaporetto et s'acheva sur Vittori-Ricciardi, qui venait de raser sa barbe et décrivait son projet : ils avaient enfin terminé leur journée.

Brunetti eut envie d'écarter les mains et de leur dire : « Allez en paix », mais il résista à la tentation et se contenta de renouveler son invitation à aller prendre un verre.

20

Il faisait nuit noire lorsqu'ils sortirent du bar et chacun partit dans sa direction. Brunetti choisit de rentrer à pied, espérant que la vision de la beauté bannirait de sa mémoire le souvenir de l'homme mort et de la misérable existence qu'il devait avoir menée dans cet appartement. S'il en avait discuté avec Paola, il lui aurait probablement fait part de la nocivité de la télévision, bien plus grave encore que l'alcool pour le cerveau, même s'il savait que ce n'était pas vrai, pour avoir vu trop d'alcooliques donnant la preuve du contraire.

Ses pas le menèrent vers le campo dei Santi Giovanni e Paolo, mais il n'entra pas dans la basilique. Il traversa le pont Giacinto Gallina, puis un autre pont ; un autre encore, et sur la gauche parut le chevet de la Chiesa dei Miracoli. Il traversa le quatrième pont, de manière à longer cette église et adoucir son esprit à la vue de ses murs d'albâtre. Il s'arrêta sur le tout petit *campo* pour observer sa façade. Il avait entendu une fois une cantatrice se vanter qu'aucune autre soprano ne pouvait égaler ses notes aiguës ; de même, cette église avait atteint le plus haut degré de perfection.

Le temps du chemin, son âme avait recouvré la paix. Paola fut heureuse du baiser que Brunetti lui donna à son arrivée et les enfants semblèrent contents qu'il leur prête toute son attention pendant le dîner. Tout en mangeant sa soupe aux haricots, qui ne serait suivie, était-il prévenu, que de lasagnes, il se demanda pourquoi cela ne suffisait pas à la plupart des gens. *Pourquoi avaient-ils besoin d'avoir plus ?* s'étonna-t-il innocemment dans son for intérieur. Mais il n'avait pas plus tôt formulé cette réflexion qu'une voix plus mature l'enjoignit de ne pas poser de questions aussi stupides.

Paola revint peu après, apportant justement le grand plat de lasagnes sur la table. Brunetti la regarda, regarda ses enfants et déclama : « Comme tout cela me rend heureux. » Sa famille sourit en signe d'approbation, pensant qu'il parlait de la nourriture, mais c'était la dernière des choses qu'il avait à l'esprit en cet instant précis.

Après le dîner, il continua l'ouvrage d'Apollonios, qui abordait enfin l'histoire de Jason et Médée. Le mythe avait bouleversé Brunetti dès sa toute première lecture. Ce fut ensuite la découverte d'Euripide qui lui procura d'aussi fortes émotions ; il le lisait alors en italien, étant trop jeune encore pour s'y essayer en grec. Il se souvenait combien il redoutait la colère de Médée, qui transpirait à chaque page : « La haine est un puits sans fond ; je le remplirai, toujours et encore. » Ses mots avaient fait vibrer certaines cordes en lui ; il savait que ces choses étaient vraies, même s'il ne les avait jamais vues – pour le moment – en action. Combien de fois, plus tard, avait-il entendu ces confessions ponctuer sa vie professionnelle ? Médée avait anticipé les aveux, en un sens : « Je sais quels crimes je m'apprête à commettre : mais la passion l'emporte sur ma raison. »

Il abandonna le livre, en toute connaissance de cause, avant l'irruption de Jason en Colchide. Pas ce soir. Pas avec le souvenir de Manuela encore frais dans la tête et pas avec la perspective de passer en revue, le jour suivant, la vie et la mort de Pietro Cavanis.

À son arrivée à la questure le lendemain matin, Brunetti appela Bocchese pour savoir quand il pourrait vérifier les numéros appelés et les appels reçus depuis le portable de Cavanis, mais il obtint pour toute réponse que les techniciens n'en avaient pas encore examiné les empreintes digitales. Cette opération, toutefois, ne prendrait que quelques heures. Brunetti appela ensuite Griffoni et lui remémora que c'était de nouveau l'heure du cinéma, même s'il était à peine 9 heures.

Ils regardèrent ensemble pendant deux heures – et sans en discerner véritablement le but – les dernières émissions de la chaîne locale de télévision. Comme pour contrebalancer la mièvre douceur de *The Robe*, la soirée s'était close par une discussion sur les problèmes de Venise. *Est-ce que les gens, ailleurs, passaient leur temps à parler de leur ville ?* se demanda-t-il.

Étaient présents deux des maires précédents, l'un, non réélu, et l'autre, chassé. Étaient invités également un membre du parti du Centre droit, un représentant de la Lega Nord et, afin de s'assurer qu'un des composants au moins du panel ne soit pas d'une grossièreté innommable, une journaliste du *Corriere del Veneto*.

L'animateur demanda à l'homme politique du parti du Centre droit de cerner quels étaient à ses yeux les problèmes majeurs de la ville. Ce fut la dernière fois qu'un des intervenants parla seul, car l'homme politique avait tout juste commencé à répondre que l'un des anciens maires lui coupa la parole, auquel le membre de la Lega Nord coupa la parole à son tour, ce qui ne laissa d'autre choix au second maire que d'interrompre aussi ses interlocuteurs pour donner sa propre vision de la réalité.

Brunetti baissa le volume jusqu'à ce qu'ils ne fussent plus que des têtes en train de murmurer, puis inaudibles – même si elles étaient agitées de violentes secousses : un excellent sujet pour Francis Bacon. La journaliste dégagea les cheveux de son front, leva les mains comme si elle hélait un taxi, puis se résigna ; et, sortant un livre de son sac, elle se mit à lire.

« Très intelligente, cette femme, déclara Brunetti, qui posa ensuite cette question rhétorique : Crois-tu que ça ait un sens, pour nous, de regarder tout cela ?

— Ni du point de vue professionnel ni du point de vue personnel, je dirais, observa Griffoni. Plutôt renoncer à mon droit de vote, que de continuer à les voir, ou à les entendre. »

Brunetti actionna une touche, qui éjecta les participants et le modérateur dans le cyberespace, en laissant un écran vide derrière eux.

Griffoni se recula dans son fauteuil ; Brunetti nota alors, comme il l'avait déjà fait à bien des reprises par le passé, la longueur de ses jambes. « Je me souviens de la première fois où je suis allée dîner à Londres, raconta-t-elle. Tout le monde à table était anglais, sauf moi, et après l'entrée je me suis rendu compte que les gens parlaient un à la fois. Quand une personne avait fini, une autre prenait la parole, et tous attendaient qu'il ou elle ait fini avant de faire un commentaire. Chacun à son tour. » Elle sourit, puis rit à ce souvenir.

« Au début, j'ai cru qu'ils étaient en train de répéter une pièce de théâtre, ou que c'était une sorte de jeu anglais, mais après je me suis aperçue que c'est leur façon à eux de se comporter.

— Et ils font la queue, aussi », renchérit Brunetti.

Ils gardèrent un silence respectueux, puis Brunetti expliqua : « J'ai réfléchi à Cavanis et aux éléments que nous avons besoin de connaître : qui sont ses amis, ou ses ennemis. Bocchese aura fini d'examiner son portable dans quelques heures et nous pourrons disposer des numéros qu'il avait en mémoire et qu'il a appelés les jours précédents. »

Elle fit un signe d'assentiment et ajouta, en désignant l'écran de l'ordinateur où ils avaient regardé les différentes émissions : « À part les narines frémissantes de Victor Mature lorsqu'il accepta le peignoir, je n'ai rien vu d'intéressant, et certainement rien qui puisse expliquer ce qui est arrivé à notre victime. »

Brunetti regarda sa montre et leva les sourcils lorsqu'il constata qu'il n'était pas encore midi, tellement le débat lui avait semblé interminable.

« J'aimerais bien retourner parler à l'homme du bar. Avec Vianello », précisa-t-il.

Elle ne put masquer sa réaction au nom de l'inspecteur, mais Brunetti ne put déceler si elle était vexée ou surprise.

« C'est le genre de bar, se justifia-t-il. Si nous y allons ensemble…

— Alors qu'avec Vianello, c'est la complicité des mâles garantie, déduit-elle.

— Exactement. »

Elle renifla et soupira, d'un ton exaspéré et résigné. « C'est une bonne chose que le cheval de Manuela soit une femelle, sinon il est probable qu'ils ne me laisseraient pas la monter.

— Tu l'as fait ? s'enquit Brunetti avec étonnement.

« — Non. Ce week-end. Je ne suis pas d'astreinte, donc j'irai là-bas.

— Cela te manque ?

— De faire du cheval ?

— Oui.

— Est-ce que cela te manquerait de respirer ? » répliqua-t-elle.

Brunetti appela Vianello et lui donna rendez-vous à l'entrée du bar, où il retrouva le même homme derrière le comptoir ; il fit un signe de reconnaissance à Brunetti, puis hocha brièvement la tête en direction de Vianello. Tous deux commandèrent un vin blanc, même si Brunetti n'en avait pas spécialement envie. Le barman les servit en réprimant sa curiosité manifeste.

Brunetti sourit et annonça : « J'ai encore quelques questions.

— J'ai lu les journaux et les gens du voisinage en ont parlé, lui apprit Ruggiero.

— Avec probablement plus de bon sens que les rapports dans la presse, assena Vianello, commentaire que le barman accueillit d'un sourire. Aucun journaliste ne nous a appelés pour nous demander des informations, or nous sommes la police. »

Brunetti, qui avait vu une photo de la façade de l'appartement dans le journal du jour, objecta : « Ils ont dû dépêcher quelqu'un par ici, c'est sûr.

— Seulement un photographe, qui a pris une photo de la maison. Personne ne s'est fatigué à entrer pour poser des questions. » Son désappointement, face à cette injustice, était très net.

« Bien, nous en avons, nous, des questions », enchaîna Vianello avec un aimable sourire, tout en buvant une petite gorgée de vin.

Le barman se pencha plus près de lui.

« Était-ce un client habituel ? commença Vianello.

— On le voyait plusieurs fois par jour. Il venait pour un café vers midi et restait boire quelques verres de vin.

— En guise de petit déjeuner ? demanda Vianello d'un air entendu, puis il sourit.

— Je suppose que c'est le mot juste. Parfois il revenait vers 16 heures et prenait un autre café, et un peu de vin. »

Vianello hocha la tête comme si c'était une façon tout à fait normale de passer sa journée, comme ce devait être le cas pour certains de ses clients.

« Il lui arrivait de venir ici vers 20 heures pour boire quelque chose, attendre des amis, prendre quelques verres de vin ; parfois il dînait, ou continuait à boire jusqu'au moment où il rentrait chez lui.

— Avait-il un compagnon de boisson particulier ? » l'interrogea Brunetti.

Le barman haussa les épaules, en s'abstenant de répondre dans un premier temps, comme s'il était tenu par le secret professionnel. Puis il lâcha, mais à contrecœur : « Stefano dalla Lana, même s'il ne boit pas beaucoup. » Cette remarque était dénuée de toute critique, mais était tout juste un compliment. « Il est professeur », spécifia-t-il, comme pour le disculper.

Comme ni Brunetti ni le barman ne faisaient attention à lui, Vianello sortit un carnet et un stylo, et reprit la parole : « Savez-vous où il habite ? »

L'homme regarda bizarrement Vianello, comme s'il s'était soudain retrouvé dans un piège qu'il n'avait pas vu, ou dont il ne savait comment sortir. « Il habite à San Giacomo dell'Orio, au-dessus de l'ancien Billa. C'est encore un supermarché, mais il a changé de nom. » Puis, sans qu'on l'y invite, il ouvrit un tiroir et chercha un morceau de papier froissé, et lut le numéro de téléphone de dalla Lana.

« Merci, ditVianello en poussant son carnet sur le côté, geste qui détendit légèrement l'expression de l'homme.

— Cavanis vous a raconté qu'il s'était remémoré un souvenir ? » commença Brunetti. Le barman hocha la tête. « A-t-il dit quelque chose à ce propos ?

— Qu'il allait faire fortune. Mais, ajouta-t-il avec un sourire amer face à la vanité des souhaits humains, il devait toujours faire fortune. »

Se souvenant des clefs de l'appartement, Brunetti demanda : « Est-ce que beaucoup de gens venaient chercher ses clefs ? »

Le barman rit. « Je crois que pour Pietro, c'était une façon de faire de l'effet ; cela lui donnait un air bohème vis-à-vis des gens. Sur toute l'année dernière, vous êtes le seul à être venu.

— Est-ce qu'il travaillait ? » demanda Brunetti. Son devoir professionnel l'exhortait en effet à envisager d'autres mobiles possibles pour le meurtre de Cavanis, et à ne pas tenir compte seulement de son vieil acte de courage.

« Il y a des années. Il était boulanger, il travaillait pour quelqu'un dans la ruga degli Orefici. Ils ont fermé l'an passé ; ils font des plats à emporter, maintenant.

— Avait-il pris sa retraite ? Ou avait-il démissionné ?

— Non, il avait des problèmes de foie, donc il a dû arrêter de travailler et il a pris sa retraite anticipée il y a quelques années. Il vivait de cela. »

Vianello prit son air le plus narquois : « Un véritable problème de foie, ou une maladie sur laquelle il s'était entendu avec son médecin?

— Non, non, Pietro aimait son métier, aimait bien les gens là-bas. Son problème était réel ; tous les hommes dans sa famille avaient cette maladie : ils étaient tous ivrognes. » Une expression pensive sillonna le visage du barman. Il continua : « Ce n'était pas un sale type ; il n'avait pas le vin méchant, ne faisait jamais de bruit. Il n'était pas non plus violent. Je ne sais pas ce qu'il devait toucher comme retraite. Pas beaucoup. Mais il était généreux avec ses amis et il ne disait jamais de mal de personne.

— On dirait que vous l'aimiez bien, remarqua Vianello.

— Bien sûr que je l'aimais bien, confirma l'homme avec une affection sincère. Quand vous faites ce métier longtemps, vous apprenez beaucoup de choses sur les gens. Certains ivrognes sont vulgaires, certains sont agréables ; Pietro faisait partie de ceux-là, il n'y avait pas moyen pour lui d'arrêter. Cela l'aurait tu… » commença-t-il, mais il fut incapable de finir sa phrase.

Il plongea les mains dans l'eau de l'évier devenue froide et en sortit un verre. Il prit un nouveau torchon dans un tiroir et se mit lentement à l'essuyer. En le tournant et le retournant, il demanda à Vianello : « Était-ce vraiment terrible ? »

Vianello et Brunetti échangèrent un bref regard. Ni l'un ni l'autre ne parlèrent, laissant l'initiative à l'autre.

Ce fut Brunetti qui se résolut à prendre la parole : « Ç'a été rapide. »

Sans un mot, le barman rangea le verre sur l'étagère derrière lui.

21

Brunetti avait renvoyé Foa à la questure ; comme San Giacomo dell'Orio n'était plus très loin, ils décidèrent de passer chez ce Stefano dalla Lana. Tout en bavardant avec insouciance et sans prêter attention au chemin, ils arrivèrent aisément sur ce grand *campo*, qui avait tellement changé depuis le début de leur carrière. Des officiers y patrouillaient systématiquement par deux, à l'époque, car il était connu pour son trafic de drogues. Les éboueurs se plaignaient régulièrement du nombre de seringues qui jonchaient le sol chaque matin. Le processus de gentrification venait juste de commencer, mais les signes en étaient déjà éloquents : un nouveau bar, avec des tables en terrasse et un intérieur sophistiqué, où rien ne dépassait. Sans compter le bon restaurant qui s'était installé juste de l'autre côté du pont, en direction de Rialto ; et la démonstration finale, pour les résidents locaux, de ce qui les attendait : trois différents édifices enveloppés d'échafaudages.

« Je suis allé prendre un verre avec un ami à Santa Giustina, il y a quelques jours, raconta Vianello de but en blanc. Le type qui tient le bar va fermer. On lui a doublé son loyer. Pareil pour l'antiquaire. » Ils marchèrent encore une minute, puis l'inspecteur s'exclama, entre la colère et l'étonnement : « Santa Giustina, mon Dieu. Qui donc voudrait aller y vivre ?

— Des étrangers, probablement », répliqua Brunetti en entrant sur le *campo*. Ils firent le tour de l'abside de l'église et virent venir dans leur direction un homme grand et grisonnant. « Êtes-vous la police ? » leur demanda-t-il en s'approchant. Il avait une voix grave, parlait italien distinctement, mais avec le zézaiement typiquement vénitien.

« Oui, confirma Brunetti.

— Je suis Stefano dalla Lana, dit-il, mais sans tendre la main. Ruggiero du bar m'a appelé et m'a dit que vous vouliez me parler et que vous viendriez probablement me voir. J'ai pensé qu'il valait mieux vous rencontrer ici. Ma femme est du genre à s'agiter et elle serait perturbée d'avoir la police à la maison. » Il désigna l'un des bancs sous les arbres.

« Bien sûr, dit Brunetti. Je suis désolé pour votre femme.

— Oh ! Ça va. C'est juste que les mauvaises nouvelles la bouleversent plus que de raison. »

Il les conduisit vers le banc et s'assit au milieu. « Qu'est-ce que vous vouliez savoir ? » demanda-t-il. De ses yeux marron foncé irradiaient des lignes creusées par des années de dures épreuves.

« Nous avons entendu dire que vous étiez un ami de Pietro Cavanis », commença Brunetti.

Même s'il devait bien se douter que c'était la raison de leur venue, son visage se crispa au nom de son ami. Il regarda au loin, vers l'église, et, lorsqu'il se tourna de nouveau vers Brunetti, ses yeux étaient humides de larmes. « Je l'ai connu toute ma vie. Nous allions à l'école ensemble », révéla-t-il, puis il se mit à examiner les racines des arbres, le coude sur un genou et sa main en guise de visière sur le front, afin de cacher ses yeux.

Brunetti laissa le silence s'installer et attendit aussi longtemps que nécessaire. Un chien passa en courant, suivi de deux enfants, dont l'un à califourchon sur un scooter.

Dalla Lana leva les yeux. « Je vous prie de m'excuser. Je ne peux toujours pas me faire à cette idée.

— Qu'il soit parti ? s'enquit Brunetti.

— Je voudrais que ce soit juste cela, affirma dalla Lana avec un triste sourire. Qu'il ait déménagé, ou soit parti quelque part pour un certain temps. Mais qu'il soit mort... » Il s'interrompit et plaqua cette même main sur la bouche. Il secoua la tête à plusieurs reprises, comme si l'énergie imprimée dans ce mouvement pouvait suffire à changer le cours des choses.

Conscient de l'inanité de ce geste, Brunetti patienta un moment, puis déclara : « D'après un client du bar, Pietro Cavanis a dit que quelque chose allait changer dans son existence. Vous en a-t-il touché un mot ? » Dalla Lana ne répondit pas. « Comme vous étiez son meilleur ami, je me demandais s'il vous en avait parlé », poursuivit Brunetti.

Dalla Lana joignit ses mains, se pencha pour les enfouir entre ses genoux et observa le sol dans cette posture. « À l'école, nous étions les deux rêveurs. Pietro voulait faire quelque chose de grand dans sa vie : devenir médecin et soigner de terribles maladies ; devenir ingénieur et inventer quelque chose qui rendrait la vie plus facile ; ou faire de la politique et transformer la vie des gens.

— Et vous, à quoi rêviez-vous ? »

Dalla Lana regarda Brunetti furtivement, comme si personne ne lui avait encore jamais posé cette question. « Je voulais devenir poète.

— Et que s'est-il passé ? » s'informa le commissaire.

Dalla Lana secoua de nouveau la tête, commença à parler mais s'arrêta, prit une longue inspiration, puis raconta : « Pietro s'était inscrit à l'université pour faire des études d'ingénieur, mais son père est mort cet été-là et il a cherché du travail.

— Comme boulanger ?

— Comment le savez-vous ? demanda-t-il sans chercher à dissimuler sa surprise.

— C'est le type du bar qui me l'a dit.

— Vous a-t-il parlé de son père ?

— Il m'a juste appris qu'il était mort, résuma Brunetti en n'énonçant qu'un demi-mensonge, et que votre ami a dû arrêter de travailler il y a quelques années.

— À cause de son foie.

— C'est ce qu'il nous a dit aussi.

— C'est ce qui a tué son père. Le propriétaire lui a proposé le travail de son père. C'était le seul emploi qu'il ait trouvé. Sa mère n'avait jamais travaillé et son père touchait une modeste retraite.

— Je vois, fit Brunetti.

— Il n'avait pas le choix. » Au bout d'un long moment, dalla Lana expliqua : « Les boulangers doivent boire beaucoup à cause de la chaleur et à cause de leurs horaires bizarres. C'est comme cela que ça a commencé. Mais cela ne l'a pas changé, pas vraiment. Il est resté un rêveur, jusqu'à la fin. La dernière fois que je lui ai parlé, il était... disons qu'il était encore en train de rêver.

— Que voulez-vous dire ?

— Il m'a appelé une fois la semaine dernière, mais je n'ai pas pu répondre car j'étais en cours, puis j'ai oublié de le rappeler. Il m'a appelé de nouveau samedi soir. Il était tard et il était ivre. D'habitude, il ne m'appelait pas quand il avait bu. Mais, cette fois-là, il n'a pas pu s'empêcher de le faire. Il m'a dit qu'il avait trouvé de quoi me rembourser. »

À la vue de leur incompréhension, il expliqua : « Je l'aidais chaque fois que je pouvais. Ce n'était jamais grand-chose, mais ça l'aidait à payer une facture. Ou son loyer. » Face à l'expression de leurs visages, il précisa rapidement : « Cela s'est passé rarement. Et ce n'était pas beaucoup. » Il baissa les yeux de nouveau, comme s'il était gêné.

« Que vous a-t-il dit d'autre ? » s'enquit Brunetti avec douceur.

La tête toujours baissée, dalla Lana soupira : « Je ne comprenais pas bien ce qu'il me disait. En tout cas, qu'il se sentait toujours en dette envers moi. »

Il leva les yeux sur Brunetti, puis sur Vianello, puis de nouveau sur Brunetti. « Je ne voulais pas être remboursé. Je ne le lui ai jamais demandé, je ne lui ai jamais rien dit. Je voulais juste l'aider. C'était mon ami. »

Brunetti et Vianello gardaient le silence ; dalla Lana finit par reprendre : « Il m'a dit qu'il savait comment obtenir de l'argent, puis il a évoqué la télévision, mais cela n'avait pas grand sens pour moi. Je ne le comprenais pas. Je ne le comprends toujours pas. Il disait qu'il avait fait une bonne action dans sa vie et que maintenant il allait en faire une seconde, car un souvenir lui était revenu à l'esprit, et que tout irait bien. »

Dalla Lana s'arrêta et regarda de nouveau les deux hommes.

« Vous a-t-il dit de quoi il se souvenait ?

— Non. » Sa bouche se contracta soudain en signe de douleur. « Je lui ai dit d'aller se coucher et de m'appeler le lendemain. Je ne pense pas qu'il ait compris, mais il a raccroché. Et la suite de l'histoire, c'est sa mort. » Avant même que Brunetti lui demande si Cavanis l'avait rappelé, dalla Lana précisa de lui-même : « Comme il ne m'a pas téléphoné, j'ai supposé qu'il avait tout oublié. »

Par simple curiosité personnelle, et pour le distraire du décès de son ami, Brunetti lui demanda : « Et la poésie ?

— Je ne suis pas doué », répondit-il, comme si Brunetti lui avait demandé quelle heure il était et qu'il n'avait pas de montre.

Les trois hommes se turent après cette réflexion, puis Vianello finit par demander : « Si je puis me permettre cette question, pourquoi êtes-vous restés si bons amis, pendant tout ce temps ? »

Dalla Lana s'agita à ces mots et resserra sa veste sur lui. Brunetti se rendit compte alors que l'air avait fraîchi. Dalla Lana se leva et fit glisser sa paume sur l'un des troncs d'arbre plusieurs fois. Puis il revint sur le banc et les regarda. « Parce qu'il était courageux et honnête et qu'il a travaillé dur, jusqu'à ses problèmes de santé. Et parce qu'il a lu mes poèmes pendant toutes ces années et qu'il me disait comme ils étaient beaux, et combien ils l'émouvaient. »

Il donna un coup de pied à un paquet de cigarettes vide. « Que puis-je faire d'autre pour vous, messieurs ? »

Brunetti se leva et serra la main de dalla Lana. « Rien, merci. Vous nous avez déjà donné beaucoup d'éléments. »

Vianello se leva à son tour et lui tendit la sienne.
« Merci. Je suis désolé pour votre ami. »

Dalla Lana leur dit au revoir et retourna à l'endroit où se dressait Billa[1], avant que l'embourgeoisement ne vienne grignoter le campo San Giacomo dell'Orio.

.

---

1. Chaîne de supermarchés autrichienne, dont le nom signifie « à bas prix ».

22

Ils s'arrêtèrent sur le chemin du vaporetto pour prendre quelques *tramezzini*, mais ils étaient farcis d'une telle quantité de mayonnaise que Brunetti se sentit vite rassasié, à défaut d'être satisfait. Il sortit son portable tout en se dirigeant vers l'arrêt de San Biasio et appela la signorina Elettra. Il en avait assez de suivre les voies officielles ; il lui donna donc le numéro du téléphone de Cavanis et lui demanda de se procurer, d'une manière ou d'une autre, la liste des numéros qu'il avait appelés, à partir du lundi précédant son décès.

« Me les procurer d'une manière ou d'une autre, répéta-t-elle. Quelle formule élégante, commissaire. Oui, je suis sûre de pouvoir y arriver. D'une manière ou d'une autre. » Elle fit une pause, puis s'informa : « Est-ce urgent ?

— Devons-nous attendre l'autorisation d'un magistrat pour cette recherche, voulez-vous dire ?

— Oui.

— Alors non.

— Ah, fit-elle d'un ton traînant, et en envisageant, sans aucun doute, la méthode à suivre. Revenez-vous à la questure ?

— Oui, nous sommes en route.

— J'aurai les numéros à votre arrivée. »

Tandis qu'ils marchaient d'un même pas, Brunetti se répétait, en silence : *Je ne veux pas* savoir, *je ne veux pas* savoir, en scandant du pied, à chaque fois, le dernier mot. Il apprit à Vianello : « Le temps qu'on arrive, elle aura trouvé les numéros qu'il a appelés. »

Vianello se tourna pour regarder Brunetti et sourit. « Quand on sera tous licenciés, je ne sais pas si on aura droit à la retraite. »

Une demi-heure plus tard, ils se rendirent directement au bureau de la signorina Elettra. Elle eut manifestement grand plaisir à les accueillir et tendit un papier à Brunetti qui le prit et garda ses pensées pour lui. Il n'y avait que trois coups de fil d'enregistrés. Le lundi et le samedi, Cavanis avait appelé le numéro de Stefano dalla Lana : le premier appel était resté sans réponse ; le suivant, effectué à 23 h 11 le samedi soir, avait duré huit minutes. Le dernier coup de fil, qui eut lieu à 23 h 22, était une erreur de numéro. Cet appel, passé au bureau de la commission des Beaux-Arts, avait duré six secondes.

« Trop ivre pour composer un numéro, lança Vianello.

— Bizarre qu'il n'ait pas réessayé d'appeler le bon numéro, remarqua Brunetti.

— Les ivrognes sont bizarres, affirma Vianello.

— Il n'a passé aucun coup de fil le jour où il a été assassiné », observa Brunetti en levant le papier pour le placer sous leurs yeux.

Moins de vingt-quatre heures après son dernier appel, Cavanis était étendu par terre chez lui, et sans vie. Brunetti croyait peu aux coïncidences, surtout dans le cas d'un homme qui criait haut et fort que sa vie allait changer et qu'il allait gagner beaucoup d'argent. S'il y avait du vrai dans les propos qu'il avait tenus à dalla Lana, il n'avait rien fait pour atteindre ce but, du moins pas ce soir-là, et pas avec son portable. Et puis il y avait eu le meurtre. « Y a-t-il un téléphone public quelque part près de chez lui ? s'enquit-il auprès de la signorina Elettra, fort surprise par cette question.

Vianello et elle gardaient le silence ; Brunetti regarda leurs visages tandis qu'ils cherchaient à se remémorer les *calli* et les *campi* dans ce quartier de Santa Croce. Au bout d'un moment, Vianello conclut : « Ils ont presque tous disparu, n'est-ce pas ? »

La signorina Elettra leva une main, à la manière dont on fait signe à un taxi. « La compagnie de téléphone doit avoir un plan avec les cabines qui existent encore, suggéra-t-elle en regardant son ordinateur comme si c'était la voiture qu'elle avait hélée, impatiente d'y monter.

— Et alors ? demanda Brunetti.

— Si je trouve ce plan, j'envoie un de nos hommes relever les numéros de série des téléphones, et après ce sera un jeu d'enfant de trouver les numéros appelés depuis ces cabines.

— Ah », soupira Brunetti, puis il répéta « trouver », comme émerveillé par une formule magique venue du fond des âges.

Il réfléchit de nouveau à cet appel que Cavanis, visiblement, n'avait pas voulu passer avec son portable, mais comment pénétrer les arcanes de l'esprit d'un alcoolique ? L'impossibilité de joindre ce correspondant lui avait peut-être conféré un bref moment de sobriété. Ou peut-être s'était-il rendu compte, au petit matin, qu'il valait mieux pour lui ne pas se servir de son propre téléphone pour cet appel spécifique.

« Examinez donc ce plan », proposa Brunetti à la signorina Elettra, tout en songeant à une autre possibilité.

Avant leur départ, elle leur signala toutefois : « Dans le rapport médical que vous m'avez laissé, j'ai trouvé le nom du médecin de famille de Manuela, mais il a pris sa retraite peu de temps après l'accident et il est décédé il y a environ cinq ans. » Encore une impasse. Brunetti la remercia et ils sortirent. Brunetti descendit chez Bocchese et Vianello retourna à la salle des policiers.

Lorsque Brunetti arriva au laboratoire, il frappa à la porte et entra sans attendre. Le technicien leva les yeux, puis reporta son attention sur le portable qu'il était en train, visiblement, de réassembler.

Brunetti ne put s'empêcher de demander : « Est-ce le téléphone de Cavanis ?

— Non, répondit Bocchese. Mais voilà le sien. »

Brunetti lui annonça, non sans un petit sentiment de satisfaction : « Nous avons déjà les numéros qu'il a appelés. »

Le technicien hocha la tête en signe d'approbation et déclara : « Elle est douée », puis il se saisit d'un petit tournevis et en plaça la pointe au milieu des viscères exhibés de l'appareil. Il la retourna, l'enleva, puis la remit à l'intérieur et la tourna de nouveau. Le téléphone sonna, d'une sonnerie normale, semblable à celle de la plupart des téléphones fixes. Le technicien actionna une touche et le bruit cessa.

« Qu'est-ce que tu es en train de faire ?

— De réparer la sonnerie, expliqua Bocchese.

— N'y a-t-il pas une façon plus facile de procéder ? demanda Brunetti, complètement dépassé par la technique.

— Oui. Mais je l'ai fait tomber et il ne voulait plus marcher. Donc tout ce qu'il me restait à faire, c'était de rétablir les contacts.

— Je vois », fit Brunetti comme s'il s'y connaissait. Il compta six longues mesures avant de lui demander : « As-tu fini d'examiner les objets de l'appartement de Cavanis ?

— Il y a environ une heure », répondit Bocchese en tapant un numéro sur le clavier de son téléphone.

Un instant plus tard, le téléphone de Brunetti sonna. Il mit la main à la poche pour répondre, mais l'enleva en voyant le visage de Bocchese.

« Très drôle. Vraiment très drôle, assena Brunetti d'un ton acerbe, pour ne pas lui montrer combien sa farce l'avait en fait amusé. Est-ce que je peux jeter un coup d'œil ? »

Bocchese désigna du menton la table au fond de son labo. « Fais comme chez toi. » Il fit glisser le dos de son téléphone et commença à insérer les vis minuscules, pour en bloquer la partie antérieure.

Brunetti fit le tour de la table, couverte de maints petits objets. Il en reconnut quelques-uns. Il y avait une brosse à dents, avec des poils mis à rude épreuve de tous côtés, et un tube de dentifrice qui avait été pressé si fort que Brunetti n'aurait pas été étonné de l'entendre pleurer. Les quelques éléments contenus dans l'armoire à pharmacie tenaient sur une simple rangée. Il retrouva le pain de savon de Marseille. Il y avait aussi, pas très loin, des pelures d'orange et un récipient en plastique, avec un reste de nourriture noyé dans de la sauce tomate. À proximité se trouvaient une boîte de thon vide et deux bouteilles de vin de deux litres, tout aussi vides.

La table était jonchée de quatre morceaux de papier et de deux cartes téléphoniques en plastique, toutes deux mal en point et sans aucun doute mises au rebut suite au crédit épuisé. « Je peux toucher ces objets ? » demanda Brunetti au technicien, qui était en train de parler au téléphone.

Bocchese acquiesça et lui fit un signe de la main, tout en restant concentré sur sa conversation.

Brunetti sortit son carnet et le posa sur la table à côté des cartes, dont il nota soigneusement la longue série de numéros. *Big Brother ne se contentait pas de regarder*, songea-t-il ; *il était également en mesure de retracer le moindre coup de téléphone effectué avec ces cartes.*

Il tourna son attention vers les bouts de papier : c'étaient un dépliant annonçant l'intronisation d'un nouveau prêtre dans la paroisse de San Zan Degolà[1] ; un mouchoir en papier que les techniciens avaient renoncé à déplier et deux tickets de caisse de différents magasins.

Brunetti tourna les tickets de caisse ; sur le dos du second, il vit le familier 52, les premiers chiffres d'un numéro local, suivi de cinq autres. Il sortit son téléphone et composa ce numéro.

« *Soprintendenza di Belle Arti* », répondit une voix de femme après six sonneries. Brunetti raccrocha sans parler. Cavanis avait donc bien composé le numéro qu'il avait noté, mais pourquoi donc appeler la direction des Beaux-Arts ? Quelle idée ! Seul un idiot – ou un homme soûl – irait appeler un bureau municipal à 23 heures. Voire, ajouta-t-il cyniquement, à 11 heures du matin. Il remercia Bocchese et dit qu'il viendrait le consulter si jamais son propre téléphone tombait en panne.

« La plupart des gens les jettent, tout simplement », répliqua le technicien avec une désapprobation évidente.

Brunetti fit un signe d'assentiment et monta au bureau de la signorina Elettra. Comme elle n'était pas là, il recopia

---

1. Nom vénitien de San Giovanni Decollato : Saint-Jean décapité.

soigneusement les numéros des cartes téléphoniques sur une feuille de papier et lui écrivit un mot, la priant de trouver les numéros qui avaient été appelés depuis ces deux cartes. De retour dans son bureau, il sortit son téléphone et composa le numéro de dalla Lana que Vianello lui avait donné. Vu sa profession d'enseignant, Brunetti se prépara à laisser un message, mais ce dernier décrocha.

« Signor dalla Lana, je suis le commissaire Brunetti. Il y a une chose que j'ai oublié de vous demander.

— De quoi s'agit-il ? demanda dalla Lana d'une voix fatiguée, et patiente.

— Est-ce que votre ami vous a parlé récemment de la Soprintendenza di Belle Arti ?

— Je ne comprends pas votre question, commissaire. Comment Pietro pouvait-il avoir affaire à ces gens-là ? s'enquit-il, d'un ton confus.

— Il avait leur numéro de téléphone chez lui et il les a appelés après vous avoir parlé l'autre soir.

— Samedi ?

— Oui.

— Qu'est-ce qu'il leur voulait ? Et à cette heure-là ?

— Aucune idée, avoua Brunetti. Êtes-vous sûr qu'il ne les a jamais évoqués au cours de vos conversations ?

— Non. Jamais. » Puis, après un moment, dalla Lana précisa : « Il était complètement ivre quand je lui ai parlé, commissaire ; ses propos n'étaient pas très cohérents. » C'était un simple constat de la part de dalla Lana, qui ne cherchait aucunement à en tirer la moindre conclusion.

« Savez-vous qui étaient ses autres amis ? J'aurais dû vous le demander plus tôt.

— Quelques types du bar, expliqua dalla Lana après une pause, mais je ne suis pas sûr que ce soient réellement des amis. Je ne pense pas que Pietro les voyait ailleurs. Et je n'ai jamais rencontré d'autres amis à lui ; je ne pense pas qu'il en avait. »

Qu'est-ce que Cavanis pouvait bien faire de ses journées ? se demanda Brunetti. *Il allait quelquefois au bar, regardait la télévision, et buvait. Est-ce là tout ce qu'il reste à faire une fois qu'on est à la retraite ? Avec 600 euros par mois, il ne pouvait pas faire beaucoup plus*, dut-il admettre. *Mais quand même.*

« Vous a-t-il mentionné l'accident sur le canal San Boldo, où il a sauvé une fille ? s'informa Brunetti.

— Oui, il m'en a parlé au moment où c'est arrivé, mais il disait que ce n'était pas important. Il a raconté qu'il a plongé et l'a sortie de l'eau sans y réfléchir à deux fois. » Il y eut un long silence. « En fait, il en riait ; il était saoul quand il l'a fait et c'était une chance qu'il ne se soit pas noyé lui-même, plaisantait-il.

— Est-ce tout ce dont il se souvenait ?

— Pour ce que j'en sais, oui. C'est tout ce qu'il m'a jamais dit à ce propos, dans tous les cas.

— Merci, signor dalla Lana. » Puis, espérant qu'un compliment sur son ami puisse lui apporter du réconfort, Brunetti ajouta : « Cela a été très courageux de sa part.

— Oui », approuva dalla Lana, et il raccrocha.

Si Cavanis n'avait rien raconté de plus à son meilleur ami sur l'accident de San Boldo, c'était l'impasse. Mais Brunetti garda espoir, car ce même Cavanis avait affirmé se souvenir d'un détail qui allait lui faire gagner beaucoup d'argent, or on l'avait retrouvé mort peu de temps chez lui, avec un couteau planté dans le cou.

Brunetti se mit à réfléchir à la conception de l'hérésie chez Dante, pour qui c'était une forme d'obstination intellectuelle, une façon de persister dans l'erreur. Chez le poète, ce chemin menait à la damnation éternelle ; dans son cas personnel, pensa le commissaire, l'obstination intellectuelle pouvait le conduire à la Sombre Forêt de l'Erreur. Avoir sauvé partiellement Manuela des eaux du canal était la seule grande action dans la vie de Cavanis ; elle n'aurait pas dû engendrer sa mort. Les ivrognes sont téméraires, irréfléchis, inconsidérés. Ils perdent le contrôle de leur véhicule et quittent la route, ou foncent dans les murs ; ils se lancent dans des bagarres qu'ils savent perdues d'avance et ils disent des choses qui ne pourront jamais être pardonnées, ou oubliées. Ils menacent et ils se vantent, et très souvent ils poussent les gens trop fort, ou trop loin. Rien ne liait son meurtre à l'accident de Manuela Lando-Continui. Rien ne liait son meurtre à rien, hormis les soupçons de Brunetti. C'étaient bien là les effets du hasard, le chaos et les impondérables de la vie réelle.

Son téléphone sonna. Il répondit en se présentant.

« Descendez, ordonna la voix, impossible à confondre, de son supérieur hiérarchique.

— Oui, dottore », dit Brunetti en se levant.

La signorina Elettra n'était pas encore à son bureau. Il entra donc dans la fosse aux lions sans avertissement préalable ni aucune possibilité de préparer ses excuses et ses atermoiements. Brunetti n'était pas encore arrivé au centre de la pièce que Patta lui demanda instamment : « L'y avez-vous exhortée ? »

La femme de Patta ? La signorina Elettra ? La comtesse Lando-Continui ? Brunetti resta impassible.

« Je ne vois pas de quoi vous parlez, monsieur le vice-questeur, répondit-il en étant pour une fois sincère avec Patta.

— Cet e-mail, répliqua-t-il en tapant du plat de la main sur quelques feuilles disposées au milieu de son bureau. De l'assistant du ministre de l'Intérieur, pour l'amour du ciel. Savez-vous le tort que cela peut faire à ma carrière ?

— Je répète, monsieur le vice-questeur, que je ne sais rien au sujet des e-mails qui vous ont été envoyés. » Il regarda Patta dans les yeux, en espérant que la tactique mise en œuvre quand il mentait à son supérieur se révélerait aussi efficace lorsqu'il lui disait la vérité.

« Ne me mentez pas, Brunetti ! s'exclama Patta.

— Je ne vous mens pas, dottore, j'ignore tout de cette affaire, insista-t-il en osant pointer les documents devant son supérieur.

— Lisez-les avant de parler », tonna Patta d'une voix terrible, en frappant de nouveau du poing sur les feuilles et en les poussant vers Brunetti.

Une fois que Patta eut retiré sa main, Brunetti saisit les papiers et les tint à la bonne distance. La page de garde portait l'en-tête du ministère de l'Intérieur. Brunetti sortit ses lunettes de la poche interne de sa veste. Il les ouvrit d'une seule main et les chaussa. L'adresse lui apparut dans toute sa netteté, tout comme le texte.

Monsieur Patta,

Veuillez prendre note que le ministère a été informé – et s'apprête à enquêter sur la question – de graves irrégularités advenues dans un certain nombre d'investigations actuellement menées par la questure de Venise. Ces irrégularités incluent – sans s'y limiter – les constats suivants :

1. Des enquêtes non autorisées menées auprès des dossiers bancaires de citoyens privés et de certaines organisations publiques et privées.

2. Des recherches non autorisées de documents et de dossiers publics.

3. L'acquisition et la consultation de documents d'État ou d'informations confidentielles par des personnes non autorisées ou des employés civils.

4. Un comportement identique vis-à-vis des dossiers médicaux de certains individus.

5. Une tentative persistante et délibérée de masquer ces actions. Le ministère attend, avant le 14 du mois courant, un rapport complet et circonstancié de tout fait concernant ces irrégularités et la liste des personnes responsables de ces violations, ainsi qu'un récit détaillé de la nature précise de leurs implications respectives.

Vous trouverez ci-joint la liste des numéros des statuts, ainsi que les dates de promulgation des lois qui ont été violées par ces activités.

L'e-mail était signé – mais sans aucune formule de politesse – par une certaine Eugenia Viscardi, désignée sous le titre d'« assistante du ministre » et dont le paraphe illisible figurait par-dessus son nom imprimé.

Brunetti finit de lire cette page, regarda à peine la seconde, qui contenait les numéros de référence des statuts concernés et leurs dates d'entrée en vigueur. Il enleva ses lunettes et les remit dans sa poche. D'un geste exprimant toute sa difficulté à dissimuler son mépris, il laissa tomber les papiers sur le bureau de Patta.

« Et vous croyez cela, dottore ? demanda-t-il d'un ton clairement étonné. Cela ? réitéra-t-il en désignant de la main les documents maintenant posés à plat sur le bureau.

— Bien sûr que je le crois ! hurla presque Patta. Je le crois. Cela vient du ministère de l'Intérieur, pour l'amour de Dieu.

— Vraiment ? s'enquit Brunetti avec légèreté, décidé à faire de cette scène une farce plutôt qu'une tragédie. Pourquoi le croyez-vous ? »

Patta se saisit des documents. Il les leva, vérifia l'adresse de l'expéditeur et martela l'en-tête de son index à plusieurs reprises : le ministère de l'Intérieur, noir sur blanc !

« Eh bien, cela honore la personne qui l'a envoyé, je suppose. » Brunetti jouait-il une scène d'Oscar Wilde, ou de Pirandello ? Puis il enchaîna, d'une voix plus ferme : « Puis-je suggérer, pour nous épargner du temps et des efforts, et une éventuelle sensation de malaise, que nous fassions une chose toute simple ?

— Et quoi donc ? demanda Patta, désarçonné.

— Voir s'il y a bien une Eugenia Viscardi qui travaille au bureau du ministère de l'Intérieur.

— Ne faites pas l'idiot, Brunetti. Bien sûr qu'il y en a une. » Pour marquer le coup, Patta tapa de nouveau sur les papiers, cette fois avec le dos de la main. « Elle l'a signé.

— Quelqu'un l'a signé, dottore : je ne le mets pas en doute pour le moment. Mais que cette personne soit Eugenia Viscardi, et qu'une femme du nom d'Eugenia Viscardi travaille bien pour le ministère de l'Intérieur, sont deux choses complètement différentes.

— C'est impossible, rétorqua Patta d'un ton inutilement sévère.

— Eh bien, vérifions-le, proposa Brunetti.

— Et comment ?

— En demandant à la personne que vous considérez, je le crains, comme coupable de ces excès de contrôles, de vérifier si cette femme travaille effectivement à cet endroit.

— La signorina Elettra ? s'informa Patta d'une voix plus douce.

— Oui. Pour elle, c'est aussi simple que de… » Comme il ne parvint pas à achever sa comparaison, Brunetti changea sa formulation : « C'est très simple pour elle. »

N'ayant pas envie d'être témoin des doutes assaillant Patta, Brunetti regarda par la fenêtre et remarqua que les feuilles de la vigne, qui courait sur le mur entourant le jardin de l'autre côté du canal, avaient commencé à tomber.

« Pourquoi ne le croyez-vous pas ? reprit Patta.

— À cause du caractère vague des accusations, pour commencer, et ensuite à cause de leur incapacité à désigner nommément une personne. C'est une accusation générale portée à l'encontre de la questure tout entière. Et quelle valeur peut avoir une signature qui est juste scannée ? Quelle valeur légale ou quelle crédibilité peut-elle bien revêtir ? »

Patta regarda l'e-mail de plus près et le parcourut de nouveau des yeux. Il soupira et le relut une seconde fois, en suivant du bout des doigts les lignes des cinq accusations spécifiques.

Il regarda Brunetti : « Asseyez-vous, commissaire. » Une fois Brunetti assis, Patta déclara : « Il me semblait bien qu'il y avait quelque chose de faux à la première lecture. Un certain… manque de clarté, surtout dans l'expression des accusations portées. Et, bien sûr, une signature peu fiable. » Brunetti remarqua le passage à la voix passive. La signora Viscardi, assistante du ministre de l'Intérieur, dont la signature était peu fiable, n'était plus mentionnée comme l'auteur des accusations. Au contraire, ces accusations avaient été « portées » et leur formulation n'était plus attribuée à une personne spécifique. Il aurait été impossible d'embrayer plus rapidement sur une Maserati.

Brunetti observait son supérieur hiérarchique dans un silence empli de déférence, se demandant combien de temps il faudrait avant que le vice-questeur n'opère un virage complet et ne révèle que, dès le début, il avait soupçonné qu'il y avait anguille sous roche.

« Dès le début, j'ai soupçonné qu'il y avait anguille sous roche, vous savez, déclara Patta. Je suis ravi de voir que vous partagez mes soupçons. » Il sourit à Brunetti comme à un collègue qu'il tenait en haute estime. Il se recula dans son fauteuil et croisa les bras sur sa poitrine. « Des suggestions ?

— Vu les circonstances, il ne nous reste qu'une seule chose à faire, ne croyez-vous pas, signore ? »

Patta hocha sagement la tête, mais sans mot dire.

« D'abord, la signorina Elettra doit vérifier si cette madame Viscardi existe bien, expliqua Brunetti en désignant de la main les papiers posés entre eux, comme si la signora Viscardi y était déjà à moitié livrée à leur examen rigoureux. Si ce n'est pas le cas, vous déciderez alors tous deux comment répondre au mieux à cette attaque. » Il eut la prudence d'utiliser ce pronom au pluriel et de se libérer de toute implication dans cette décision.

« Exactement », confirma Patta. Le vice-questeur prit son téléphone et appuya sur quelques touches. Ils entendirent le téléphone sonner dans le bureau d'à côté. Une sonnerie, deux sonneries, puis Patta demanda : « Signorina, pourriez-vous venir un moment ? »

23

La signorina Elettra – qui réagit avec plus de scepticisme encore que Brunetti à l'e-mail en question et se livra à des commentaires encore plus âpres – parvint à dissiper les craintes du vice-questeur en un tour de main. Lorsque Patta, désormais scandalisé, exigea de savoir qui avait osé lui envoyer une fausse lettre de menace, elle ne put lui fournir aucun nom, mais lui assura, en revanche, qu'elle était à même de remonter à la source en quelques jours. Patta fut ravi de cette nouvelle, comme il l'était à chaque fois que quelqu'un se proposait de faire quelque chose à sa place.

Brunetti et elle sortirent ensemble du bureau de leur supérieur, revigorés par ses plaisants adieux. Une fois la porte fermée, la signorina Elettra apprit au commissaire que son ami Giorgio n'était pas joignable temporairement et qu'il fallait donc patienter quelques jours avant d'obtenir les informations sur les appels effectués à partir des cartes téléphoniques. Sans laisser le temps à son collègue de lui demander pourquoi elle n'empruntait pas, pour une fois, les filières officielles, elle lui expliqua que la procédure normale prendrait au minimum dix jours.

C'est ainsi que l'enquête sur la mort de Pietro Cavanis ralentit : les empreintes digitales et l'ADN laissés sur l'arme de l'assassin n'avaient aucune correspondance dans les fichiers de la police ; personne, dans le voisinage, ne se souvenait d'avoir vu quelque chose d'inhabituel près de l'immeuble de Cavanis le jour du meurtre et les quelques hommes qui le connaissaient avaient entendu de vagues rumeurs – transmises par le barman – sur le changement de fortune qui l'attendait.

Entre-temps, un jeune touriste s'était tué, aussitôt après s'être disputé au restaurant avec sa petite amie, en tombant de l'*altana*[1] de l'appartement qu'ils louaient ensemble. La police tâtonna quelques jours avant d'établir que la querelle avait éclaté à cause d'un jeune Italien qui avait poussé trop loin ses familiarités envers la jeune femme ; par ailleurs, cette dernière se trouvait dans un café, de l'autre côté de la rue, au moment de la chute de son petit copain. Leur présence dans l'appartement, s'avéra-t-il, n'avait pas été enregistrée auprès des autorités concernées, une violation qui impliqua une enquête sur le propriétaire de l'appartement, un pharmacien bien connu, et sa femme, qui travaillait au bureau du cadastre.

La police découvrit bientôt qu'ils possédaient et louaient aux touristes six appartements, dont aucuns revenus n'étaient déclarés au fisc. Ils étaient aussi les propriétaires d'un hôtel-boutique de vingt-trois pièces, qu'ils avaient aménagé dans un édifice non signalé à ce bureau, ni à la Guardia di Finanza. Ils avaient tout de même réussi à obtenir l'électricité, le gaz, le téléphone, l'eau, ainsi que les services de nettoyage des ordures, et employaient onze personnes, qui étaient toutes enregistrées auprès des autorités financières et payaient leurs impôts.

---

1. Terrasse sur les toits de Venise.

La Guardia di Finanza dispensa bientôt la police de l'affaire du pharmacien et de sa femme. Les journaux, bien que lassés de ce couple, ne parvinrent pas à attirer l'attention publique sur le meurtre commis au rio Marin, si bien que le cas de Pietro Cavanis fut remplacé par des histoires d'usuriers, par les sept cents kilos de cocaïne trouvés dans un camion transporté par le ferry en provenance de Patras, et par une bande de criminels moldaves, connus pour leurs exactions en Vénétie.

Brunetti se sentit obligé d'avouer à la comtesse que l'enquête sur l'accident de sa petite-fille stagnait et il décida de le faire en personne. Il fut surpris de trouver à la fois Griffoni et Manuela en arrivant chez elle, en fin d'après-midi, et fut encore plus surpris d'apprendre que Griffoni amenait de temps en temps Manuela voir sa grand-mère et prenait un thé avec elles, avant de ramener la jeune femme chez elle.

Le lendemain, Brunetti croisa Griffoni au rez-de-chaussée et, tandis qu'ils se rendaient dans leurs bureaux respectifs, il l'interrogea à ce propos. Elle répondit que, comme le cheval qu'elle montait à Preganziol appartenait encore, légalement, à la comtesse, le moins qu'elle pût faire pour la remercier était d'accompagner Manuela une fois par semaine chez sa grand-mère.

« De quoi parles-tu avec Manuela ? s'enquit Brunetti.

— Oh, des gens qu'on voit dans la rue, ou des vitrines, ou des chiens qui passent, et on se dit comme c'est agréable de prendre un thé avec sa grand-mère.

— Chaque semaine ?

— Plus ou moins. Cela fait plaisir à Manuela.

— De te voir ?

— De sortir et d'être avec des gens, de voir la vie dans les rues. Sa mère ne s'entend pas bien avec son ex-belle-mère et n'aime pas y aller. Ainsi avec moi Manuela peut aller voir sa grand-mère, qui est très heureuse de ses visites, expliqua Griffoni.

— Et qu'en est-il de la jument ? demanda-t-il, en faisant sa pause, une fois arrivé au deuxième étage.

— Oh, j'y vais de temps à autre, et je la sors. Petunia est adorable.

— Cela te suffit ? » Brunetti ne savait trop ce qu'il entendait par là, bien qu'il songeât en réalité à sa médaille d'argent et au type de cheval digne de participer aux Jeux olympiques.

« À nos âges, oui. Nous avons eu toutes deux le temps de nous calmer et d'accepter les choses avec plus de philosophie », déclara Griffoni. Cette remarque fit prendre conscience à Brunetti de combien il la connaissait peu, en dehors de la questure.

« Tu te promènes avec elle dans ce champ ?

— C'est ce que m'a demandé Enrichetta au début, et je m'y suis conformée. Mais, ensuite, nous nous ennuyions trop toutes les deux. Enrichetta s'en est aperçue et elle m'a autorisée à suivre les sentiers dans la forêt. C'est beaucoup mieux, affirma-t-elle en souriant.

— Je ne me souvenais pas qu'il y en avait une, là-bas.

— En vérité, c'est une plantation d'arbres fruitiers, avec des chemins entre les rideaux d'arbres, nuança-t-elle en dessinant de la main le verger. En outre, nous ne faisons rien d'extraordinaire, nous trottons juste ensemble et apprenons à nous connaître.

— Comme dans un mariage ?

— Oui, un peu », approuva Griffoni en riant, mais sans pouvoir continuer, car le lieutenant Scarpa s'approcha et s'arrêta au sommet de l'escalier. Brunetti se déplaça de manière à ce qu'il n'ait pas à passer entre eux.

« Bonjour, monsieur et madame le commissaire, dit-il en levant une main et en faisant un sourire incongru à Brunetti.

— Lieutenant, répliquèrent-ils tous deux, puis ils gardèrent le silence jusqu'à ce que le bruit de pas disparaisse.

— Je retourne travailler », annonça Griffoni qui pivota pour aller dans son bureau, et Brunetti gagna le sien.

Ce soir-là, la température chuta et il plut : des bassines, des torrents, pour ne pas dire des cascades. Le lendemain matin, les gens ne sortirent qu'une fois que la fine couche de glace formée par la pluie eût fondu. L'air était redevenu limpide et Brunetti put revoir, après des mois, les chaînes des Dolomites depuis la fenêtre de sa cuisine.

Il enfila ses chaussures à semelles épaisses, plus adaptées à la montagne qu'à la ville, sortit et tourna à l'angle de la rue. Il décida de prendre le vaporetto et prit conscience que, pour la première fois de sa vie, l'idée de tomber dans la rue avait influencé son comportement.

À son arrivée à la questure, le planton lui dit que la signorina Elettra l'attendait dans son bureau et, en réponse à sa question, lui précisa que le vice-questeur n'était pas encore là.

En entrant dans le bureau de sa collègue, il devina immédiatement qu'elle avait quelque chose de désagréable à lui dire. Ils se saluèrent et Brunetti alla s'appuyer contre le rebord de la fenêtre. Pas de soleil pour chauffer son dos, ce jour-là. C'était mardi, et elle était allée au marché aux fleurs. Son bureau était égayé de roses : trois, non, quatre vases différents, et sans aucun doute y en avait-il d'autres encore dans le bureau de Patta.

En parfait accord avec l'automne, la signorina Elettra portait une robe en laine d'un orange très vif et, autour du cou, une écharpe rouge foncé, de la couleur des chrysanthèmes. Ses cheveux, habituellement d'un châtain luisant, semblaient teintés de reflets plus roux. « Cela ne va pas vous faire plaisir, commença-t-elle sans le surprendre le moins du monde.

— Quoi donc ?

— Il y a deux choses, commissaire. Il s'est déjà écoulé une semaine et Giorgio n'est toujours pas joignable ; or il est le seul en mesure de trouver les appels passés avec ces cartes téléphoniques. Et oui, j'ai envoyé une demande officielle, mais il faudra au moins une autre semaine avant d'obtenir la moindre réponse. »

Pour Brunetti, cette nouvelle était loin d'être terrifiante et il lui dit : « Espérons que Giorgio puisse trouver ces informations au plus vite. » Il sourit pour montrer qu'il n'était ni fâché, ni impatient.

Elle fit un « hum » insolite avant de lui assener : « Et le dottor Gottardi a regardé tous les dossiers concernant Manuela et il estime qu'il n'y a aucune raison de poursuivre l'enquête. » Elle leva les deux mains en signe de résignation.

« Et ? demanda Brunetti, s'abstenant de souligner que ce Gottardi était tout sauf un magistrat accommodant.

— Il a lu votre rapport sur la connexion possible avec le meurtre de Cavanis et ne voit aucune raison d'imaginer que ces deux affaires sont liées. Ce n'est pas son enquête, mais il dit qu'elle n'a pas beaucoup avancé.

— Et donc ? » s'enquit-il poliment. Elle n'avait encore rien dit d'épouvantable ; la surprise devait résider dans l'ordre que lui réservait le magistrat.

« Et donc, il vous invite à travailler sur tout élément en lien avec la chute du jeune homme de l'*altana*.

— Pardon, fit Brunetti. Je croyais que c'était la Guardia di Finanza qui s'en chargeait.

— Pour ce qui est de ce cas précis, oui, confirma-t-elle, les yeux rivés sur le clavier de son ordinateur. Mais, d'après lui, il faudrait mener une autre enquête parallèle auprès des hôtels et des *bed and breakfast*. »

Brunetti se remémora soudain l'image d'un livre qu'il avait lu à ses enfants quand ils étaient petits : un chat sur la branche d'un arbre, disparaissant lentement et ne laissant derrière lui que son sourire menaçant. Et cette association d'idées lui rappela le sourire quasi cordial que lui avait fait Scarpa en gravissant les marches.

« C'est Scarpa, n'est-ce pas ? » s'informa-t-il.

Elle regarda l'écran de son ordinateur et fit un signe d'assentiment. « Je serais tentée de le croire.

— Comment y est-il arrivé ? demanda Brunetti, certain qu'elle le saurait.

— Vous connaissez le dottor Gottardi ? »

Brunetti avait parlé au magistrat, en poste depuis quelques mois seulement, mais il n'avait jamais travaillé avec lui avant l'enquête sur Manuela.

« Il est de Trento, n'est-ce pas ?

— Oui.

— Et ?

— Et sa famille est impliquée dans la politique locale. »

Pourquoi sa collègue lui donnait-elle ces précisions ? Peu importait la famille du magistrat ; la seule chose qui comptait, c'était qu'il pût être suffisamment stupide pour croire tout ce que lui disait Scarpa.

« Son père a été le maire de leur ville pendant trente ans, et maintenant c'est son frère aîné.

— Comment avez-vous appris tout cela ? demanda Brunetti d'un ton plus farouche que nécessaire.

— C'est mon meilleur ami qui me l'a dit », répondit-elle en tapotant le sommet de l'écran de l'ordinateur.

Cela glaça Brunetti. « Qu'est-ce que votre ami vous a dit d'autre ?

— Que la famille entière est sécessionniste. Ils veulent réintégrer l'Autriche.

— En quoi le dottor Gottardi est-il concerné ? »

Elle chassa quelque chose d'invisible sur sa jupe et expliqua : « Ce sont tous de fervents adeptes de la Lega Nord, surtout sur le chapitre immigration. Donc Gottardi a choisi de devenir la brebis galeuse de la famille. Égalité pour tous ; les immigrants et les gens du Sud doivent être traités avec respect. »

Brunetti laissa échapper un doux gémissement de ses lèvres, avant de proférer le mot de la fin : « Donc il lui faut tomber dans l'extrême opposé pour prouver qu'il les traite avec respect ? Et il se sent obligé de ménager Scarpa parce qu'il est sicilien.

— C'est un peu exagéré, objecta la signorina Elettra

— Mais pas moins vrai pour autant », insista Brunetti. Il chercha une solution, non seulement parce que l'enquête sur les hôtels pouvait être aisément menée, à son avis, par la branche en uniforme – Pucetti était certainement assez fin pour s'en charger –, mais aussi parce qu'il refusait de devenir le pantin de Scarpa.

Il vit, au visage de sa collègue, qu'elle avait une suggestion à lui faire, et la mémoire vint également à son secours : « Le faux e-mail du ministère de l'Intérieur ? » lança-t-il.

Elle sourit et hocha la tête.

« Pouvez-vous prouver que c'est Scarpa ?

— Peut-être pas de manière légale, mais la présence du véritable expéditeur transparaît en filigrane dans l'e-mail de la signora Viscardi. » Elle prononça ces derniers mots avec le plus clair mépris. « On peut facilement le remonter jusqu'au lieutenant. »

Un joueur d'échecs aurait sans aucun doute analysé la situation en termes de pions et de tours à déplacer sur l'échiquier, et octroyé des privilèges ici et là. C'était maintenant à Brunetti de mener le jeu mais, au lieu d'avancer de deux cases et de prendre l'autre cavalier par la droite, il aurait préféré donner des coups de bâton sur la tête de Scarpa.

« Quelles alternatives avons-nous ? » demanda-t-il.

Elle sourit à ce pluriel et fit un semblant de signe d'assentiment. « Il ne m'en a laissé aucune, j'en ai bien peur, répondit la signorina Elettra du ton d'une maîtresse d'école maternelle complètement exaspérée. L'époque de la gentillesse est révolue. Je vais passer aux menaces.

— Comment allez-vous procéder ?

— Je lui dirai que je vais faire suivre cet e-mail à la véritable assistante du ministre, qui est une de mes amies, et lui demander de le faire lire à ce ministre.

— Est-ce réellement votre amie ? s'étonna Brunetti face à l'ampleur de son réseau de connaissances.

— Bien sûr que non. Mais elle, au moins, elle existe, pas comme cette Eugenia Viscardi.

— Qu'est-ce que vous lui direz ?

— Que je suis en train de retracer cet e-mail jusqu'à sa source. » Elle lui fit un grand sourire, mais des plus froids, puis son visage se fit plus sobre : « Je ne peux pas imaginer qu'il ait pu être aussi négligent. » Était-ce véritablement de la déception qui perçait dans sa voix ?

« Il vous sous-estime, conclut Brunetti en guise de compliment.

— Oui, approuva-t-elle. Comme c'est humiliant. »

Sans mâcher ses mots, Brunetti lui demanda : « Qu'allez-vous l'exhorter à faire ?

— À dire au dottor Gottardi qu'il a réfléchi à la question et s'est aperçu qu'il a pris une décision prématurée, et qu'il serait peut-être sage d'approfondir l'enquête sur l'accident de Manuela.

— Pour quelle raison ?

— Pour éviter que, en refusant d'envisager l'hypothèse d'un acte criminel, le dottor Gottardi ne soit accusé de pratiquer une discrimination à l'encontre d'une personne handicapée. » Brunetti suivit le fil de sa pensée. « J'imagine, toutefois, que le dottor Gottardi la désignerait comme un "individu porteur de handicap". Cela fonctionnera-t-il avec Scarpa ? s'enquit-il, appréciant, une fois de plus, les nombreux talents de sa collègue.

— Jusqu'à un certain point. Il usera d'une plus grande prudence, je suppose, même si cela ne l'aidera pas sur le long terme, à mon avis. Le lieutenant n'est pas bête, mais je crois qu'il est temps qu'il se rende compte combien il est survalorisé.

— Vous semblez bien sûre de vos propos.

— C'est une brute et, comme la plupart des brutes, il n'a pas l'instinct du tueur. Devant quelqu'un qui n'a pas peur de lui, il bat en retraite. » Puis, avec la plus profonde conviction, elle assena : « Il fera ce que je lui dirai de faire.

— Et s'il s'y refuse ?

— Je n'en ferai qu'une bouchée. »

24

La signorina Elettra atteignit son objectif. Le lieutenant Scarpa eut l'occasion d'expliquer ses buts inavoués au dottor Gottardi et le magistrat, de son côté, suggéra à Brunetti de reprendre son enquête sur cette pauvre fille handicapée et sur le meurtre de son sauveur. L'enquête sur les hôtels et les *bed and breakfast* fut confiée à un autre commissaire – heureusement pas à Claudia Griffoni qui, craignait-on, risquait de ne pas connaître suffisamment bien les nombreuses obligations et relations enchevêtrées qui se nouaient entre les parties requérantes et les instances habilitées à délivrer les autorisations nécessaires pour ce commerce florissant.

Bien que l'enquête fût de nouveau sous sa coupe, Brunetti ne parvint pas à la faire avancer rapidement. Cavanis avait en réalité peu d'amis. Il s'était rarement servi de son portable, et seulement au sein d'un cercle étroit. À l'exception des coups de fil passés juste avant sa mort, il avait appelé peu de temps auparavant une tante à Turin, Stefano dalla Lana, l'horloge parlante, le service des marées et le cinéma Giorgione. Seuls sa tante et dalla Lana l'avaient contacté les quatre derniers mois.

Brunetti fut presque soulagé lorsqu'une maison close, tenue par des Chinois, fut dénichée dans la lista di Spagna, pas très loin de la gare, et qu'un autre magistrat lui demanda de s'occuper de ce dossier. C'était banal, véritablement, mais les entretiens et les arrestations qui s'ensuivirent menèrent à d'autres entretiens et à d'autres arrestations encore, qui dévoilèrent le trafic juteux de la prostitution organisée au sein de la province.

À mesure que cette enquête se ramifiait et occupait de plus en plus de son temps, Brunetti consacra moins de pensées à la victime et à l'horreur que lui avait inspirée la première vision de ce couteau.

La deuxième semaine de novembre, le jour de la Saint-Martin, Brunetti quitta la questure en fin d'après-midi, avec l'espoir de voir dans la rue des enfants brandissant leurs boîtes et leurs casseroles, et demandant de l'argent aux passants. Il avait fait la même chose quand il était petit, même s'il ne comprenait pas le sens de cette coutume. Mais cela ne changeait rien pour lui : autant il était heureux à l'époque d'avoir la possibilité d'obtenir de petites pièces, autant il l'était aujourd'hui d'en distribuer.

Il donna quelques euros à trois ou quatre groupes, qui furent ravis de sa générosité. Lorsqu'il prit la ruga Rialto, il fut surpris de voir Griffoni et Manuela venir dans sa direction. Au début, il les prit pour une mère et sa fille, de la même taille, marchant bras dessus bras dessous tout en parlant et en riant. Griffoni lui sourit et Manuela lui tendit poliment la main, comme si elle ne l'avait jamais rencontré.

« Nous venons juste d'aller rendre visite à la comtesse », expliqua Griffoni, qui dit ensuite à la jeune femme : « Combien coûtent ces chaussures grises en vitrine, Manuela ? Peux-tu aller vérifier leur prix ? »

Comme la vitrine était de l'autre côté de la *calle*, Manuela s'éloigna pour aller regarder. En son absence, Griffoni apprit à Brunetti : « J'imagine que je ne devrais pas te le dire, mais la comtesse ne cesse de me demander si tu as des nouvelles. » Elle garda une voix entièrement neutre, dénuée du moindre iota de reproche.

« Comment va-t-elle ?

— Elle est vieille et faible.

— Tu vas la voir souvent ?

— Pas autant qu'elle le voudrait. » Ils furent interrompus par un groupe de cinq garçons, qui les encerclèrent et frappèrent le fond des casseroles de leurs cuillères en bois, en chantant la même ritournelle de San Martino que Brunetti vociférait enfant. Il leur donna 2 euros et ils entourèrent un couple d'un certain âge, aussi ravi de ce tintamarre que Brunetti.

Revenant à Griffoni, il lui demanda : « Et la… » Il se rattrapa au moment où il allait dire « la fille » en nommant Manuela par son prénom, mais avec maladresse et il en fut gêné.

« Elle aime sortir et observer ce qui se passe dans la rue, raconta Griffoni au moment où Manuela revenait vers elle.

— Je n'ai pas vu d'étiquettes. Est-ce grave ? s'enquit-elle en les regardant tour à tour, et la vulnérabilité dans sa voix fit tressaillir Brunetti.

— Pas du tout, ma chérie, la rassura Griffoni en lui prenant le bras. S'ils sont assez stupides pour ne pas afficher le prix, tant pis pour leurs chaussures, c'est tout. »

Manuela sourit et secoua la tête. « Elles ne sont pas pour nous, n'est-ce pas ?

— Non, confirma Griffoni en lui tapotant le bras, puis, haussant la voix, à la manière d'un professeur : Dis au revoir à monsieur Brunetti, Manuela. » La jeune femme s'exécuta et Griffoni suggéra, en s'adressant ostensiblement à elle : « Peut-être nous reverrons-nous chez ta grand-mère.

— Avec grand plaisir », répliqua-t-elle aimablement, preuve des bonnes manières qu'on lui avait inculquées.

La commissaire salua poliment sa collègue et elles prirent la *calle*, en direction de l'habitation de Manuela.

Sans doute animé par un sentiment de culpabilité, Brunetti appela la comtesse le lendemain ; elle lui dit qu'elle était contente d'avoir de ses nouvelles et lui serait très reconnaissante s'il avait le temps de venir lui parler. Elle lui proposa même de se joindre à Griffoni et à Manuela pour une légère collation le mercredi suivant, si cela ne le dérangeait pas trop en plein milieu de sa semaine de travail.

Ayant pu constater comme Griffoni savait bien s'y prendre avec Manuela, Brunetti ne douta pas un instant qu'elle trouverait à coup sûr le moyen de le laisser parler seul avec la comtesse ; il accepta donc, disant qu'il en ferait part à Claudia et qu'il viendrait avec elle.

Lorsqu'il appela Griffoni, elle lui proposa de les rencontrer sur le campo San Giacomo dell'Orio pour montrer à Manuela un autre chemin. « Elle n'aime pas les changements, même pour des choses toutes simples, comme la *calle* à prendre, le prévint Griffoni. Mais si je lui dis qu'on doit passer t'y chercher, elle sera d'accord. »

Brunetti s'abstint de souligner l'importance de l'éducation des jeunes femmes aujourd'hui encore, mais Griffoni devait avoir interprété son silence différemment, car elle observa : « Elle ne peut pas apprendre à faire les multiplications et les divisions, mais elle a appris à être attentive aux besoins des autres.

— Je vous y retrouve à 13 heures », confirma Brunetti en raccrochant.

Comme il avait promis à Paola de l'accompagner à Rialto avant d'aller manger, Brunetti quitta la questure ce mercredi-là avant l'heure du déjeuner et il la rejoignit au marché. De gros nuages noirs s'étaient formés au nord en fin de matinée et le ciel s'était assombri davantage, alors qu'ils étaient encore là, à décider de leur dîner. Cristina, la poissonnière, proposa un *rombo*, mais Paola n'aimait pas son aspect et demanda donc un *branzino*[1], une variété de poisson vivement approuvée par la vendeuse. « Je pensais le servir avec des artichauts, suggéra-t-elle timidement. Et avec du riz noir et des petits pois.

— Les *Primavera Findus*[2] sont très bons. » Telle fut la réponse sibylline de la vendeuse, qui sélectionna un grand poisson et le tendit à son assistant pour le nettoyer.

Le temps de finir les courses et de prendre un verre aux Do Mori, il se mit à pleuvoir. « Tu as toujours l'intention d'aller la voir ? s'informa Paola.

— Oui.

— Même par ce temps ? s'étonna-t-elle en mettant son écharpe sur ses cheveux et en sortant un parapluie pliant de son sac.

— Oui. Je leur ai dit que j'irais.

— Bien. » Paola lui tendit le parapluie. « Tiens, tu vas en avoir besoin.

— Et toi, qu'est-ce que tu vas faire ?

— Courir. » Il la perdit de vue avant même de pouvoir réagir.

Il n'y avait pas grand monde dans la rue ; il n'eut donc pas à subir le chassé-croisé des parapluies dans les *calli* étroites.

---

1. Respectivement turbot et loup.
2. Littéralement « Printemps Findus » : marque de petits pois surgelés extra-fins.

Les Vénitiens avaient eu des siècles pour développer cette stratégie, qui consistait à en pencher le sommet d'un côté de la ruelle et à glisser le long des murs pour laisser passer la personne venant en face. Les touristes, eux, avaient deux techniques différentes : ou bien ils fonçaient sur tous les obstacles humains, ou bien ils s'arrêtaient et s'appuyaient contre le bâtiment le plus proche, en tenant leur parapluie complètement ouvert au-dessus d'eux, ce qui concentrait irrémédiablement tout le trafic des passants au centre de la rue.

L'idée d'annuler le rendez-vous avec la comtesse n'avait jamais traversé l'esprit de Brunetti. Il n'avait pas envie d'engager cette conversation, mais ce n'était pas une raison pour y renoncer. Lorsqu'il arriva sur le *campo*, il vit Manuela et Griffoni se tenant à l'abri sous la marquise d'un bar. Griffoni, qui portait une sorte de chapeau de pêcheur bleu foncé à larges bords lui couvrant parfaitement la tête, était enveloppée dans un ample imperméable qui lui arrivait au-dessous des genoux.

Il se glissa sous l'auvent, serra la main de Manuela et leur dit bonjour à toutes les deux. « Quelle belle journée ! s'exclama-t-il, remarque qui fit éclater de rire Manuela.

— Mais il pleut », parvint-elle à dire en continuant à rire de bon cœur. Lorsqu'elle s'arrêta, elle se tourna vers Griffoni et déclara : «Votre ami est très drôle, n'est-ce pas ?

— Oui », confirma Griffoni en tapotant le bras de Brunetti. Même si une rafale de vent souffla sur le store, elle leur dit : « Allons-y. Ta grand-mère nous attend.

— Est-ce que la vraie belle journée commencera là-bas ? » demanda Manuela.

Griffoni tapa ses pieds, protégés par une paire de bottillons en caoutchouc, et lui assura : « Dès que les portes se fermeront derrière nous. »

Ils se mirent en route sur ces mots ; Brunetti ouvrait la marche, car il connaissait le chemin. Il prit à droite sans réfléchir, traversa le pont, évita quelques touristes et se tourna pour être sûr que les deux femmes le suivaient bien. Un long trajet désert s'ouvrait devant eux et il accéléra le pas au moment où la pluie redoublait de violence. Un autre pont, un autre bref tronçon de rue, vite à droite puis à gauche, un autre pont encore. Pour ne pas se mouiller le dos, il tenait son parapluie presque à l'horizontale, avec le manche appuyé contre son épaule. Il entendit quelqu'un éclater de rire derrière lui.

Deux hommes en imperméable venaient dans leur direction. Comme leurs parapluies étaient baissés contre le vent féroce qui s'abattait sur eux, il ne voyait que leurs jambes et leurs grosses chaussures épaisses. La pluie avait déjà trempé le devant de leurs pantalons, comme l'arrière du sien, qui dépassait de son imperméable.

Brunetti pencha son parapluie sur le côté et les doubla rapidement, mais une nouvelle rafale le frappa au visage, le trempa et faillit lui arracher le parapluie des mains d'un coup sec. Il entendit un bruit violent provenant de derrière, tel un parapluie qui se retourne. Un autre bruit encore et quelque chose se glissa derrière son pied gauche. Il se tourna et vit qu'un coup de vent avait lancé un parapluie cassé contre lui. L'un des hommes revint pour le ramasser mais, voyant qu'il n'y avait plus rien à en tirer, le poussa sur le côté de la rue. L'autre vit le sien à ses pieds et l'abandonna. Tous deux pivotèrent et continuèrent leur chemin.

Brunetti poussa le parapluie du pied, puis entendit un cri perçant, comme celui d'un animal pris au piège. Manuela et Griffoni lui emboîtaient le pas. Il laissa tomber le sien à ce hurlement, se tourna et alla vers elles. Il vit Manuela, le dos plaqué contre la vitrine d'un magasin, les mains tendues en avant, le visage déformé par la terreur. « Non ! criait-elle à l'instar d'une sirène. Non ! » Elle chercha à partir, mais ne parvint qu'à grimper sur l'étroit rebord en pierre sous la vitrine de l'épicerie et à se serrer de plus en plus fort contre la vitre. Et hurla de nouveau : « Non ! » Comme la sirène de l'*acqua alta*, ce mot gagnait en intensité de seconde en seconde. Griffoni était à côté d'elle et la tenait par ses bras levés. Elle regarda rapidement autour d'elle et vit les deux hommes, immobiles, les cheveux trempés et leurs visages mouillés, que le choc avait vidés de toute émotion.

« Laissez-moi tranquille ! Pas ça, s'il vous plaît ! » La voix de Manuela se faisait plus perçante à chaque supplication. Brunetti se précipita vers les deux hommes et plaça les mains à hauteur de leur poitrine.

« Messieurs, je vous prie de reculer », ordonna-t-il. Ce n'est qu'à ce moment-là qu'il les vit de face et reconnut Sandro Vittori-Ricciardi, qui regardait Manuela comme s'il avait vu un spectre. Le second homme, confus et peiné, ne parvenait pas à saisir ce qui se passait. Mais Vittori-Ricciardi ne pouvait maîtriser la peur envahissant son visage sous les cris continus de Manuela, qui n'avaient plus rien de mots humains et semblaient un retour à des sons animaux.

Brunetti se plaça entre les deux hommes et les prit par le bras. Il les fit pivoter pour les écarter des deux femmes. Il continuait à pleuvoir à verse ; les trois hommes étaient trempés, mais le remarquaient à peine.

Brunetti s'adressa à l'homme qu'il ne reconnut pas : « Monsieur, je suis un policier et j'aimerais voir votre pièce d'identité. » Il sortit son portefeuille et montra sa carte officielle, mais aurait pu s'en passer : l'autre tirait déjà le sien de sa poche.

« Attendez une minute, objecta Vittori-Ricciardi. Nous n'avons rien fait, ni l'un ni l'autre. Nous n'avons pas à décliner notre identité devant qui que ce soit. Si vous voulez être utile, partez et débrouillez-vous avec cette folle avant qu'elle n'attaque quelqu'un. » Il tourna les talons, prêt à s'en aller.

Son ami, toutefois, lui recommanda : « Calme-toi, Sandro. Il n'y a aucune raison de causer des problèmes. » Il tendit sa carte d'identité à Brunetti, qui sortit son carnet et un stylo et, se penchant pour abriter la page de la pluie, nota son nom. Gianluca Bembo. Né et résidant à Venise.

« Merci, signor Bembo, dit Brunetti en lui rendant sa pièce d'identité. C'est tout ce qu'il me fallait. » Il entendait encore, derrière lui, des sanglots convulsifs et se retourna. Les deux hommes partirent.

Lorsqu'il revint vers Griffoni, elle serrait Manuela contre sa poitrine. Griffoni se pencha et l'embrassa dans les cheveux : « Tout va bien, Manuela. Nous allons chez ta grand-mère maintenant et nous allons boire quelque chose de chaud. » Comme Manuela, qui avait fini de pleurer, ne bougeait pas, Griffoni la secoua avec douceur : « C'est fini. Nous y serons en quelques minutes. »

Manuela marmonna quelque chose, mais ni Brunetti ni Griffoni ne purent saisir ce qu'elle disait, car elle gardait son visage contre Griffoni. « Je ne comprends pas, ma chérie, dit Griffoni en se dégageant légèrement, tout en lui entourant l'épaule de son bras. Qu'est-ce que tu disais ?

— Il est méchant. Il m'a fait mal. »

Griffoni lança un coup d'œil vers Brunetti, qui regardait au loin et ne voyait pas le corps corpulent de Sandro

Vittori-Ricciardi, mais la version plus jeune, plus mince, de la photo accrochée sur le mur chez Enrichetta degli Specchi : le jeune homme aux longs cheveux et rasé de près, qui lui avait rappelé quelqu'un, lui revint soudain en mémoire.

« As-tu un sac en plastique ? » demanda-t-il à Griffoni.

Elle s'apprêtait à répondre, mais trouva mieux : elle ouvrit son sac à main et en sortit un sac jaune, caractéristique de la boutique Mascari[1].

Sans même la remercier, Brunetti revint sur ses pas et ramassa le parapluie cassé, que Vittori-Ricciardi avait abandonné, avec son mouchoir encore sec. Il enveloppa soigneusement le mouchoir autour du manche et enfouit le parapluie, le manche en premier, dans le sac en plastique, puis l'empoigna pour éviter qu'il ne se mouille encore plus. Il rejoignit Griffoni, qui était en train de parler à Manuela dorénavant plus calme. « Nous allons voir ta grand-mère, maintenant.

— Et le méchant ? »

Griffoni regarda Brunetti, qui déclara : « Ne t'en fais pas, Manuela. Il ne te fera plus jamais de mal. »

---

1. Célèbre épicerie fine tout près du marché du Rialto.

25

Lorsqu'ils arrivèrent chez la comtesse, ils remirent leurs imperméables à la domestique qui disparut un instant, puis les accompagna au salon agréablement chauffé. La comtesse fut frappée de voir à quel point ils étaient trempés. Tous trois avaient laissé des traces humides par terre. Elle leva les mains lorsque Manuela voulut lui parler et lui dit, ainsi qu'à Griffoni, d'aller vite demander à Gala des vêtements secs et des pantoufles chaudes. Elle insista pour que Brunetti enlève sa veste, complètement mouillée au niveau des épaules, et lui suggéra de la suspendre sur le dossier d'une chaise. Il posa dessous le sac contenant le parapluie et y mit sa veste à sécher. La comtesse vint à ses côtés et déplaça la chaise jusqu'au radiateur.

Sans lui laisser le temps de poser une question, il l'informa qu'il devait passer un coup de fil. Surprise par la brusquerie de ses manières, elle lui indiqua une porte donnant sur une pièce plus petite : Brunetti y entra et s'enferma. Il sortit son portable de sa poche arrière et appela Bocchese, lui dit où il était et lui demanda d'envoyer un agent en bateau, afin de récupérer une pièce à conviction liée au meurtre de Cavanis.

« Ce ne peut pas être l'arme du crime, observa Bocchese sèchement.

— Mais elle pourrait porter les mêmes empreintes digitales. Et contenir le même ADN.

— Mon Dieu, répliqua Bocchese sur un ton admiratif. Et où est-ce que tu as trouvé cette preuve ?

— Par terre, dans une flaque, dans la calle del Tintor.

— Mais bien sûr ! s'exclama Bocchese. Comme nous avons été stupides de ne pas aller y jeter un coup d'œil.

— C'est le manche du parapluie qui traînait dans l'eau, explicita Brunetti. Mais je l'ai ramassé avec un mouchoir – un propre – et je l'ai mis dans un sac en plastique.

— Si Patta te licencie un jour, Guido, tu peux venir travailler dans mon labo.

— Merci. Pour quand ?

— Les empreintes, demain : c'est facile. Pour l'ADN, il faut un peu plus de temps. Tu le sais.

— Les empreintes me suffiront.

— Je connais les avocats, répliqua Bocchese, et le sien déclarera que la pluie les a altérées.

— Est-ce possible ?

— S'ils m'appellent en qualité d'expert, je les mangerai tout crus, plaisanta Bocchese.

— Tu m'envoies la vedette ?

— Tout de suite. »

Brunetti raccrocha. Quand il revint dans l'autre pièce, la comtesse était assise dans l'un de ses fauteuils peu confortables, la tête posée sur le dossier. Elle le regarda sans un mot et il nota, dans la faible lumière, son teint gris de fatigue.

« Quelqu'un va venir le chercher, lui dit-il en désignant le parapluie retourné enfilé dans son sac en plastique jaune.

— Si vous le donnez à Gala, elle risque de le remettre à l'endroit », le prévint-elle. Il ramassa le sac, sortit dans le couloir et trouva la domestique, petite et avenante. Quand elle lui prit le sac des mains, il lui expliqua que c'était une preuve pour la police et que seul l'homme qui allait venir le chercher avait le droit d'y toucher.

Elle regarda Brunetti étrangement, et plus étrangement encore le sac, puis lui proposa de le poser par terre, près de la porte. Elle le montrerait à l'agent en question, dit-elle, et Brunetti n'avait donc aucune raison de s'inquiéter. Puis elle sortit, d'une petite commode, un épais chandail et le lui tendit, au cas où il aurait envie de le mettre sur ses épaules. Et Brunetti en avait bien envie.

Il retourna au salon, où Griffoni et Manuela étaient maintenant installées à une grande table ronde, chacune emmitouflée dans un énorme pull en laine. Griffoni lui lança un coup d'œil furtif. Manuela était assise tranquillement, les yeux rivés sur ses mains, serrées l'une contre l'autre sur ses genoux. Elle ne prêtait attention ni aux gens autour de la table ni aux objets posés dessus.

La table était couverte, cette fois, d'une montagne de sandwiches à base de pain de mie, de gâteaux aux fruits confits et aux raisins secs, d'éclairs fourrés et d'un gâteau à la crème, décoré de fraises fraîches.

Le gâteau trônait devant la comtesse. Brunetti prit alors la dernière chaise près d'elle, où il aperçut, à son grand soulagement, un petit verre en cristal et, à proximité, une bouteille non entamée du whisky dont il avait bien gardé la marque en mémoire.

Griffoni servit du thé à la comtesse, puis s'en servit une tasse et en remplit une pour Brunetti, en réponse à son signe de tête. Quelque chose de chaud, vite quelque chose de chaud.

Brunetti se tourna vers la comtesse et remarqua comme elle semblait petite, assise à ses côtés. Même s'il ne s'était même pas écoulé tout à fait un mois, et que son visage n'avait pas changé, elle était devenue plus menue, et plus chétive.

« Que puis-je vous offrir, madame la comtesse ? » demanda-t-il en indiquant toute la nourriture étalée devant eux.

Avant de répondre, la vieille dame regarda Griffoni, en train de parler à Manuela qui se taisait. « La vérité, répondit-elle d'une voix douce.

— Mangeons et buvons d'abord quelque chose », suggéra Brunetti.

Elle prit la bouteille et enleva la vignette fiscale scellée sur le goulot, puis retira le bouchon.

Ils mangeaient sans mot dire et Griffoni brisait de temps à autre le silence par des commentaires sur les mets, adressés à la comtesse, ou en encourageant Manuela à goûter le gâteau à la crème. Le goûter fini, Griffoni se leva et prit Manuela par la main. « Viens, ma chérie, allons dire à Gala comme c'était bon. Cela lui fera plaisir. » Cette idée sembla plaire à Manuela, qui se leva et laissa son Coca-Cola et une part de gâteau à moitié mangée.

Dès que la porte fut refermée derrière elles, Brunetti raconta : « En venant ici, Manuela a rencontré un homme dans la rue et a perdu tout contrôle. Elle était terrifiée.

— Quoi ? demanda la comtesse d'une voix perçante.

— Elle lui criait de ne pas lui faire de mal et reculait pour s'écarter de lui. » Avant même qu'elle ait pu poser la moindre question, Brunetti ajouta : « Vous le connaissez.

— Qui est-ce ?

— Alessandro Vittori-Ricciardi. »

La comtesse posa sa tasse d'un geste si violent que le thé jaillit sur un côté et inonda la soucoupe. « C'est impossible. Manuela ne l'a jamais rencontré.

300

— Elle était terrifiée, lui répéta Brunetti sans tenir compte de sa remarque. Comment en est-il arrivé à travailler pour vous ?

— Il m'a été recommandé par un ami commun.

— Qui ?

— Roberto Severino. »

Brunetti le connaissait. C'était un architecte, quelqu'un d'honnête.

« Alessandro a fait du très bon travail pour nous, poursuivit-elle. Il a du style et de l'imagination. »

Et de quoi inquiéter, songea Brunetti.

La comtesse attendit pour voir s'il continuerait. Comme il se tut, elle demanda instamment : « Comment pourrait-elle être terrifiée par quelqu'un qu'elle ne connaît pas ?

— Est-ce que Vittori vous a présenté un curriculum quand il a posé sa candidature pour travailler avec vous ?

— Bien sûr.

— A-t-il précisé s'il savait monter ?

— Monter ?

— Des chevaux.

— Je ne crois pas. Je m'en serais souvenue.

— Avez-vous toujours son curriculum ?

— Je pense que oui. Il a dû être conservé au bureau de la fondation. Pourquoi me demandez-vous cela ?

— Sur l'une des photos à l'écurie où Manuela montait son cheval, il y a un homme qui lui ressemble beaucoup.

— Et qui a vu cette photo ? s'enquit-elle sans chercher à masquer son scepticisme.

— Moi. Quand je suis allé à l'écurie avec Claudia.

— Êtes-vous sûr que c'est bien lui ?

— Je n'ai pas eu le temps de parler à la femme qui s'en occupe. »

La comtesse se tut.

« Pouvez-vous me dire jusqu'à quel point vous le connaissez ? » Comme elle ne répondit pas, il reformula sa question. « À quel rythme le voyez-vous ? » Il se souvint de la familiarité dont Vittori-Ricciardi avait fait montre à l'égard de la comtesse.

« Deux, trois fois par an.

— C'est tout ?

— Pourquoi devrais-je le voir plus souvent ?

— Son discours, lors de votre dîner, laissait entendre des rencontres plus fréquentes.

— C'était de la pure flagornerie. J'en entends tout le temps, des flatteurs, affirma-t-elle comme si elle parlait du bulletin météorologique. Nous sommes en train de décider qui décrochera le contrat pour la restauration de huit nouveaux appartements. » Elle s'interrompit au retour de Claudia et Manuela.

« *Nonna*[1], Gala m'a dit que c'est toi qui lui as donné la recette pour le gâteau aux fraises. » Son passage à la cuisine avait atténué, ou même chassé, toute son anxiété.

La comtesse sourit et tendit la main à Manuela, qui vint docilement vers elle et la lui prit. « Elle exagère, ma chérie. Un ami m'en avait proposé un jour comme dessert, et je lui ai simplement demandé de me donner la recette, car j'ai pensé que tu l'aimerais. Je suis heureuse qu'il en soit ainsi. » Comme Manuela ne dit rien, la comtesse lui posa la question directement : « Tu l'as aimé ?

— Oui, c'était très bon, *Nonna*. Claudia est d'accord avec moi, ajouta-t-elle en regardant son amie de côté, n'est-ce pas, Claudia ?

_____

1. Grand-mère.

— Oui, il est délicieux.

— Mais vous n'en avez pas repris un morceau, constata Manuela d'un air confus.

— Je suis invitée à dîner ce soir, donc il faut que je garde un peu de place », explication qui sembla satisfaire la jeune femme. Puis, regardant sa montre, Griffoni proposa : « Viens, Manuela. Il ne pleut plus et il est temps de rentrer à la maison. »

Brunetti se leva, laissant son verre de whisky à moitié plein, plia le pull sur le bras de son fauteuil et enfila sa veste. Comme par télépathie, Gala apparut à la porte avec leurs imperméables humides. Ils s'embrassèrent et se serrèrent la main, et regagnèrent le campo Santa Maria Mater Domini. La pluie avait cessé, mais l'air semblait avoir rafraîchi, sans compter que leurs vêtements mouillés devaient contribuer à cette sensation.

Manuela lâcha le bras de Griffoni pour aller zigzaguer dans les *calli*, en regardant les vitrines ou en évitant les flaques, mais sans jamais trop s'éloigner.

« Est-ce qu'elle t'a dit quelque chose sur ce qui s'est passé ? » demanda Brunetti à voix basse.

Griffoni secoua la tête. « Le temps d'arriver chez la comtesse, elle s'était calmée. Elle était heureuse — tu l'as vue — au moment où nous avons mangé le gâteau et elle était redevenue tout à fait normale dans la cuisine avec Gala. » Manuela revint et redonna le bras à Griffoni pendant quelques pas, puis la lâcha et marcha de nouveau devant eux.

« Tu crois que c'est l'homme qui l'a agressée ? »

Brunetti leva les sourcils en une expression difficile à interpréter. « Je pense qu'il a travaillé aux écuries, peut-être quand elle y était. Sur l'un des murs du bureau, il y a une photo avec un homme qui lui ressemble. Quand je l'ai rencontré la première fois, il avait une barbe, donc je ne l'ai pas reconnu. Mais, maintenant qu'il a rasé sa barbe, je suis sûr que c'est lui. » Brunetti ralentit son rythme et se tourna pour regarder sa collègue en face : « Tu l'as vu. »

Griffoni s'arrêta. « Quoi ? Quand cela ?

— Il était dans l'une des émissions que nous avons regardées à la télévision, où il parlait d'un projet auquel il était en train de travailler, une histoire de plaques sur des édifices, et d'éléments historiques. »

Comme elle ne comprenait pas, il précisa : « Cavanis ne captait qu'une seule chaîne sur sa télé, c'est celle où il est passé. »

Griffoni le coupa : « Il s'agit des Beaux-Arts. » Elle le prit par le bras pour souligner cet état de fait : « Se chargeant de toute opération de ce genre.

— Les Beaux-Arts, soupira Brunetti en songeant au numéro de téléphone sur le bout de papier trouvé dans l'appartement de Cavanis et aux propos qu'il avait tenus à Griffoni à ce sujet.

— Comment s'appelle-t-il ? demanda-t-elle d'une voix qu'elle cherchait, de toutes ses forces, à garder calme.

— Alessandro Vittori-Ricciardi. »

Elle secoua la tête pour montrer que son nom ne lui disait rien. Tous deux réfléchirent, en silence, à la situation. Manuela les rejoignit ; les voyant figés comme des statues, elle crut que c'était un jeu et leva donc un bras, tout en posant l'autre main sur la hanche. Elle resta immobile ainsi un moment, puis s'en fatigua et retourna regarder une autre vitrine.

« Cavanis l'a reconnu, énonça Brunetti lentement, sa pensée ayant déjà bien devancé ses mots.

— Et il leur a téléphoné parce qu'il était ivre et qu'il ne se rendait pas compte de l'heure qu'il était, lui fit écho Griffoni, tel un *Christe eleison* en réponse au *Kyrie eleison*.

— Et ils ont fini par l'appeler », conclut Brunetti pour clore la litanie.

La voix de Griffoni changea soudain et s'emplit de gravité. « Ce sont toutes des preuves par présomption, Guido. Un bon avocat nous dégommerait en un quart d'heure.

— Mais c'est son parapluie que j'ai ramassé, rétorqua Brunetti. Bocchese l'a en main, maintenant. »

Elle se tut. Manuela revint leur demander rapidement s'ils étaient encore loin de chez elle et fut ravie d'entendre que non. Dès qu'elle repartit, Griffoni demanda : « Qu'est-ce que tu vas faire, d'ici ses résultats ? »

Brunetti sortit son portable et déclara : « J'appelle Enrichetta degli Specchi pour voir si elle a encore la liste des gens qui travaillaient aux écuries, il y a quinze ans de cela. »

26

Sandro Vittori, devenu Vittori-Ricciardi par l'opération du Saint-Esprit, travaillait effectivement dans cette école d'équitation à l'époque où Manuela y était inscrite. Son activité consistait à nettoyer les écuries et à tenir la bride des chevaux montés par les plus jeunes élèves pendant leurs exercices au manège. Enrichetta degli Specchi parvint à retrouver sa lettre de candidature et les bulletins de salaire des six mois où il avait été embauché chez eux. Elle rappela Brunetti pour lui annoncer qu'elle avait aussi trouvé la copie de la lettre de licenciement que son défunt mari avait envoyée à Vittori, lui interdisant de remettre les pieds dans ses écuries. Elle promit, à sa demande, de la lui faxer à la questure, mais elle lui en lut quelques phrases au téléphone : « … inacceptable qu'une de mes élèves soit traitée d'une manière aussi peu respectueuse… jeunes filles placées sous ma responsabilité… actions qui ne peuvent être tolérées. »

Après avoir lu ces lignes, elle expliqua : « Mon mari était un… une personne très réservée. C'était une tombe. Même s'il savait quelle jeune fille avait été importunée par cet homme, il ne l'aurait révélé à personne.

— Merci, signora. »

Brunetti reçut le fax à leur arrivée à la questure. La lettre était datée de deux semaines avant la chute de Manuela dans le canal, formule qui lui sortait par les yeux. Malgré leur force, les expressions qui lui avaient été lues laissaient le champ libre à l'interprétation des actions véritablement commises par Vittori. « D'une manière aussi peu respectueuse, actions ne pouvant être tolérées. » Elles pouvaient signifier tout et rien, et aller de simples propos aguicheurs à une tentative de viol.

Brunetti insista pour parler au magistrat Gottardi ; à la fois sceptique et intéressé par la description de la réaction de panique de Manuela à la vue de Vittori dans la rue, il répéta qu'ils ne pouvaient rien faire en l'absence de correspondance avec les empreintes digitales, ou avec l'ADN.

Brunetti recourut aux compétences que lui avait transmises la signorina Elettra – des compétences parfaitement légales – et vérifia le casier judiciaire de Vittori ou Vittori-Ricciardi. Aucun de ces deux noms n'apparut au sein ni de la liste provinciale ni de la liste nationale des criminels notoires, information qu'il donna à Gottardi.

« Ce délai permet à Vittori de se trouver des excuses, de se fabriquer un alibi en cas de besoin, déplora Brunetti, qui fit un dernier effort auprès du magistrat pour le persuader d'agir.

— Cela nous donne le temps d'acquérir des preuves tangibles », rétorqua Gottardi, qui mit fin à leur conversation. Brunetti se concéda alors une pause, le temps d'appeler Griffoni et de lui faire part de la position de Gottardi, avant de rentrer chez lui, l'âme en peine, et encore humide de pluie.

Le lendemain, histoire de s'occuper dans l'attente des résultats de Bocchese, il décida de se pencher sur la question des prostituées chinoises, qui semblaient avoir disparu, comme balayées de la Vénétie par un cataclysme naturel.

Ainsi apprit-il que ces femmes, dont aucune n'avait décliné son identité au moment de leur arrestation, avaient été relâchées, à condition de revenir le lendemain avec leurs papiers. Aucune ne s'était exécutée et lorsque la police se résolut à aller finalement les contrôler à domicile, personne – aux adresses correspondant à un étal de légumes et à un bureau de tabac – ne savait de quoi parlaient ces agents.

Les propriétaires italiens des appartements où les femmes avaient été installées furent dûment choqués d'apprendre que le gentleman chinois qui avait signé les baux de location leur avait fourni de fausses informations et ne pouvait être retrouvé. Toutes ces femmes, ainsi que le gentleman, étaient désormais introuvables.

Ses réflexions furent interrompues par un appel de Bocchese qui lui annonça sans ambages : « Tout – empreintes et ADN – a été altéré par la pluie et il y a des traces d'au moins trois différentes personnes. Je pourrais soutenir qu'elles correspondent aux empreintes sur le couteau, mais un bon avocat me couvrirait de ridicule.

— Merci », dit Brunetti, à court d'arguments. Trop d'ambiguïté. Trop de preuves non concluantes.

Il avait perdu la notion du temps à la lecture de ses dossiers et s'aperçut que la lumière du jour avait décliné, même s'il était encore trop tôt pour rentrer chez lui.

Peut-être qu'une conversation avec Vittori, à propos de son nom de famille rajouté, pourrait lever les doutes sur certaines des informations qu'ils détenaient. Il sortit l'annuaire du tiroir du bas et se rendit compte combien une si simple et si courante action, comme consulter ces pages, était devenue un rituel archaïque.

Il trouva les noms à la lettre V puis, sans la moindre difficulté, un Alessandro Vittori-Ricciardi – il ne pouvait y en avoir deux dans la ville – résidant à San Marco. Il appela et entendit une voix enregistrée l'enjoignant de laisser un message, ou d'essayer d'appeler le deuxième numéro proposé.

Il le composa et entendit : « Vittori-Ricciardi.

— Ah, signore, commença Brunetti du ton le plus affable. Je suis le commissaire Guido Brunetti. Nous nous sommes croisés hier.

— Je vous demande pardon ?

— Nous nous sommes croisés sous la pluie, dans la calle del Tintor. Vous étiez avec votre ami, signor Bembo. Vous vous en souvenez certainement.

— Ah oui, bien sûr, confirma-t-il d'une voix bien plus cordiale. En quoi puis-je vous être utile, monsieur le commissaire ?

— En m'accordant quelques minutes, dit Brunetti d'un ton non moins cordial. Il y a certains points que je voudrais clarifier avec vous.

— Je crains de ne pas comprendre », objecta Vittori-Ricciardi.

Brunetti continua, comme si de rien n'était : « Ce n'est qu'une formalité, signore, mais j'aimerais discuter de la réaction de la jeune femme qui m'accompagnait lorsqu'elle vous a vu.

— Vous savez qu'il y a quelque chose qui ne tourne pas rond chez elle, répliqua Vittori-Ricciardi vivement. Vous ne pouvez pas prendre au sérieux ce qu'elle raconte.

— Vous la connaissez donc ? » s'enquit Brunetti avec douceur.

Vittori-Ricciardi mit un certain temps à répondre mais, lorsqu'il prit la parole, il usa d'un ton farouche : « Bien sûr que je la connais. C'est la petite-fille de mon employeur.

« — Ah, soupira Brunetti puis, comme s'il avait oublié : Très juste. » Il attendit pour voir si son correspondant ajouterait quelque chose.

« Ou, plutôt, je sais des choses sur elle, se corrigea Vittori-Ricciardi.

— Et vous l'avez reconnue ? » demanda Brunetti innocemment.

Il s'ensuivit une autre pause, plus longue que la précédente. « On me l'a montrée dans le passé.

— Je vois, fit Brunetti calmement. Cela vous dérangerait-il de venir me parler, signor Vittori ?

— Où ?

— À la questure. C'est là que je travaille, précisa-t-il du ton le plus doucereux.

— Quand ?

— Pourquoi pas demain matin, suggéra Brunetti aimablement.

— À quelle heure ?

— À l'heure qui vous arrange.

— Euh », commença-t-il, et Brunetti s'aperçut qu'il avait affaire à un homme qui, tout intelligent qu'il fût, n'était pas bien courageux : il aurait pu facilement refuser la requête de Brunetti, mais s'en abstint. « Onze heures ?

— Parfait, je vous attendrai », conclut Brunetti de sa voix la plus amicale avant de raccrocher.

Il appela immédiatement Griffoni, dont la présence lui semblait importante au cours de cet entretien. « Vittori-Ricciardi vient demain matin à 11 heures, dit-il en guise de salutation. J'aimerais que tu sois là pendant mon interrogatoire.

— À quel titre ? répliqua Griffoni, question qui fit rire Brunetti.

— En tant que femme séduisante qu'il peut essayer d'impressionner avec son charme et sa grâce.

— Une femme pas aussi intelligente que lui, qui n'a d'yeux que pour lui et qui fond dès qu'il ouvre la bouche ? s'assura-t-elle.

— Exactement.

— Et dont l'intérêt qu'elle lui porte le distraira de ses propos pendant que tu l'interroges, tellement il cherchera à impressionner cette femme.

— Oui.

— Et cette femme est-elle censée s'habiller d'une manière spéciale ? s'informa-t-elle.

— Je te laisse toute latitude, Claudia », déclara-t-il, avant de lui dire qu'il la verrait le lendemain.

27

Le lendemain matin, Brunetti se rendit au bureau de Griffoni peu après 10 heures et ne put réprimer un sourire lorsqu'il la vit. Ses cheveux étaient une crinière de frisettes blondes, retenues en arrière par un ruban noir si souple que plusieurs mèches folles parvenaient à s'en échapper. Elle portait un pull beige, juste assez moulant pour attiser le regard d'un fin connaisseur et lui laisser deviner la dentelle ourlant le sommet de son soutien-gorge. Sa jupe marron foncé, à la bonne longueur, lui arrivait au-dessus des genoux et mettait en valeur ses mollets parfaitement galbés.

Son maquillage était discret : juste un trait d'eyeliner et un rouge à lèvres rose pâle. On aurait pu la voir comme un sévère officier de police, mais elle dégageait, en réalité, un tout autre potentiel.

« Tous mes compliments, lui dit Brunetti, manifestement admiratif.

— Merci, commissaire, répliqua-t-elle en papillonnant des yeux. C'est flatteur pour une femme de savoir qu'elle suscite l'approbation masculine.

— Suffit, Claudia, dit-il et il s'assit sur la simple chaise en bois que les visiteurs utilisaient dans son minuscule bureau. Il a reconnu Manuela et il m'a demandé de ne rien croire de ce qu'elle a dit, parce qu'il y a quelque chose qui ne tourne pas rond chez elle. »

Le visage de Claudia perdit toute expression à ces mots. Au bout d'un moment, elle demanda : « A-t-il dit autre chose ?

— Non, pas vraiment. Qu'il ne l'a jamais rencontrée, qu'on la lui a "montrée de loin". Je lui ai demandé de venir me parler ; il a accepté.

— Est-il aussi stupide que cela ?

— S'il vient sans avocat, il l'est.

— Pourquoi a-t-il accepté ce rendez-vous ?

— À mon avis, parce qu'il ne lui est pas venu à l'esprit que nous ayons pu l'associer à Cavanis.

— Tu as probablement raison. Nous l'avons croisé complètement par hasard et il est naturel que le comportement de cette femme vis-à-vis de lui nous ait intrigués, et il n'y a aucune raison pour que nous fassions un lien entre cet incident et Cavanis. »

Brunetti essaya de se mettre dans la peau du jeune homme, sûr de lui et imbu de sa personne. « Et c'est une fine mouche : il sait qu'elle n'est pas en mesure de témoigner.

— À cause de son état ? poursuivit Griffoni.

— Oui, approuva Brunetti. Et parce que aucune personne saine d'esprit ne lui demanderait de le faire. »

Cette fois, Claudia fit un signe d'assentiment. Elle fixa le mur au-dessus de sa tête si intensément qu'il n'osa pas l'arracher à cette vision. Elle finit par déclarer : « Tout cela n'a aucun sens, à moins qu'il ne l'ait violée, n'est-ce pas ?

— Exactement. Si Cavanis s'était effectivement souvenu de la scène et lui en avait fait part, Vittori se serait senti obligé de commettre un second crime pour masquer le premier. » Brunetti frissonna à cette expression, qui lui rappela le *Macbeth* qu'il avait vu à Londres avec Paola. Macbeth aussi était convaincu qu'il n'avait pas le choix.

Elle jeta un coup d'œil à sa montre et demanda : « Est-ce que je ne devrais pas retarder mon arrivée de quelques minutes ? Cela me permettrait d'être surprise et charmée en même temps, non ?

— On dirait que, pour toi, c'est un scénario plutôt bien rodé, observa Brunetti.

— À Naples, les bonnes vieilles habitudes durent plus longtemps, Guido. Ces idées ont encore libre cours. »

Il se leva de la chaise, en fit le tour aisément et gagna la porte. « Je vais aller leur dire, à l'entrée, de te faire savoir quand il arrive.

— Je compterai les minutes. »

Brunetti avait pensé agrémenter la scène d'accessoires et était donc descendu chez la signorina Elettra plus tôt, pour lui demander tous les dossiers qu'il avait encore à lire. Il les apporta dans son bureau et en mit quatre ou cinq à sa droite et empila les autres juste en face de lui. Il ouvrit le premier, qui établissait les nouveaux règlements pour l'utilisation des voitures de fonction pour des voyages professionnels. Il en parcourut cinq pages, le ferma et le posa, se demandant à quoi bon envoyer un tel dossier à la police de Venise.

On frappa à la porte. Il ouvrit le dossier suivant et dit « Entrez », en regardant la première page. Il laissa s'écouler trois longues secondes avant de lever les yeux et aperçut Vittori debout dans l'embrasure de la porte. Il était seul ; il était venu effectivement sans avocat : Brunetti ne pouvait le croire. Il sourit.

« Ah, signor Vittori, s'exclama le commissaire en persistant à éluder le second nom de famille. Merci d'être venu me voir. » Il se leva, mais resta derrière son bureau, pour marquer clairement sa suprématie territoriale : il appliquait cette stratégie avec les visiteurs capables de l'intégrer, ne serait-ce qu'inconsciemment. « Je vous en prie », dit-il en indiquant d'un signe de la main les deux fauteuils devant son bureau.

Vittori, qui portait un costume gris foncé avec une cravate jaune rayée, garda le menton levé et fixa Brunetti, mais ses pieds hésitaient et il mit un certain temps à traverser la pièce. Sa barbe cachait autrefois la rondeur de son visage et dissimulait son double menton : maintenant qu'il ne l'avait plus, il semblait plus jeune, mais aussi plus corpulent. Sa bouche, en revanche, paraissait plus fine.

Vittori lui tendit la main et Brunetti la serra rapidement. Sa poigne était à la fois forte et timide, comme s'il voulait tester la volonté du commissaire de sortir victorieux – indépendamment de la signification que pouvait revêtir cette victoire. Brunetti relâcha vite sa prise.

Vittori s'assit et remonta les jambes de son pantalon de manière à ne pas le froisser au niveau des genoux. Brunetti jeta un coup d'œil furtif au revers et à l'encolure de sa veste et admit que le costume était digne de ces précautions.

Il attendit un moment, mais Vittori restait silencieux, conformément à la tactique qu'il avait dû probablement imaginer. Son regard était attentif et intéressé, mais aussi légèrement confus, sans doute pour exprimer sa perplexité face à cette convocation personnelle de la police ; pourquoi lui parmi tant d'autres ?

« La comtesse m'a parlé de vous, commença Brunetti avec un sourire affable, lui suggérant ainsi qu'il était très proche d'elle. Elle est ravie de votre travail et vous trouve plutôt doué. »

Vittori regarda le bout de ses pieds, en un geste affecté de modestie. « C'est aimable à elle de tenir de tels propos.

— Quel type de design concevez-vous pour elle ? demanda Brunetti avec un intérêt sincère.

— Celui des appartements qui seront loués à de jeunes couples. Les étages des *palazzi* vont être divisés en unités plus petites, mais qui auront toutes les mêmes dimensions, et une décoration et des finitions similaires.

— Pour quelle raison ?

— De manière à ce que personne ne se sente floué en voyant l'appartement de ses voisins. Il n'y aura aucune différence notable entre eux.

— Pardonnez-moi ma curiosité, énonça Brunetti, sachant qu'il était important d'établir rapidement le schéma questions-réponses au sein d'un entretien, quel est le montant du loyer et quelle est la taille des appartements ?

— Ils mesurent tous entre cent et cent dix mètres carrés environ et se composent de deux chambres et deux salles de bains. Le loyer s'élève autour de 500 euros par mois.

— Mais c'est donné ! s'exclama Brunetti, authentiquement surpris.

— C'est le but, répliqua Vittori en souriant fièrement. C'est pour que les jeunes gens ne partent pas vivre ailleurs.

— Eh bien, bravo Demetriana, conclut Brunetti en la désignant avec désinvolture par son prénom, comme si c'était dans ses habitudes. Je savais que les loyers étaient modiques, mais elle ne m'avait jamais dit à quel point. » Cela était relativement vrai. Puis il ajouta, d'un ton élogieux : « C'est un excellent projet.

— C'est dommage qu'il ne soit pas davantage suivi dans la ville, constata Vittori.

— Je ne saurais vous approuver plus fortement. Je pense… » Brunetti fut interrompu par un coup frappé à la porte de son bureau. « *Avanti* », dit-il. La porte s'ouvrit et Griffoni fit son entrée. Elle avait eu le temps de se remettre du rouge à lèvres, remarqua Brunetti, détail qu'il apprécia.

Vittori se leva et se tourna vers elle.

« Ah, signor Vittori, fit Brunetti, laissez-moi vous présenter ma collègue, la commissaire Griffoni. »

Claudia s'approcha en lui tendant la main. Vittori la prit et se pencha pour embrasser l'air juste au-dessus et Griffoni fit un sourire éclatant à Brunetti. Vittori ne put reconnaître évidemment la femme en chapeau et toute dégoulinante de pluie qu'il avait vue dans la rue.

« Je vous en prie, asseyez-vous, Claudia », dit Brunetti. Vittori se tenait derrière le deuxième fauteuil et le tira de quelques millimètres. Griffoni disposa bien sa jupe sous elle et s'assit, les pieds et les genoux pudiquement serrés l'un contre l'autre.

« Signor Vittori, vous me parliez de votre travail, lui rappela Brunetti.

— Vous êtes architecte, n'est-ce pas, signore ? s'informa Griffoni.

— Eh bien, répondit humblement Vittori, j'ai passé un diplôme en architecture, mais je dois avouer que je préfère travailler pour les intérieurs, en jouant sur les différents éléments de l'espace et de la lumière, afin de créer une ambiance où les gens se sentent bien chez eux, tout en restant réceptifs à la beauté qui les entoure.

— Vous, les Vénitiens, vous avez l'avantage de vivre au milieu de la beauté », renchérit-elle avec un sourire admiratif.

Vittori lui rendit son sourire. *Quel pauvre sot*, se disait Brunetti. *Il est en face de deux commissaires de police et il se prend pour Casanova : s'il arrive à séduire Claudia, elle fera allégeance avec lui, contre moi. Eh bien, mettons-le à l'épreuve.*

« Oui, c'est tout à fait vrai, intervint Brunetti de manière abrupte. Mais je vous ai demandé de venir ici, signor Vittori, pour nous parler de votre rencontre dans la rue avec Manuela Lando-Continui, à laquelle la commissaire et moi-même avons assisté.

— Oh, c'était vous ? J'ai été distrait par les cris de cette femme, sinon je n'aurais pas manqué de vous remarquer », s'empressa d'expliquer Vittori.

Griffoni lui fit un autre sourire, mais tourna son attention, avec une réticence manifeste, vers Brunetti. « Ne devrions-nous pas, par correction, enregistrer cet entretien, commissaire ? demanda-t-elle en veillant à le désigner par son titre, alors qu'il l'avait appelée par son prénom, pour montrer que les hommes étaient en position hégémonique dans ce lieu et ne laisser flotter aucun doute en la matière.

— Seulement si le signor n'y voit pas d'objections », répondit Brunetti en adressant un sourire à Vittori.

Le silence se fit dans la pièce ; Vittori passa du visage de Brunetti au sourire encourageant de Griffoni. « Non, bien sûr que non », leur assura-t-il et Brunetti activa la touche sur le devant de son bureau qui lançait le dictaphone, précisa la date, l'heure et le lieu, et ajouta : « Conversation entre Alessandro Vittori, le commissaire Guido Brunetti et la commissaire Claudia Griffoni. »

Il déplaça la pile de papiers sur le côté, avança sa chaise plus près du bureau et concentra toute son attention sur cet homme.

« Signor Vittori, hier après-midi, dans la calle del Tintor, la commissaire Griffoni et moi avons été témoins d'une rencontre animée entre vous et la signorina Manuela Lando-Continui. Pourriez-vous nous dire ce qui s'est passé ?

— Pourquoi pensez-vous que ce soit une rencontre, commissaire ? demanda Vittori avec désinvolture. J'étais en train de me promener avec un ami – je pense que vous pouvez attester que j'étais à une certaine distance d'elle – lorsque cette femme s'est mise à crier, contre moi, ou contre mon ami : c'était impossible à dire. » Vittori était authentiquement intrigué par la situation. « Nous marchions l'un à côté de l'autre.

— Elle paraissait vous désigner, nuança Brunetti. Et c'est vous qu'elle ne cessait de regarder.

— Vous en semblez très sûr, nota Vittori d'un ton condescendant. Or il pleuvait très fort ; mon ami et moi portions tous les deux un imperméable et nous étions trempés jusqu'aux os ; je crois que même nos mères auraient eu du mal à nous distinguer avec certitude. »

Griffoni sourit, puis feignit de ne pas l'avoir fait et regarda Brunetti, qui insista : « Depuis l'endroit où je me trouvais, je voyais bien que c'était vous qu'elle indiquait, signor Vittori. Et vous dites que vous la connaissez. »

Vittori leva une main en signe d'avertissement. « Ne me prêtez pas des propos que je n'ai pas tenus, commissaire. J'ai dit que je l'ai reconnue, pas que je la connais. Je l'ai vue dans la rue quelquefois, mais je n'ai jamais fait sa connaissance. » Il regarda Griffoni, comme en quête de soutien.

Elle hocha la tête, une paume tendue vers Brunetti, à l'instar de Vittori, puis la retira soudainement et la plaqua sur sa bouche. Elle toussa légèrement, puis plus fort, puis se pencha et se mit à tousser violemment, en cherchant l'air. Vittori se tourna vers elle et plaça une main sur son bras, mais elle continua à tousser, le corps entier en proie maintenant à des convulsions. Elle enleva sa main pour tenter péniblement de respirer, puis elle la plaqua de nouveau sur les lèvres, mais ne put calmer sa quinte de toux.

Vittori, embarrassé, se comporta en homme galant et sortit un mouchoir de sa poche de poitrine. Elle le pressa contre sa bouche et continua à tousser, mais parvint à lui faire quelques signes de tête et leva une main pour lui montrer qu'elle allait mieux. Lentement, elle s'arrêta et s'assit dans le fauteuil en haletant.

« Tout va bien, signorina ? » s'enquit Vittori en se penchant vers elle.

Elle lui fit signe que oui. « Merci », dit-elle d'une petite voix rauque. Brunetti vit que son visage était encore rouge et constata qu'elle était enrouée.

Ne sachant que faire, Brunetti pouvait seulement attendre qu'elle retrouve une respiration normale. « Voudriez-vous un peu d'eau ? »

Elle rejeta son offre de la main et sourit à Vittori, comme si c'était lui qui avait parlé.

« Alors admettons que les mots de la jeune femme vous aient été adressés directement, signor Vittori, reprit Brunetti. Elle a répété que vous lui aviez fait mal. » Et, avant que Vittori ne le corrige, il rectifia de lui-même : « Que l'un de vous lui avait fait mal. Pourquoi aurait-elle dit cela, à votre avis ?

— Peut-être que je l'ai heurtée avec mon parapluie ? » lança Vittori en se tournant vers Griffoni, dans l'espoir qu'elle partage sa fine remarque.

Brunetti vit un éclair de rage dans ses yeux, mais peut-être Vittori ne perçut-il que l'éclair, auquel il attribua une interprétation toute personnelle. Il persista à sourire, même lorsqu'il revint vers Brunetti.

Il vaut mieux, pour le moment, passer outre l'allusion au parapluie, songea Brunetti.

« Signor Vittori, poursuivit-il, êtes-vous vraiment sûr que vous ne l'aviez jamais vue auparavant ? Peut-être avez-vous travaillé avec elle ? Ou vécu une tout autre situation lui ayant permis de vous reconnaître, indépendamment de son comportement excessif ?

— Comment une telle personne pourrait-elle obtenir un emploi ? objecta Vittori du tac au tac, apparemment satisfait d'avoir détecté une faille dans les paroles de Brunetti. Il y a longtemps qu'elle est dans cet état. »

Brunetti esquissa un sourire confus : « Une telle personne, signor Vittori ?

— Une femme retardée, si je puis utiliser cette expression désuète », spécifia Vittori avec circonspection. Puis, incapable de déguiser son mépris, il précisa : « Avec un âge mental de sept ans.

— Merci, signor Vittori. Il faudra que je demande à sa grand-mère si elle a été capable d'avoir une activité avant d'être comme cela », déclara Brunetti, notant que Vittori semblait suffisamment au courant de l'histoire de Manuela pour être à même d'évaluer ses capacités cognitives.

« Je suis surpris que vous n'ayez pas pris la peine de le faire avant de me convoquer ici », rétorqua Vittori avec l'irritation justifiée du persécuté. Puis, se tournant vers Griffoni : « Mais cela m'a donné la possibilité de rencontrer votre collègue. » *Mon Dieu*, se dit Brunetti, *les hommes en sont-ils encore là ?*

« Si vous n'avez jamais rencontré Manuela, comment se fait-il que vous soyez si bien renseigné sur la nature de son handicap ? » s'enquit Griffoni en laissant percer son accent napolitain.

Si elle avait été un caniche mordant sa main caressante, Vittori n'en aurait pas tressailli plus fort. Il s'écarta, comme pour prendre ses distances vis-à-vis de cette attitude si peu féminine.

«Tout le monde le sait ; tous les Vénitiens, je veux dire. » *Encaisse donc ça, toi qui viens du Sud*, semblait-il assener.

« Sait quoi, signor Vittori ? enchaîna Brunetti.

— Qu'elle est tombée dans un canal — elle devait être saoule, ou droguée, ou peut-être qu'elle voulait se suicider — et qu'elle est restée sous l'eau assez longtemps pour que son cerveau ait été endommagé.

— Et maintenant, c'est une fille de sept ans ? demanda Griffoni avec douceur. Vous donnez l'impression d'en connaître long sur elle, pour quelqu'un qui ne l'a jamais rencontrée, signore.

— Tout le monde le sait à Venise, répéta-t-il, avant de préciser, avec un sourire d'autosatisfaction : comme je vous l'ai déjà dit. » Et, après un moment de profonde réflexion, il poursuivit : « En outre, il suffit de la regarder pour se rendre compte qu'il y a quelque chose qui cloche chez elle.

— Vous avez un subtil esprit d'observation », constata-t-elle.

Vittori sourit au compliment et Brunetti remarqua alors que ses réactions instinctives avaient repris temporairement le dessus, mais son sourire perdit ensuite de son naturel et de sa spontanéité. « Il suffit de regarder son visage, ces yeux vides. » Brunetti fut étonné que Griffoni ne frissonne pas à ces mots.

La commissaire sourit et leva le menton, comme pour se lancer dans une tirade philosophique, et c'est précisément ce qu'elle fit : « Je me demande quelle femme elle serait si elle n'était pas tombée à l'eau. Si elle était une femme de trente ans, et non pas de sept ans. » Elle baissa les yeux et regarda Vittori. « Vous êtes-vous déjà posé la question ? »

Vittori se crispa ; son visage se couvrit d'un masque d'incompréhension. Brunetti frémit à l'idée que Vittori ne se le soit jamais demandé. Quinze années s'étaient écoulées pour lui, alors que Manuela était restée figée dans le marbre de l'immutabilité. Et il n'y avait jamais accordé le moindre instant de réflexion.

Le silence se fit plus profond. Brunetti sentait son esprit et son cœur s'endurcir contre cet homme ; il regarda Griffoni et vit une impitoyable résolution dans ses yeux. Vittori était assis, la bouche légèrement ouverte, comme s'il essayait de trouver une nouvelle forme de respiration.

Il finit par les interroger : « Pourquoi devrais-je réfléchir à cette question ? »

Viol, tentative de meurtre, meurtre : Brunetti prit cette spirale de crimes en considération. Mais ce qui le consternait, c'était la limpidité du discours de Vittori : pourquoi devrait-il se préoccuper des torts subis par Manuela ?

Brunetti le regarda : « J'ai vécu ici toute ma vie et je ne l'avais jamais vue. Bien sûr, cela peut s'expliquer par le fait que nous vivons dans des quartiers complètement différents. »

Vittori se redressa sur sa chaise, jeta un coup d'œil à Griffoni comme si c'était un passager venu s'asseoir près de lui dans le vaporetto alors que le reste du bateau était vide et déclara : « Je n'ai pas de raisons d'aller à Santa Croce, ou rarement. »

Brunetti s'efforça de ne pas regarder Griffoni. Il ne savait pas si elle saisirait l'occasion au bond pour lui faire admettre que, étrangement, il savait où habitait cette inconnue, ou si elle y procéderait un peu plus tard au cours de l'entretien.

« Ce qui m'inquiète, en l'occurrence, commença Brunetti en parlant d'homme à homme, c'est qu'elle puisse porter plainte officiellement contre vous. Raconter quelque chose à sa mère, ou à sa grand-mère, qui nous demanderont, à coup sûr, ce que nous savons sur l'accident. Dans ce cas, je serais obligé de révéler la scène à laquelle j'ai assisté et les paroles que j'ai entendues de sa bouche. »

Vittori leva les mains en signe d'exaspération. « Comment est-ce possible ? Qui irait croire une telle idiote ? »

Brunetti écarta cette éventualité. « Je pense aux effets sur votre réputation. Comme vous l'avez dit, sa grand-mère est votre employeur. J'ignore comment elle pourrait réagir.

— Mais elle ne la croirait pas, n'est-ce pas ? demanda Vittori d'un ton outré.

— Manuela est sa petite-fille, répondit Brunetti, suggérant qu'il était impossible de mesurer l'ampleur des conséquences lorsque la famille était impliquée. Sans oublier que les femmes sont désespérément sentimentales, n'est-ce pas ?

— Raison de plus pour que sa grand-mère ne la croie pas. Si la comtesse a passé toutes ces années avec elle, elle sait ce qu'il en est de sa petite-fille. » Vittori resta assis calmement un instant, puis s'emporta : « Ce n'est pas seulement à ma réputation, c'est à mon honneur que l'on porte atteinte ici. » Il prit deux rapides inspirations et explosa : « La simple idée que je puisse agresser… Pourquoi ? Mais c'est ridicule ! »

Ne pas regarder Claudia ; ne pas la regarder. Surtout ne pas la regarder, se répétait Brunetti en s'efforçant de garder ses yeux rivés sur Vittori.

Ce dernier se piqua au jeu et demanda instamment : « Comment ose-t-elle proférer une telle accusation ? Mais comment ose-t-elle ? »

Brunetti s'accorda du temps avant d'annoncer la sacro-sainte vérité : « Le problème, en fait, c'est que les gens tendent à croire la femme.

— Mais ce n'est pas une femme. C'est juste une enfant, rétorqua Vittori sans chercher à dissimuler sa colère. Personne ne la croira. »

Brunetti allait répondre lorsque son téléphone sonna. Il reconnut le numéro de la signorina Elettra et prit la communication en énonçant un simple : « Oui.

— Giorgio vient de m'appeler. Le dernier coup de fil enregistré dans les cartes retrouvées dans la poubelle de Cavanis a été passé le matin de son assassinat, au domicile de l'homme qui est en ce moment avec vous. Il provenait d'une cabine téléphonique publique, située à deux ponts de la maison de Cavanis. » Et elle raccrocha.

28

Brunetti croisa ses mains devant lui, sur son bureau, à l'instar du premier questeur pour qui il avait travaillé et qui l'accueillait ainsi lorsqu'il le convoquait pour l'évaluation annuelle de ses prestations. Il s'autorisa un rapide coup d'œil à Griffoni qui était assise, les mains posées sur les genoux. Il remarqua un petit renflement dans la manche de son pull, au niveau du poignet : le mouchoir de Vittori, présuma-t-il. Voilà des traces que la pluie n'avait pas altérées.

« Signor Vittori, commença-t-il d'un ton sérieux et loin d'être amical, je voudrais oublier un instant la vague accusation formulée hier à votre encontre, dans la rue, pour me concentrer sur des événements passés.

— Pas sa chute dans l'eau, j'espère, dit Vittori d'un ton qu'il voulait ironique, mais qui frôlait l'agressivité.

— Non, bien plus près dans le temps, affirma Brunetti avec légèreté. Je me réfère au matin où vous avez reçu un coup de fil de Pietro Cavanis. » Il regarda Vittori, dont le visage s'était vidé de toute expression. « Pourriez-vous me dire si vous vous en souvenez, signor Vittori ? »

Vittori chercha à éluder la question, mais en vain. Sa tête recula de quelques millimètres et sa bouche se contracta en une expression qui aurait pu être, dans d'autres circonstances, du dépit ou de l'agacement. S'il n'avait pas rasé sa barbe, sa moue aurait pu échapper à Brunetti, ou à Griffoni.

Brunetti, imitant son questeur, baissa la tête et fixa ses mains un moment. Lorsqu'il regarda de nouveau Vittori, il vit que l'homme avait les yeux rivés sur ses propres mains, jointes sur ses genoux. Brunetti regarda Griffoni, qui fit un signe d'assentiment, le visage impassible, puis lui laissa entendre qu'il était le seul maître à bord et qu'elle suivrait ses instructions.

« C'était un mardi, n'est-ce pas ? demanda Vittori d'une voix calme, la tête toujours baissée.

— Non, c'était un dimanche, rectifia Brunetti, qui lui précisa la date exacte.

— Un dimanche… Je devais être à la maison.

— Vous ne vous en souvenez pas ? »

Après avoir marqué une pause pour se livrer à une plus profonde réflexion, Vittori déclara : « Je ne crois pas être sorti, ce jour-là. » Brunetti s'abstint de lui faire remarquer qu'il n'avait pas pris soin de demander qui était Cavanis.

« J'avais beaucoup de travail à finir, donc j'en ai amené à la maison, comme je le fais souvent. » Puis, à la manière d'un bureaucrate surmené s'adressant à un pair : « Vous savez ce que c'est. »

Ignorant cette incise, Brunetti revint à la charge : « Vous souvenez-vous d'avoir parlé au signor Cavanis ? »

Vittori le fixa, comme si Brunetti avait réussi à se brancher sur son cerveau.

« Je dois lui avoir parlé, même si je ne m'en souviens pas clairement, répondit-il sans chercher à masquer un semblant d'indignation.

328

— C'est un appel qui a duré six minutes », spécifia Brunetti dans l'espoir d'aiguiser ses souvenirs.

Vittori observa de nouveau ses mains, en quête d'une réponse plausible. Brunetti en profita pour jeter un coup d'œil à Griffoni. Il aurait pu y avoir un mur entre elle et Vittori, tellement elle lui accordait peu d'attention.

« J'ai dû lui parler, finit par admettre Vittori. Les gens savent qu'ils peuvent m'appeler très tôt.

— À quelle heure ? s'enquit Brunetti.

— Oh ! s'exclama Vittori. Ne l'avez-vous pas dit ?

— Non, mais je peux vous aider à vous rafraîchir la mémoire, c'était à 8 h 43, ce qui est véritablement tôt.

— Oui, oui, approuva Vittori en traînant sur les deux mots. Effectivement. » Il se concentra sur Brunetti, comme s'il redoutait ce qui pourrait arriver s'il regardait Griffoni.

Brunetti se remémora une émission télévisée qu'il avait vue des années auparavant, il y avait peut-être trente ans : *V*, qui présentait des reptiles de la taille d'un homme, déguisés en êtres humains. Lorsqu'on les tuait, leur carapace humaine tombait et révélait le reptile géant caché à l'intérieur, qui mourait en se rétractant. Vittori était en train de perdre sa carapace d'arrogance et de désinvolture et semblait rapetisser sous les yeux de Brunetti, comme s'il s'étiolait peu à peu.

Vittori prit une profonde inspiration, commença à parler, puis en prit une seconde. Il garda le silence un long moment, fort attentif à ses mains jointes, qu'il serrait fort en entrelaçant les doigts.

Se doutant que Vittori ne dirait plus rien, Brunetti changea de sujet : « Signor Vittori, nous sommes au courant de votre travail aux écuries et de la lettre du signor degli Specchi. »

Vittori, resté immobile jusque-là, se glaça. Brunetti crut entendre un bruit léger, comme celui que produit un homme en train de soulever un poids conséquent.

« Les gens qui travaillaient là-bas à l'époque, poursuivit-il calmement, se souviennent fort bien de vous et de certaines particularités… dans votre comportement. » Il vit ces mots transpercer Vittori.

Ce dernier demeura fasciné par ses mains un certain temps, puis regarda de nouveau Brunetti. « Quelqu'un m'a vu à la télévision, finit-il par expliquer. Et m'a appelé en me racontant une histoire folle et en me disant qu'il voulait de l'argent, sinon il vous appellerait et vous raconterait tout.

— La police ? » s'informa Brunetti. Il s'étonnait de la transformation que la peur pouvait faire subir au visage d'une personne, en mettant les os en saillie et en rétrécissant les yeux. « Nous raconterait quoi ? »

Brunetti avait l'impression que Vittori réfléchissait à la version qu'il allait donner. « Il m'a dit que si je ne lui donnais pas d'argent, il vous appellerait et vous dirait qu'il m'a vu jeter Manuela dans le canal. » Il attendit la réaction de Brunetti, puis ajouta : « Qu'il détruirait ma réputation. » Brunetti entendit Griffoni prendre une petite inspiration, comme si elle avait heurté quelque chose de dur dans le noir.

« Qu'avez-vous fait ? » s'enquit Brunetti.

Le visage de Vittori transpirait l'indignation par tous les pores. « Que pouvais-je faire ? J'avais affaire à un malade, en train de m'accuser d'un crime que je n'ai pas commis. Je ne savais pas qui c'était. Ses menaces étaient folles. »

Brunetti le regardait manipuler l'histoire à son gré. Puis Vittori conclut : « Je lui ai raccroché au nez. »

Brunetti le regarda, les yeux de nouveau rivés sur ses mains, puis regarda Griffoni, qui secoua la tête.

« Et puis ?

— Et puis, rien. Il n'a jamais rappelé.

— Vous n'avez pas essayé de lui téléphoner ? En vous servant du rappel automatique ?

— Non. J'étais terrifié. Des accusations comme celles-ci pouvaient nuire à mon honneur, à ma carrière. Je pouvais être traîné devant les tribunaux, et cette femme pouvait proférer des accusations contre moi. Je n'avais aucune chance de m'en sortir. Tout le monde la croirait. »

Brunetti crut sage de ne pas souligner que Manuela n'avait proféré aucune accusation contre lui, qu'elle avait seulement proféré des cris. Il préféra demander, avec douceur : « Devraient-ils la croire ?

— Bien sûr que non, contesta Vittori en agitant les mains. Elle me suivait tout le temps, était très tactile quand je l'aidais à monter en selle. On aurait dit une jument en chaleur, toujours à quémander. »

Brunetti regarda furtivement Griffoni, qui s'était agrippée aux bras de son fauteuil comme si c'était la seule manière de se retenir de frapper Vittori.

Adoptant le ton d'un ami, surpris qu'il soit tombé dans son propre piège, Brunetti continua : « Mais de quoi aviez-vous peur ?

— D'une fausse accusation, lancée par une femme qui était mineure à l'époque de… » Il inspira et cracha avec mépris : « De la soi-disant agression. Même cela me causerait des problèmes.

— Mais personne ne l'écouterait, énonça Brunetti en évitant soigneusement de regarder Griffoni.

— Bien sûr que si, rétorqua Vittori avec pétulance. On croit toujours les femmes.

— Mais elle ne peut rien faire en l'occurrence, ni même la police, insista Brunetti face à l'incapacité de Vittori à comprendre. Vous bénéficiez de la prescription. Cela fait dix ans, donc elle ne peut pas vous accuser. Même si vous l'avez fait, elle ne peut pas porter d'accusation contre vous maintenant. C'est fini. Le délai est révolu. »

Le visage de Vittori se pétrifia. Brunetti le voyait lutter pour ouvrir la bouche, sans y parvenir. Il sortit de son état de transe et se lécha les lèvres, en réussissant enfin à les ouvrir, mais il ne put produire qu'un bêlement. Il était devenu livide et Brunetti crut qu'il allait s'évanouir. Le temps s'arrêta, tandis que Vittori essayait de revenir à la vie.

Brunetti avait lu que beaucoup de gens, à l'article de la mort, voient toute leur vie repasser devant leurs yeux. Pour Vittori, seule la dernière semaine devait compter, pensa-t-il.

Les sons qu'émit finalement Vittori semblaient sortis des lèvres d'un vieil homme. « Cela ne peut pas être vrai. » Si un désert pouvait parler, il aurait cette voix. « Non. »

Griffoni prit la parole. « Vous devez être soulagé, signor Vittori. Aucun de ses propos ne peut porter atteinte à votre honneur, à présent. Comme mon collègue vous l'a dit : tout ce que vous avez pu lui faire est fini. Révolu. »

Si Vittori avait été debout, il aurait vacillé. Mais il imita le geste de Griffoni et s'accrocha à l'assise de son fauteuil. Il inspira une première fois profondément, puis une seconde, et poussa un long soupir, comme après un exploit.

Brunetti fut tenté d'exhorter Vittori à en dire davantage, seulement il n'avait jamais été un adepte de la torture, même pour un être comme celui qu'il avait en face de lui. « Mais le meurtre de Pietro Cavanis, lui, n'est pas prescrit, signor Vittori, et je vais vous accuser de ce crime et vous arrêter pour l'avoir commis. »

Comme, à la suite de cet entretien, c'était Brunetti qui serait appelé à la barre au cours du procès d'Alessandro Vittori pour le meurtre de Pietro Cavanis, la commissaire Claudia Griffoni se leva et sortit de la pièce.

Au cours de ce même procès, Vittori déclara que Manuela l'avait supplié de coucher avec elle, mais qu'il avait refusé parce qu'elle était mineure et qu'il ne voulait pas mettre sa situation professionnelle en danger. Deux personnes, qui s'occupaient des chevaux à l'époque où Vittori travaillait dans ces écuries, témoignèrent, au contraire, qu'il poursuivait la signorina Lando-Continui de ses assiduités avec un empressement quasi agressif, qui perturbait la jeune fille et la fâchait sérieusement.

Face aux protestations réitérées du signor Vittori, qui clamait son innocence pour le meurtre de Pietro Cavanis, le ministère public fournit la preuve médico-légale de sa culpabilité. L'échantillon d'ADN extrait du mouchoir de Vittori coïncidait avec celui du couteau qui avait tué la victime. En outre, le matin du meurtre du signor Cavanis – et peu après que Vittori eut reçu un coup de fil passé avec une carte téléphonique retrouvée chez la victime –, Sandro Vittori avait fait des recherches sur Internet et trouvé le compte rendu d'un journal relatant l'accident de Manuela Lando-Continui, sauvée des eaux du rio San Boldo. Cet article mentionnait le nom du signor Cavanis, qui était le seul Pietro Cavanis figurant dans l'annuaire et résidant encore à l'adresse de Santa Croce évoquée dans la coupure de presse.

Malheureusement pour lui, Vittori ne s'était pas renseigné sur les délais de prescription pour les crimes tels que le viol, qui avaient expiré bien avant l'appel du signor Cavanis. S'il n'avait pas commis cette négligence, il se serait épargné ce meurtre, pour lequel il fut déclaré coupable en première instance et fit aussitôt appel.

29

Même si Brunetti savait où ils allaient, il ne s'était pas aperçu qu'ils étaient parvenus à destination, car Griffoni avait pris soin de quitter l'autoroute bien avant Preganziol et de suivre tout un circuit de petites routes au nord-ouest de la ville, alors que l'on arrive habituellement de Venise par la direction opposée. Griffoni, qui conduisait la voiture d'un ami, préférait ne pas être vue depuis la maison et s'arrêta donc de l'autre côté de la propriété, où le corps de ferme était caché par les jeunes frondaisons des arbres.

Elle se gara à cent mètres de la barrière, éteignit le moteur et les trois passagers entendirent les craquements des pièces qui refroidissaient et les bruits de contraction des parties métalliques. C'était le printemps ; les feuilles repoussaient, mais les journées étaient encore fraîches et les nuages, poussant vers le nord, restaient bien lourds.

Brunetti sortit le premier. Il chercha des yeux le chien, mais ne vit aucune trace d'Hector, probablement en pleine sieste, et il ferma instinctivement la portière de la voiture sans faire de bruit.

Griffoni s'était penchée pour aider Manuela à détacher sa ceinture, qui n'eut ensuite aucune difficulté à ouvrir la portière et à sortir. « Oh, comme c'est joli ! s'exclama-t-elle en jetant un coup d'œil circulaire sur le feuillage vert tendre qui les entourait des trois côtés. Tout est nouveau. »

Griffoni observa à son tour les prés et prit Manuela par le bras. « Oui, le printemps est magnifique, n'est-ce pas ? » gazouilla-t-elle, de cette voix typique dont elle usait avec elle : joyeuse et optimiste, laissant deviner des possibilités illimitées ; c'était la voix que Brunetti avait utilisée avec ses propres enfants, mais dont il ne se servait plus.

Puis, reprenant son ton habituel, Griffoni dit à Brunetti : « Le printemps m'a toujours donné la sensation que la vie a décidé de nous offrir une seconde chance. »

Manuela se tourna pour la regarder. « Je ne comprends pas, déplora-t-elle.

— Cela ne fait rien, ma chérie. Au printemps, c'est vert partout et nous pouvons entendre les oiseaux. Nous sommes bien à la campagne. » Elle écarta les bras et tourna sur elle-même ; Manuela l'imita, mais en un tourbillon incessant, auquel Griffoni dut mettre fin en lui saisissant le bras et en la tenant près d'elle jusqu'à ce que son excitation retombe.

Griffoni suggéra à Brunetti : « Allons-nous faire un tour ?

— Oui. De quel côté ?

— Eh bien, suivons la clôture et voyons où elle mène, proposa Griffoni avec désinvolture. Cela te va, Manuela ? demanda-t-elle en lui évitant de devoir choisir parmi des alternatives compliquées.

— Oui, oui », dit Manuela en s'accrochant à son bras.

Quittant la barrière sur leur gauche, ils se mirent à marcher. Des lattes en bois jonchaient le chemin, ici et là ; certaines penchaient en arrière et étaient reliées par du fil de fer entortillé. Un piquet était entièrement recouvert par la dense verdure de clématites, mais il était trop tôt encore pour en voir les bourgeons.

Manuela s'arrêta brusquement et Griffoni la bouscula sans le faire exprès. « Qu'y a-t-il ? s'étonna-t-elle.

— J'entends un bruit », déclara la jeune femme.

Griffoni s'immobilisa, tout comme Brunetti. Il leur fallut quelques instants pour s'adapter au silence, mais Brunetti perçut alors le son, provenant des arbres sur la droite. Puis il recommença : haut et bas, haut et bas, et encore.

« Ce bruit-là ? » s'enquit Griffoni.

Manuela hocha la tête.

Griffoni lâcha son bras et fouilla dans la poche de son jean. Elle sortit un billet de 5 euros. Brunetti en fit de même.

« Qu'est-ce que vous faites ? demanda Manuela, surprise, même si, peut-être parce qu'elle était avec Griffoni, sa voix exprimait de la curiosité et non pas de la crainte.

— Tu as de l'argent sur toi ? lui demanda Griffoni.

— Je ne sais pas », répondit-elle en cherchant dans les poches de sa veste. Sa main droite en sortit avec quelques pièces. « J'ai ça », fit-elle en les montrant à Griffoni.

La commissaire se pencha et sépara de son index les pièces posées sur la paume ouverte de Manuela. « 6 euros 27 centimes, annonça-t-elle en se tournant vers Brunetti.

— Très bien, dit-il en tendant sa poignée de monnaie. J'ai 4,12 euros. »

Le visage de Manuela se couvrit de confusion. « Je ne comprends pas. Je ne comprends pas. Dites-moi, dites-moi, dites-moi.

— C'est un coucou, expliqua Griffoni d'une voix calme. La première fois que tu entends un coucou au printemps, il faut regarder combien tu as d'argent dans tes poches. Et plus tu en as, plus tu en gagneras dans l'année. »

Manuela baissa les yeux sur sa main. « J'en ai beaucoup ?

— Oui, tu en as plus que nous.

— C'est bien ?

— Oh oui, lui assura Griffoni, qui replia la main de Manuela autour de l'argent et lui dit de le remettre dans sa poche pour ne pas le perdre.

— Qu'est-ce que je peux faire avec ? insista Manuela.

— Oh, tu peux t'acheter une glace, si tu veux. »

Manuela y réfléchit, puis demanda : « J'en ai assez pour vous en acheter une à chacun ? »

Griffoni se pencha vers elle et l'embrassa sur la joue. « Bien sûr, ma chérie, confirma-t-elle avec des trémolos dans la voix.

— Nous pouvons nous arrêter en revenant en ville », intervint Brunetti.

Manuela, ravie à cette idée, fit un signe d'assentiment, puis demanda : « Où allons-nous ?

— Oh, nous allons juste un peu longer la clôture », annonça Griffoni.

Le coucou y alla de son petit commentaire, comme d'autres oiseaux. Ils poursuivirent un moment leur promenade. À l'endroit où la clôture faisait un angle, Griffoni s'arrêta et se tourna pour regarder par-dessus, avant de poser son pied droit sur le premier barreau.

Elle glissa ses index sous la langue et poussa un sifflement perçant, puis un second. Manuela sursauta ; Brunetti regarda Griffoni et il vit un mouvement se dessiner brusquement au fin fond du pré.

Une grande forme s'était mise à venir dans leur direction, puis sembla ralentir. Griffoni siffla une autre fois, ce qui accéléra le mouvement.

C'était un cheval, qui galopait vers eux. Brunetti connaissait les noms des différents modes de déplacement :

la marche, le trot, le petit galop, le galop. Mais, ici, il s'agissait de quelque chose de différent : c'était un moteur à réaction.

Tandis que Brunetti observait la scène, le cheval s'était élancé telle une fusée, sautant tous les obstacles qu'ils ne pouvaient percevoir d'où ils étaient, et fonçait droit sur eux, implacablement.

À quinze mètres de distance, le cheval commença à ralentir, puis ralentit davantage encore et s'arrêta à un mètre d'eux. Il se dressa sur ses pattes postérieures et tandis qu'il était encore en l'air, comme dans un western américain, il pencha sa tête en arrière et lâcha un hennissement aigu, puis retomba lourdement sur ses sabots de devant et s'approcha de la clôture, en agitant sa tête avec frénésie.

Pendant tout ce temps, Manuela passa d'abord par la peur, puis par l'étonnement et enfin la quiétude. Pour la première fois, Brunetti vit son visage libéré du voile d'incertitude qui l'enveloppait trop souvent.

Comme mue par une force irrépressible, elle grimpa sur le premier barreau de la clôture, puis sur le deuxième, et se pencha en avant, les bras complètement écartés.

« Petunia, murmura-t-elle en entourant le cou du cheval. Oh ma Petunia. »

Photocomposition Belle Page
Achevé d'imprimer en septembre 2017
par CPI
pour le compte des éditions Calmann-Lévy
21, rue du Montparnasse 75006 Paris

PAPIER À BASE DE
FIBRES CERTIFIÉES

CALMANN
LÉVY s'engage
pour l'environnement en réduisant
l'empreinte carbone de ses livres.
Celle de cet exemplaire est de :
400 g éq. CO_2
Rendez-vous sur
www.calmann-levy-durable.fr

N° d'éditeur : 4526299/01
N° d'imprimeur : 3024338
Dépôt légal : septembre 2017
Imprimé en France.